风花雪月海

Feng Hua Xue Yue Hai

是今 著

ARTTIME 时代出版
时代出版传媒股份有限公司
安徽文艺出版社

图书在版编目（CIP）数据

风花雪月海 / 是今著. — 合肥 : 安徽文艺出版社,
2022.8

ISBN 978-7-5396-7496-4

Ⅰ. ①风… Ⅱ. ①是… Ⅲ. ①长篇小说—中国—当代
Ⅳ. ①I247.5

中国版本图书馆CIP数据核字(2022)第118774号

FENG HUA XUE YUE HAI

风花雪月海

是今 著

出 版 人：姚 巍
责任编辑：秦 雯 李 芳
装帧设计：佘彦潼

出版发行：安徽文艺出版社 www.awpub.com
地 址：合肥市翡翠路1118号 邮政编码：230071
营 销 部：(0551)63533889
印 制：湖南天闻新华印务有限公司 电话：(0731)88387856

开本：150mm×210mm 1/32 印张：9.25 字数：270千字
版次：2022年8月第1版
印次：2022年8月第1次印刷
定价：42.00元

目录

CONTENTS

Chapter 1

第一章

十年

早春二月。

简城，普方寺。

封粟从存放骨灰的佛塔中缓步而出，面色如常，并没有晏文想象中的充满悲恸和愤懑之情。

出国十年，狂妄少年已长大成人，外表恍若脱胎换骨，只不过，那双迎着光微微眯起的眼睛依旧是晏文记忆中的模样——永远都带着一抹超越他实际年龄的幽深而锋锐的目光。

“晏叔，我想把骨灰带走。”

晏文不解：“放这里不好吗？”

封粟平静地笑了笑：“他又不信佛。”

晏文沉默了几秒，长叹了口气：“带走也好，三叔应该也不想留在简城。我去和寺里说一声。”

走了几步，他突然停下来：“对了，每年清明节都有个姑娘从A市过来祭拜三叔，应该是三叔的学生，不知你认不认识。”

“叫什么？”

“叶见春。”

封粟默念了一下这个名字。

这个名字不算常见，如果听过应该有印象，尤其是像他这种记忆力超群的人，但他在记忆里搜索了一遍，未曾有这个名字的一丝痕迹。

“有照片吗？”

晏文翻了个白眼："人家大老远跑来祭拜三叔，我还能偷拍她？"

"长什么样？"

"挺漂亮的一个小姑娘，大眼睛长头发，和你差不多年纪。"

封粟摸着下颌，面露难色。

"晏叔，我认识的大眼睛长头发女孩儿可多了去了。这特征您说了和没说差不多。"

晏文立刻板起脸："我警告你，你小子可别当花花公子啊。"

封粟半真半假道："晏叔，我初吻还在呢。"

晏文哭笑不得地"呸"了一声："我信你才怪！你和晏随之打小就不是省油的灯。"

离开寺院，封粟送晏文回家。

郊外路宽车少，车子开得四平八稳，比老年代步车也快不了多少。要不是封粟手腕上有当年和人打架留下的一道疤，晏文都怀疑眼前这个人不是封粟，他像是换了个芯儿，彻头彻尾地变了性子。

晏文忍不住感慨："你现在和小时候可真大不一样了。"

封粟笑笑："小时候不懂事，不知天高地厚，作天作地，现在年纪大了……"

还没等他感怀完，晏文"呸"的一声打断："你个臭小子少在我面前卖老，屁大一点儿年纪，在我跟前说自己老了，你小子什么意思？"

封粟立刻赔笑道歉："晏叔，我错了。"

封粟小时候犯错，宁愿挨打都不肯乖乖认错，眼下却一秒都不犹豫地承认错误。

晏文先是不满地"哼"了一声，后又遗憾地叹了口气——可惜现在改也晚了，三叔看不到了。

人老了爱静，晏文退休之后不肯去A市，晏随之在简城城郊给他买了套新房，新房坐落在溪水河畔。

封粟跟在晏文身后，走上河堤，一岁一枯的野草隐隐开始泛绿。

异国他乡十年，封粟搬过无数次家，奇诡的是，每一次做梦，他的家都是简城的那所老房子。溪水河两岸的风景也经常在他梦里出现，因为小时候，江一峰经常带着他来这里钓鱼。

晏文对江一峰资助过的学生说，她们谁考上了大学就在溪水河畔种一棵树，江老师来钓鱼的时候，看着这些树，比看什么都开心。

考上林业大学的李苔是第一个种树的人，这棵黄花风铃木就是她种下的，因为花语是感谢。树边原先都插着刻有种树人名字的牌子，如今却都被人拔掉了。

封粟站在树前，愤懑地说："怎么，被江一峰资助过很丢人？"

"不是。当年那件事闹得沸沸扬扬，各种风言风语，三叔怕有损这些孩子的名声，就把牌子拔掉了。"

前面七棵树旁刻有名字的牌子都被拔掉了，唯独最后一棵树边还插有牌子，上面写着"江懿臻"。

晏文自言自语："奇怪，我记得三叔资助的学生里没有这个人啊。这棵树是后来种上的吧？"

封粟似乎没听见他的话，定定地看着那三个字，半晌才说："可能你忘了吧。"

"我怎么会忘呢？别忘了，三叔资助的学生还是我提供的名单。那些学生家长普遍文化水平不高，又特别重男轻女，取不出来这么复杂文雅的名字，除非是后来改了名字。"

为了验证自己的话，晏文举了个例子："李苔你还记得吗？她原先叫李招弟。"

封粟扭过脸："记得啊，怎么不记得？"

头顶飞过一只山雀，封粟抬起头，目光随着山雀的身影飘远。

该记的人，他都记得；该算的账，他也都记得。

在晏家吃完午饭，封粟赶回A市，路上接到晏随之的电话，晏随之兴冲冲地报喜："哥，跟你说个好消息，周海燕找到了。"

纵使封粟一向不迷信，也不敬鬼神，此刻也不由得闪过一个念头：这是冥冥之中的天意？

刚好他今天去普方寺，而恰好就在今天，他找到了苦寻许久的人。

三个小时后，封粟抵达A市。

晏随之已在办公室等候多时，封粟推门而入，入眼的是两只大脚。

晏随之软若无骨地窝在老板椅里，一双长腿跷着放在办公桌上，仿佛漫画书中被掏空了身体的霸道总裁。

封粟抬起手里的书，照着他的脚背抽了一下。

晏随之嬉皮笑脸地把腿撤下来，再一看抽自己的竟然是本《金刚经》，惊道："哎哟，哥，这才两天没见，你就开始信佛了？"

封粟单手把晏随之从椅子上扯起来："从普方寺拿的，消消心里的杀念。"

晏随之问："你没告诉我爸吧？"

"没。说了他肯定要劝我放下，不要追究。"

晏文一辈子安分守己，被人欺负只会安慰自己吃亏是福。幸好晏随之不随他，打小就天不怕地不怕地野。

"他呀，老实巴交一辈子，就是喜欢搞以德报怨那一套。好人不长命，祸害遗千年，有没有天理啊？"

封粟面无表情地把经书放在桌上。

是没天理，他只想以眼还眼，以牙还牙。

晏随之从公文包里取出一个文件夹递过来："你猜得没错，周海燕改名字了。她爹也改了行，一家子在A市过得还行，吃老本。"

封粟翻开文件夹，看到了一张照片。

照片中的女孩儿年轻漂亮，下巴承浆处有一颗红色的小痣。

老实说，封粟根本记不得周海燕长什么样，十年前他们也就碰过几面，连话都没说过一句。但这颗小痣，表明就是她。她最喜欢对人炫耀这颗小痣，好面相表示有好口福，晚年生活无忧。

封粟慢慢翻阅着资料，曾经的周海燕现在叫纪周彤，跟了她母亲的姓。家里还有一个比她小十几岁的妹妹周小鸥，正在上小学，算起来，应该是她父母带着她离开简城后，才有的第二个女儿。

封粟看着看着，目光突然停在一个名字上——叶见春!

晏文口中那个每年前去祭拜江一峰的人，竟然是周小鸥的钢琴家教!

怎么可能这么巧？他盯着这个名字，莫名地有一种熟悉感，想了一会儿，才找到原因。

见春是一种花。

多年前李苔给江一峰送过一棵见春花，那天刚好是过小年，也是他十六岁生日。

他心里一动，会不会是……

“你去查一下这个人。”封粟指着那个名字，抬头看着晏随之。

晏随之微微一愣，干吗要去查这个刚来周家一个月的钢琴老师?

相比全家搬迁、更换姓名的周海燕，收集叶见春的消息相对简单得多。因为她是土生土长的本地人，刚好前一段时间求职，在培训机构留下了个人信息。

晏随之拿到资料，先过了目。

“叶见春”这名字虽不多见，但也不洋气，于是晏随之先入为主地以为她会是一个朴素的中年妇女。

看到照片，他惊了一下。原来叶见春是个二十出头的年轻女孩儿，有着秀丽动人的五官、干净的眼神，书卷气很浓，再一细看，她出身高知家庭，难怪气质这么好。

他把资料送去给封粟。

封粟的反应和他差不多，打开资料袋，看着她的几张照片，半天没有开口，脸色微微有些异样。

晏随之嬉皮笑脸地开起了玩笑：“哎哟，封总可是见过世面的人，怎么也看直了眼睛？是不是刚好长在你的审美点上了？”

封粟抬起头：“你认识她吗？”

“不认识啊。”晏随之觉得奇怪，“怎么，你认识她？”

封粟没有回答，用一种很少见的认真语气，问了个很奇怪的问题：“你还记得你初中同学长什么样吗？”

晏随之想了想：“有的记得，有的不记得。”

“如果十年没见，你还能认出来吗？”

“不好说。”晏随之撇撇嘴，“初中时大家还是小屁孩，十年不见，这中间变化大了去了，岁月是把杀猪刀啊！”

封粟看着他：“你觉得我变化大吗？”

晏随之点头：“你变化挺大的。”

“哪方面？说具体点儿。”

晏随之嬉皮笑脸地指着他的腰下。

封粟抬起文件夹直接磕到他脑袋上。

晏随之抱头：“哎哎哎，我是说你钱包变化最大啊，封老板！”

封粟把文件夹放下，迎着光，举起右手，阳光从修长劲瘦的手指指缝中透过，映上眉目清俊的面孔和寒光毕露的双眸。

他缓缓并拢手指，又握成了拳，回头对晏随之说了句莫名其妙的话：

“我很久没有弹琴了。”

Chapter 2

第二章

阳春白雪，下里巴人

叶见春一直不太明白，周小鸥的卧室和书房都在二楼，为什么偏偏要把钢琴放在一楼的客厅里。上课期间，保姆走来走去收拾东西，纪红梅躺在沙发上看视频，很影响孩子的专注力。休息间隙，周小鸥扭过脸，不满地抗议："妈，你上楼去看呗，别影响我上课。"

"我调成静音了。"

"可是你一会儿一笑啊！"

"笑一下就影响你了！"纪红梅嗓门一下子提高八度，开始发火，"以前你外公在菜市场卖菜，老娘就在菜市场写作业！就你们臭毛病多，一个两个都跟大小姐似的，挑这拣那，要不是老爹老娘给你们挣钱，你们什么都不是！"周小鸥气得小脸通红，又不敢和老妈犟嘴，只好在琴键上重重地敲了一声以发泄不满。

叶见春已经在周家当了三个月的家教，对这一幕已经见怪不怪。周家的保姆和她关系不错，私下对她吐槽，纪红梅原本就脾气暴躁，现在到了更年期，再加上疫情期间周家的快捷酒店没生意，纪红梅现在变本加厉，成了炮仗，一点火星就在家里爆炸。保姆也是忍不下去了，打算干到年底就走人。叶见春上完课，离开周家，在大门外碰见周小鸥的姐姐纪周彤，她正抱着男友叶怀章撒娇。

年轻貌美的女孩背对着她，双臂挂在叶怀章的脖子上，一下一下地啄着叶怀章的唇，又娇俏又顽皮，全然没感觉到身后来了人。此情此景，自然不方便打招呼，叶见春尴尬地低着头，放轻脚步从纪周彤背后匆匆而过，只想别惊动这一对鸳鸯。

纪周彤没看见她，可叶怀章正面对她，只是男人面皮厚，被瞧见了也无所谓，反而还抱着一丝恶趣味，想看看她窘迫的样子。叶见春一闪而过的时候，眼角的余光瞟了一眼叶怀章的脚。这个小小的动作被叶怀章捕捉到，不知不觉，目光就跟着她走了。

“我妈老催着我结婚。”纪周彤心里打着小算盘，浑然不觉男友的跑神。

叶怀章收回视线，笑吟吟地捏捏她的鼻子：“急什么，你才二十三。”

纪周彤娇嗔：“那你呢，你家人催不催？”

“急什么！”叶怀章万花丛中过，早就练就了打太极的功夫，他低头吻下去。

老奸巨猾！纪周彤在心里嗔骂了四个字。

两人缠缠绵绵半晌才分开，纪周彤进了家门。

纪红梅立刻从沙发上坐起来：“怎么回来这么早？你不是和叶公子约会去了？”平时纪周彤和叶怀章约会差不多都要凌晨才回来，夜不归宿也是家常便饭。只不过纪红梅对这个“未来女婿”满意得不得了，索性不管了。

纪周彤没精打采地回了一句：“周一要去海音科技面试，我得准备一下，晚上要早睡。”

“这家公司怎么没听过？”

纪周彤心里冷哼，你除了几个购物平台和短视频APP（应用程序）又知道什么？

“干什么的？”

“研发生产疾病预警专用的生物芯片。”

“啥玩意儿？”

纪周彤耐着性子解释：“就是用生物芯片对生物样品中的靶标进行检测，通过正常样品的数据与检测样品的数据比较，判断被检测者的身体是否患有疾病，对未患病者则可预告易感风险以及如何去避免……”

纪红梅不耐烦地打断她："你说简单点儿，什么乱七八糟的我听不懂。"

纪周彤吸了口气："就比如说吧，可以通过胸罩上的传感器监测癌细胞的温度变化来发现早期的乳腺癌。"

纪红梅眼睛一转："叶怀章就给你介绍个卖胸罩的公司？"

纪周彤的耐心快要被耗尽："不是内衣公司！我只是举个例子，让你好理解。"

"这公司能有什么前途？卖的都是什么乱七八糟的东西！"

"妈，你天天逼着我学这学那，你自己什么都不学，什么都不懂，将来怎么和叶怀章的父母打交道？"纪周彤憋了许久的怨气爆发出来，"叶怀章本来对我很满意，也提过结婚的事，可是来家里见过你一次后，他就绝口不提带我见父母，你以为这是什么意思？"

纪红梅恼羞成怒地从沙发上跳起来："你现在翅膀硬了，就开始嫌弃你爹妈了是吧！"

"你想让叶家看得起我们，不是你在家里挂几幅油画，我爸去拍几件瓷器，我和小鸥会弹几首世界名曲就够了。你一开口说话就露底！"

纪红梅抓起手机朝着纪周彤就扔了过去。目测距离砸不到自己，纪周彤也不闪躲，冷冷地看着手机掉到地砖上，讥讽地笑了笑："妈，你从简城搬到A市，这扔东西的习惯可真是一点儿没变，打人的习惯也没变。"

保姆连忙过来打圆场："大小姐，太太今天身体不舒服，你也上楼歇歇吧。"

纪周彤心力交瘁地上了二楼，坐在梳妆台前，看着镜子里的自己。她高三复读了一年，十九岁才入大学，一进校门就开始为自己的后半生打算。她和同龄人不同，她很早就有了结婚的想法，因为她对这个家，已经到了深恶痛绝的地步。

叶怀章是她花了很大一番心思选出来的结婚对象，比她大了整整十岁。为什么选他呢？一是因为他是家中独子，同程实业将来是他一个人的，没兄弟姊妹来争；二是他已经岁数不小，该定下来了，据说他家里已经开始催婚。追她的富二代也不少，太小的不安分也不收心，女孩儿耗不起也等不起。所以她对十岁的年龄差没放在心里。叶公子也对她很满意，热恋期间提过一回结婚，然而在见了纪红梅一面之后，他就绝口不提带她去见父母的事了。

纪周彤卸掉妆容，露出下巴承浆处的一颗小痣。据说承浆处有痣，是好面相，表示有好口福，晚年生活无忧。

这还挺准的。周勇明是个厨师，做得一手好菜，最拿手的就是大肠汤，后来开了个小饭馆，专卖大肠汤。生意越来越好，店面也越来越大，甚至有外地人开车慕名而来，后来周家一口气在简城开了四家店。

周家富裕之后，纪红梅开始当全职太太，开始疯狂地买名牌，给女儿报班学钢琴，学油画，学芭蕾舞，要把女儿打造成富家大小姐。十几岁才开始学这些，纪周彤那段时间简直要疯掉。

从简城搬到A市，纪红梅越发变本加厉了，动不动就说让女儿嫁入豪门。可在有钱人的世界里，开一家小快捷酒店的周家简直不值一提。纪周彤费了九牛二虎之力才结识到一个叶怀章，这已经是她能够到的天花板。现在，她只想尽快地和叶怀章结婚，离开这个家，远离令人窒息的纪红梅。

车子开到附近的公交站，叶怀章放慢车速看了一眼站台，果不其然看见叶见春正在那里等车。

一般长相出挑的女孩儿会不由自主地从眉眼间透出自信，叶见春却习惯性地垂着眼皮，低着头，表情也有点儿沮丧，虽说如此，却越发有股楚楚动人的味儿。

叶怀章在周家第一次见到她时，并没有怎么注意，漂亮女孩儿他见得多了。叶见春之所以吸引他，是因为他见到她弹琴时的状态。这女孩平素清清冷冷，如雪如霜，但是当她弹琴的时候，整个人就活了起来，“东风夜放花千树”，夺目耀眼如出匣明珠。

叶怀章生了一副好皮囊，又有好家世，很少有女孩儿能对他视而不见。但是，叶见春就是个例外，在周家碰见十几次，她竟然连多看他一眼都没有。他见过很多好看的女孩子，但是这么耐人寻味的、不寻常的，倒是少见，他的好奇心被勾起来。

叶怀章鬼使神差地停了车，叫了声“叶小姐”。

低头垂目的叶见春抬起小巧的下颌，目光有短暂的迷茫，然后出乎意料地，她竟然对他笑了一下。

叶怀章莫名心里一动，于是临时起意，要送她一程。原本他估计叶见春不会答应，想必她会客气地婉谢，然而出乎意料地，她居然大大方方上了车，说：“谢谢叶公子。”

叶怀章眉眼含笑地望着她：“客气了，你怎么叫我叶公子？”

叶见春说：“我听纪小姐和周太太都这么叫你。”

“你和她们不一样。”男人的劣根性在跃跃欲试，叶怀章的撩拨技术已经炉火纯青，习惯成自然。只是说完，他又觉得有点儿过，毕竟是私下里第一次打交道，于是补上圆滑的解释，“我们都姓叶，往上几辈儿说不定是亲戚呢。”

叶见春点头：“是的，说不定排起辈分来，叶先生还得叫我一声姑姑呢。”

叶怀章没觉得小姑娘是在占自己便宜，风流多情的男人想到了杨过和小龙女。所以，这是在反撩他？可是当他偏头再看叶见春，她却是正襟危坐的清纯模样，既没有撩人的眼神，也没有撩人的神态。

叶怀章也不敢贸然试探，怕自己自作多情下不了台，正琢磨着下一句说什么，叶见春先说了话：“叶先生，你穿多大码的鞋子啊？”

问他鞋码？叶怀章忍不住笑了，这小姑娘怎么不按路数聊天呢？

“那你可得给个红包，我才能告诉你。”套路张口就来。

“好啊，那我加你微信，给你发个红包。”

“手机号码就是微信号。”叶怀章把自己的手机号念了出来，叶见春点了好友申请。

等路口红灯的时候，叶怀章通过好友申请，小姑娘立刻转了个红包过来。

叶怀章没点开红包，微笑地说：“42码。”

叶见春“哦”了一声，没有了下文。

叶怀章有点儿摸不着头脑，忍不住问：“你为什么问我鞋码？”

叶见春摸了一下耳垂，微微笑了笑：“我不太会和人聊天，想到哪儿就说到哪儿。刚刚见到你和纪小姐在一起亲热，我没好意思看你们，低头走过去的时候，刚好看见你脚上的鞋子很好看，所以就瞎问了一句。”

叶怀章倒是有点儿尴尬了，抿唇窘笑。

叶见春突然指着前面的路口：“叶先生，我突然想起来要去书店买书，你把我放在路边吧。”

叶怀章停下车，叶见春客气礼貌地对他点点头，头也不回地进了路边的书店。

那个红包，叶怀章自然不会要，他不过是变相地加她微信而已。回到家里，叶怀章一时心痒，发了条信息问她买了什么书，却发现自己已经不是她的好友。

素来都是叶公子删别人，这还是生平第一次被女人删。叶怀章越想越咽不下这口气，打了个电话给纪周彤，要叶见春的手机号。

纪周彤自然问他缘由。

叶怀章解释：“我一个朋友的孩子想要找家教，做个顺水人情。”

纪周彤想想也是，叶怀章要是对叶见春有什么心思，也不至于明目张胆地找她要号码。叶怀章拿到电话号码，拨通电话，开门见山问叶见春为什么删他的微信。

他原本想着叶见春肯定特尴尬，谁知她坦然说：“加微信是为了给你发红包，红包发了就不用留着微信了吧？”

叶怀章无言以对。

纵横花丛的叶公子破天荒地第一次翻车，还翻在一个小丫头片子手里。

纪红梅关注养生，每天的饭桌上必有绿叶蔬菜。

周小鸥最不喜欢的就是青菜，尤其是菠菜，不管纪红梅怎么说菠菜有营养，她就是不肯吃。

纪红梅的耐心耗尽，一筷子敲到她手背上，咬牙切齿道："都是好日子过多了，饿上你几天我看你吃什么都香！有吃有喝的还挑三拣四，这不满意那不满意，老娘上辈子作了什么孽要养两个讨债鬼？"

指桑骂槐的味道越来越浓，纪周彤忍无可忍，起身说："我出去一趟。"

纪红梅没好气："大晚上的出去干啥？你不是要准备明天的面试？"

"我去买件衬衣明天面试穿。"

面试的衣服早就准备好了，她只是想找个借口不待在家里。纪红梅粗鄙不堪的语言、随时随地发作的脾气，对纪周彤来说已经是一种不可忍受的折磨，她忍得快到了极限。

纪红梅一听到"买"字，火就上来了："那么多衬衣还买新的？你知不知道咱们家现在都快破产了？！"

这句话最近已经听得耳朵起茧，纪周彤心里冷笑，既然家里都快破产了，怎么不停周小鸥的各种辅导班？那不都是钱？

她压着火气，冷冷道："妈，你也公平一点儿。小鸥上一节钢琴课几百块，我买一件衬衣才多少钱？你不能光宠着小鸥，好歹面子上也一碗水端平。"

纪红梅彻底火了，拍桌怒道："你还有脸讲公平？小鸥才花了家里几个钱？要不是你惹的那摊子破事，你爸会改行做快捷酒店吗？至少我们家也开十几家饭店了！"

纪周彤咬牙："行，算我欠你们的，我将来都还给你们行了吧？"

"你还？你拿什么还？你吃的喝的用的哪一分钱不是我们给的？你到现在挣了一分钱吗？"

"我拿命还行不行！"纪周彤被逼急了，红着眼睛吼了一声，摔门而出。

车子冲出地下车库，径直开向叶怀章家。

此刻她有个疯狂的念头，想要立刻去找叶怀章，在他家住下，逼着他娶她。如果他不答应，她就死给他看。

当然，只是吓唬他。

她怎么会死呢？她还有大好的青春年华。

她还要活得好好的，活得更上一层楼。

等红灯的时候，手机响了。

是好友沈倩倩。倩倩是唯一一位从学生时期就与她交好的朋友，对她家的情况也算是知根知底，最适合倒苦水。

“那个家我真是一天也待不下去了，我恨不得现在租房子搬出去住。”

沈倩倩开解道：“你妈是刀子嘴豆腐心，平时是挺啰唆烦人，但是出了事，她不分青红皂白都会站你这边，比我爸妈好多了，他们就知道吸我的血。这边的工作我干不下去了，他们找到了我公司，不给钱就赖在前台不走。我打电话就想和你说，我最近要回A市找工作。”

纪周彤一听，说：“好啊！我们两个租房子一起住。”

“这样不好吧，你这会儿和你妈闹翻搬出去住，如果叶怀章父母知道了，也不知道会怎么想呢。”

纪周彤转念一想，沈倩倩说得对。在嫁给叶怀章之前，她的衣食住行都要靠家里，所以她和纪红梅的关系不能太僵，万一惹怒她，真的断了她的经济来源，她总不能去找叶怀章要钱花。再说，和父母闹翻也不是什么光彩的事，她在叶怀章家人面前也没什么面子。

叶怀章已经看不上她的父母，她绝对不能让叶怀章再看不起她。

于是，和沈倩倩通完电话，纪周彤去了纪红梅经常光顾的一家首饰店，给她选了一枚胸针，打算回家缓和一下母女关系。

结过账，她刚走到大门口，报警器突然响了起来。店里的三名店员立刻围了上来，用一种异样的眼光看着她。

“我结过账了。”纪周彤很不耐烦地打开包，拿出刚买的胸针。打开盒子她却愣住了，里面放着两枚胸针。

“这是怎么回事，这胸针不是我放进去的。”她态度不善地问刚才向她推荐胸针的店员，“是不是你放进去的？”

刚刚一直笑容可掬、热情周到的店员，突然一脸讪讽：“店里丢了东西我要赔钱的，我吃饱了撑的，嫌自己钱多做慈善吗？呵呵，就算做慈善，也不能捐给你这样的啊。”

纪周彤万万没想到这个店员态度这么差，气得一时半刻没反应过来。

另外一个店员也是一脸惊讶，赶紧打圆场：“陈兰你别说了。”

纪周彤瞪着这个叫陈兰的店员，气道：“你是不是眼瞎啊，我看上去是会偷一个几百块钱小东西的人吗？”

“知人知面不知心。”陈兰一脸不屑地白了她一眼，对同事说，“我看这位小姐穿得人模人样的，不像是个贼，算了，让她走吧。以后看见她再来，小心点儿。”

纪周彤什么时候受过这样的羞辱，简直要气疯了：“不行，我没偷，把监控调出来！”

陈兰双手抱臂：“很抱歉，我们店里的监控今天出了问题。真是倒霉，今天监控坏了，就偏偏有人偷东西。”

纪周彤气得快要吐血，指着陈兰的鼻子尖：“你再这么血口喷人，我就报警。”

陈兰反而冷哼一声：“快报警吧。”

“陈兰你今天怎么脾气这么急？算了你别管了，我来处理。”

另外两个店员一看两人要吵起来，赶紧把陈兰推开，让她提前下班，又向纪周彤勉为其难地道了个歉。看表情两人也不像是真的相信纪周彤没偷，只是不想把事情闹大才息事宁人。

纪周彤百口莫辩，可是又没有证据证明不是自己放进去的，只好憋着一肚子火离开。冤家路窄，没想到她在电梯前碰见了陈兰。纪周彤什么时候受过这种窝囊气，阔步上前叫住她。

陈兰一脸倨傲地打量着她：“被人诬陷的滋味怎么样？周海燕。”

纪周彤本来气势汹汹要争个高下，“周海燕”三个字就像是一个巨大的楔子突然被钉进了她的喉咙，所有的话都被堵住了。

这个名字已经将近有十年没有人提过，乍听见仿佛在耳边炸开巨大的声响，震得脑子嗡嗡响。

她突然之间有点儿喘不上来气，声调陡然降了下来：“你认错人了吧？”

她佯作镇定地盯着电梯上跳动的数字，脸上一阵阵发白。

陈兰盯着她的脸：“我是不认识你，不过我认识纪红梅。上一次你们俩一起来逛街，还带着你妹妹。如果不是看在你妹妹的分上，那一天我就要质问你，你的良心是不是被狗吃了？”

纪周彤吸了口气，反问：“你是谁？”

“我是曾经被江老师资助过的学生。”陈兰鄙视地看着她，“虽然我没出息，没考上大学，不过我这个人有良心，不会像疯狗一样乱咬。”

纪周彤恼羞成怒：“你怎么知道我是诬陷他？”

陈兰冷笑：“我当然知道。就是因为江老师没做，他才会去报警，就像你刚才没偷胸针，你才有底气去报警一样。”

纪周彤一时竟然无法反驳她的话。

陈兰一字一句道：“周海燕，人在做天在看。”

“对啊，我没做，所以不怕天看！”

纪周彤厉声扔了一句，疾步离开。她并不是害怕，只是气愤吃了这样的闷亏，这口气又无从疏解。

回到家里，纪红梅还没睡，躺在沙发上看视频，声音开得很大，一听就是一出闹剧。

纪周彤强忍着厌烦走过去，把胸针的盒子打开，柔声道：“妈，我给你买了个胸针，你看看喜欢吗？”

纪红梅目光一扫，看她手里空着，便问：“衬衣没买？”

纪周彤乖巧地说：“没有，我就穿以前的吧。”

纪红梅的脸色缓和许多，再一看胸针也是她喜欢的款式，语气也好起来：“工作定下来就赶紧结婚吧。找个时间把叶怀章约出来，我们一起吃个饭。我最近看了不少视频，都是讲有钱人的生活的，知道怎么吃饭、怎么说话，到时候不会给你丢脸。”

纪周彤心不在焉地“嗯”了几声，目光落在客厅里的一幅画上。她爹为了彰显品位，在客厅里挂了几幅知名画家的油画，当然不是真品，真品他也买不起。叶怀章第一次来她家，一直盯着其中一幅画看，她还以为他特别喜欢那幅画，离开后他才在微信里很委婉地告诉她："那张赵无极的画，挂反了。"

幸好是在微信里说的而不是当面点出来，不然她可能羞臊到无地自容。

她面对的就是这样一对父母，无知虚荣，想尽办法挣钱，挤破头要往上爬。可是偏偏就是这样的父母，给她提供了超越身边所有同学的资源，还有无条件的信任。她从心里鄙视他们，可她眼下又离不开他们。

她学习成绩平平，考上的学校和所学的专业很一般，找工作高不成低不就，最想去的就是叶怀章家的同程实业，可是提了几次都被叶怀章婉言拒绝，最终叶怀章替她介绍了朋友的公司海音科技。

也许是因为有了叶怀章的关系，尽管和一群名校生竞争，纪周彤也顺利通过了面试。

人事经理李文静把纪周彤单独留下来，说一会儿有事和她说。

纪周彤待在会客室里，百无聊赖地翻起放在茶几旁的书架上的几本杂志。其中一本商业杂志，刚好有一篇关于海音科技的采访报道，她一是好奇，二是打发时间，一目十行地扫过这些关于公司的长篇累牍的介绍，最后目光定在一张照片上。

公司的创始人封粟出乎意料地年轻，不到二十六岁，比起出众的外貌，更吸引人的是他那种超越同龄人的沉稳气度。那双眼睛，尤其让人过目难忘，明亮深邃，暗含锋芒。

再往下，是记者和封粟的一段对话。

"为什么想到要研发乳腺癌传感器呢？"

"因为我母亲死于乳腺癌。"

"很抱歉。那后来做生物预警芯片是因为……"

纪周彤还没看完，李文静走了进来，笑吟吟地说："抱歉，让你久等了。”

“李经理您客气了。”纪周彤忙站起来，把杂志放回原处。

“老板交代过，说你是同程实业的叶公子打过招呼的人。恕我冒昧，叶公子是纪小姐的亲戚？”李文静不愧是人事经理，亲和力简直无敌，脸上的每一个微表情都透着可亲可信。

纪周彤嫣然一笑：“他是我男朋友。”

“哦，难怪了。”李文静露出恍然大悟的微笑，态度也更加热情，“这是入职合同，你再确认一下，没问题的话明天就可以来上班了。”

也许是看在叶怀章的面子上，给她的薪水开得不低。

纪周彤毫无异议地签了字。

想到一个月后，就可以拥有自己支配的金钱，结束伸手找纪红梅要钱的日子，她兴奋不已，离开海音科技，就喜不自胜地拨电话给叶怀章。

叶怀章虽然还没打算和纪周彤结婚，但是做男友却是一等一的合格。他订了很好的饭店，庆贺小女友顺利找到工作，正式踏入社会。吃完正餐，纪周彤窝在叶怀章的怀里吃冰淇淋，自己吃一口，喂他一口。

正甜腻腻的时候，叶怀章的手机响了，是一个陌生的手机号码。

“你好，哪位？”

“你好，我是周海燕的老乡。”

“周海燕？”叶怀章并不认识这个人，只是下意识地念出了这个名字。

Chapter 3

第三章 旧事翻涌

纪周彤脸色一变，挖冰淇淋的勺子掉到了衣服上，她连忙伸手去抽纸巾。叶怀章有点儿摸不着头脑，接着问：“周海燕是谁？”

“周海燕就是纪周彤，她没告诉你吗？”

叶怀章一愣，侧头看见纪周彤惊慌失措的脸。

他没有回答，反问电话里的人：“你有什么事？”

“没什么事，我就是想让周海燕知道，我找到她了。”

说完这句没头没脑的话，电话被挂断了。

叶怀章看了看那个陌生的电话号码，然后看看纪周彤，虽然没开口，但是眼神在询问。

纪周彤无法避而不答，弱弱地开口问了句“谁啊”，声音绷得很紧。

“不知道，不认识。”叶怀章微微皱眉，略带好奇地问，“你以前叫周海燕？”

纪周彤知道以叶怀章的老成，肯定能看出来她此刻的不对劲，于是索性承认：“对，我小时候叫过这个名字。”

“为什么改名字呢？”

纪周彤低下头，隔了一会儿才出声：“因为我上学时曾经遭受过欺负。”

叶怀章惊讶：“欺负？”

纪周彤点点头，皱起的眉头之间，明显带着不想回忆过去的抗拒。

叶怀章善解人意地说：“不想说就不要说了。”

纪周彤没有顺势听从他的话，如果她不做出合理解释，会在叶怀章心里留个疙瘩。她不想他对自己生出什么怀疑。

“我老家简城那边特别重男轻女，尤其是乡下，为了生儿子，简直无所不用其极。女孩在家里地位低下，就像是物品一样，只是到了适婚年龄给兄弟们换彩礼的工具。你曾经见过面的沈倩倩，她初中一毕业就被家里逼着定亲，为了不让她参加中考，考试前一晚她还被锁在家里。

“我妈也吃过这种苦，早早辍学，打工供舅舅上学，所以她发誓不会对自己的女儿这样。她让我去学钢琴、学画画、学芭蕾舞，很用心地培养我。后来家里很有钱了，也没有追生男孩来继承家业，几乎所有女生都很羡慕我，尤其是那些家里重男轻女的，嫉恨我，孤立我……我妈知道后，立刻给我转学，还给我改了名字。”

纪周彤难受地扶额：“我真的不想回忆那些被欺负的过去。”

“可怜的宝宝。”叶怀章把她揽进怀里。

纪周彤抱着他的腰，嗓音发紧：“那个人在电话里对你说了什么？”

叶怀章若有所思地摸着她的头发：“没说什么，就是告诉我，她找到你了。奇怪，她找你干什么？为什么要告诉我？”

“我不知道，你把电话号码给我，我打过去问问。”

叶怀章把手机递给她。

纪周彤接过手机，看着那个陌生号码。

她虽然不知道这个打电话的人是谁，但几乎可以肯定是因为那件事。

如果不是当着叶怀章的面，她根本不会有任何紧张和恐惧，可是现在他就在身边，她说什么，电话里的人说什么，他都能听见。

这种不可控不可知的状态难免让她忐忑不安，但幸运的是，电话拨过去，对方却已关机。

纪周彤暗暗松了口气。

“我猜测是过去那些对我嫉恨在心的同学，想要挑拨我们之间的关系，不然她既然要找我，为什么要打电话给你？”

“我们之间有什么可挑拨的？”叶怀章笑吟吟地看着她。

"我没有告诉过你，我改过名字啊。"

叶怀章好笑："就这点儿小破事？"

"我没说也是不愿意提起被欺负的事，不想勾起不好的回忆。"

叶怀章揉揉她的肩膀，说："我明白。"

"以后奇奇怪怪的电话你不要接。"

"你放心，我不会傻到因为一个电话就对你有什么怀疑和不信任。"叶怀章捏了捏她的鼻子，笑吟吟地说，"瞧瞧你，小脸都急白了，怎么，你男朋友就那么容易被人挑拨？"

纪周彤搂住他的脖子，印上去一个吻。

"我男朋友最好了，所以我要早点儿回去好好休息，养精蓄锐，明天第一天上班，我不能给我男朋友丢脸。"

"好乖。"叶怀章轻笑。

车子停在周家大门外，纪周彤没有像以往那样撒娇很久才放他走，而是在他唇上贴了一个吻便下了车。

目送着叶怀章的车子离开，她身体一软，慢慢地坐到台阶上。

打电话的那个人到底是谁？

难道是那个店员陈兰？

她为什么打电话给叶怀章？

春天刚刚开始，跳广场舞的人群已经出现了，真是不怕冷。

叶怀章关掉车窗，把音乐隔离在外，拿出手机。

诡异的是，一个小时前关机的电话竟然通了。

"喂。"

依旧是刚才的那个女声，听上去年纪不大，说的普通话略微带点儿南方口音。

对方很聪明，不等叶怀章开口自己先主动问："叶先生想知道些什么？"

"你怎么知道我的电话号码？"

知道他是纪周彤男朋友不难，可是拿到他这个电话号码不容易。

他有三个手机号，其中一个号码，知道的人最多，但基本上是秘书接电话；还有一个号码，偶尔用一下；而这个神秘女人拨通的是他最常用的私人号码。

“我找了周海燕好几年都没有找到，最后是花了大价钱，通过私家侦探才找到她，所以顺便打听一下你的电话号码，也不是什么难事。”

私家侦探？叶怀章皱了皱眉头，如果只是单纯嫉恨一个人，想知道她改名后过得好不好，不至于这么大费周章。

“我很好奇，你为什么要找她？”

“暂时不方便告诉你。”

“暂时……”叶怀章顿了顿，“你的意思是，合适的时候会告诉我？”

“叶先生也可以这么认为。”

“所以，你打电话给我，其实是在变相威胁她？”

叶怀章问完，突然想到一个问题，她怎么知道当时纪周彤正和他在一起吃饭？

刚好卡在那个时间点打电话给他，说明这个人应该很了解纪周彤，或者就在纪周彤身边。

“威胁谈不上，只是提醒她，如果把我惹急了，我会把她做的事告诉她最不想知道的人。”

“看来那个人就是我了。”

“也未必，叶先生也许那时候就不是她男朋友了。我看叶先生也不像是那么深情的人。”

纪周彤第一个怀疑给叶怀章打电话的那个人是陈兰。

但是转念一想不可能是她。

陈兰显然没有她的任何联系方式，不然也不会认出纪红梅后那么久，都没有来找她。昨天只是碰巧遇见，她临时起意来报复一回。

如果不是陈兰，那又是谁？

当时她坐在叶怀章的怀里，听见电话里是一个女声，江一峰资助的全都是女学生，这人一定是其中之一。

当年的事，既没有监控，又没有证人，纪周彤并不怕任何人来找她。但可恨的是，这个人居然有叶怀章的电话号码，她现在迫不及待地想要和叶怀章结婚，她不能让这个人在叶怀章面前说一些乱七八糟的话来破坏她的形象。她父母本来就上不了台面，如果叶家知道那件事，肯定更看不起他们。

她思前想后，最终决定登录数年不用的QQ（社交软件）。

还好，密码没忘，还能登录进去。

学生时代大家用QQ多，后来大家都开始用微信，QQ渐渐就不再上了。也不知道他现在还用不用QQ。

登录一看，他的QQ名字和头像都变了，幸好她做过备注，把他单独放在一栏。

时隔数年，他的QQ名字已经从“光哥”变成了“晨曦宾馆”，QQ头像也是一个宾馆的照片。

他的QQ头像是灰色的，显示不在线。

纪周彤犹豫不决，到底要不要联系他？联系上之后会不会甩不掉她？

她盯着那个头像，权衡许久，最后心一横，发了一条信息过去。

“有件事想请你帮忙。你能不能把当年江老头资助过的学生名单给我弄一份？”

信息发过去，没有回应。她心乱如麻地等了十分钟，起身走进客厅。

纪红梅正和周勇明算酒店的开支，看见纪周彤失魂落魄的样子，问她怎么了。

“没事，累了。”纪周彤拿起杯子去接水，却发现饮水机是空的。

“怎么没有水？”

“以后烧开水喝，省点儿钱。”

纪周彤没好气道：“至于吗，一桶矿泉水都喝不起了？”

纪红梅因为酒店没收入正烦着，当即就甩了几句：“疫情以来，整整半年没生意，坐吃山空，你以为我们自己在家印钞票呢？”

纪周彤端着空杯子，想到周小鸥的各种课外班：钢琴、绘画、舞蹈，以及比她当年还多的两项——击剑和马术。

她忍不住回嘴："小鸥的辅导班都是免费的？"

"你懂个屁！那都是去年交的费，一交一年！"纪红梅被惹恼了，"我告诉你家里快破产了，你以为我骗你玩儿的是不是？"

纪周彤眼下心神俱疲，也没力气和她吵，默默上了楼。

周勇明叹口气："要不我把快捷酒店转掉，等疫情过去咱们继续卖大肠汤吧？"

纪红梅当即就给否了："海燕本来就配不上叶公子，亲家要是卖猪大肠的，那叶公子的父母还不嫌弃死了？开快捷酒店好歹好听点儿，他们也不知道我们赚钱不赚钱，反正咱们面子在，说出去也不给海燕丢人。"

周勇明愁道："没生意咋办呢？这一天天的只出不进，光剩下个面子有什么用？"

"先扛着，等她嫁了人再说。"

纪周彤站在楼梯口，心里涌上复杂的情绪。

纪红梅是爱她的，可是这份爱的外面包裹着丑陋的尖刺，散发着臭气，她一点儿都不想靠近。

入职的第一天，纪周彤适应得还不错。

财务部是娘子军，经理老赵是唯一的男性，整体气氛很不错，并非她看的职场剧那样明争暗斗。

纪周彤第一天上班，力图表现好，直到中午快下班才拿出手机给叶怀章发微信，配着辛苦的表情包。

叶怀章大约在忙，直到她在员工食堂吃饭的时候，他才回过来一条微信："宝宝乖。"

态度有点儿敷衍，但也说不出来哪里不对。

纪周彤心里正琢磨怎么回复，突然听见对面同事小声说了句"封总来了"。

他也来员工餐厅吃饭？

纪周彤放下手机，抬头看过去。

封粟真人比照片上的更出众，因为身高优势，在人群中一眼就能看见，很是出类拔萃。

一桌的女同事都在看老板，老赵忍不住开玩笑：“我说你们，人家小姑娘花痴看看就行了，你们小媳妇咋回事？都是有家有口的还看什么看！”

“看看都不行啊？欣赏一下不行啊？”

“就是，人长得好看不就是让人看的。”

被娘子军围攻的老赵举手投降：“我错了。你们看，继续看。”

李文静上前打招呼，封粟转过身，刚好面对纪周彤这个方向，一道锋锐的目光投过来。

纪周彤觉得他并没有看她，但是被余光扫到，心里莫名咯噔一下。

封粟虽然年轻，却因为高冷的气场和锋锐的目光，让人不敢不生出敬畏之心。

纪周彤一向注重自己的外表，吃过饭拿着牙刷去卫生间刷牙，很巧碰见了李文静。

李文静笑靥如花地说：“刚刚我和封总一起吃饭，他还提到你，说是叶公子的朋友，让我多关照。”

“谢谢封总。”纪周彤摆出受宠若惊的表情，心里微微得意，有个同程实业的继承人做男朋友，果然到哪儿都很有排面。

“你困不困？来我休息室歇一会儿吧。”

纪周彤露出惊喜的表情：“方便吗？”

叶怀章说过李文静是封粟的心腹，也是海音科技的元老，她当然很乐意和李文静搞好关系。

“有什么不方便的？来吧，我最喜欢和小姑娘玩了，免得自己老得快。”李文静笑吟吟地带着她去了自己的休息室。小单间光线很好，窗台上摆放了很多植物，郁郁葱葱的，别有一番小情调。

纪周彤忍不住赞道：“李姐，你这花草打理得真好。我妈是植物杀手，养什么死什么。”

"阳光和通风很重要。"

纪周彤不动声色地拍马屁："还是技术问题，以前我家的房子带前后院，阳光和通风都没问题。"

李文静惊讶："前后院，你家住别墅啊？"

纪周彤当然不会说那是在简城，而不是A市：两地的别墅价格差距何止千万？

她不失时机地炫耀："后来换了复式，院子里蚊虫太多，还有刺猬。"

李文静羡慕道："我也正想要买房子，复式我可买不起，能有个大平层就不错了。"

"怎么会买不起呢？李姐你太谦虚了。"

"我想在新区买，听说同程实业开发的楼盘挺多，你了解吗？"

纪周彤有点儿尴尬了，虽然叶怀章是她男朋友，但是他在她面前很少提及自家的生意，她对同程实业在新区开了什么楼盘还真是一无所知。

"我不大清楚，回头我帮你问问。"

"好啊，那太谢谢你了。"李文静笑吟吟地给她倒了一杯茶，"八卦一下，你和叶公子谈几年了？"

"三年了。我大二的时候和他在一起的，他是我初恋。"

"听上去好浪漫。"

"嗯，我对他是一见钟情。"纪周彤捧着建盏，在手心里轻轻转圈。

水纹在阳光下，呈现出让人目眩的漩涡。

李文静看着她低头含笑的脸，不由得露出一抹轻笑。

这么纯情？初恋？

纪周彤的手机突然滴滴响了几声，静谧的休息室里听得格外清晰。

李文静扑哧笑了："哎哟，这声音久违了，是QQ吧。"

纪周彤心头莫名一跳："对，是QQ。"

"现在用QQ的人特别少，大家都用微信了。"

"是的，因为我打游戏要用QQ账号，所以还一直挂着。"纪周彤笑盈盈地解释，然后也没看手机，继续和李文静闲聊，直到离开李文静的休息室，她才打开QQ。

“没想到周小姐还记得我。”

“晨曦宾馆”语气冷淡，还隐约带有一丝嘲讽。

纪周彤思量了一会儿才回复：“我没忘。”

信息发过去，对方隔了两分钟才回：“要名单干吗？”

“最近有人想找我麻烦，我怀疑是江老头资助过的人。”

“这事我可能办不了。”

他的语气很敷衍，也很冷淡。

纪周彤勉强回了个“多谢”，对方没有再回复。

看来这个人指望不上，没打算帮忙。

思来想去，纪周彤再次拨打了那个神秘女人的电话。

电话通了，但是无人接听。

隔了一个小时，她趁着上洗手间的工夫再打，还是无人接听。

难道是因为认出这是她的手机号，所以不接？

她多了个心眼，用公司固定电话拨打过去，依旧没人接。但在两分钟后，她收到一条短信。

“不用再费劲打过来，除了叶怀章的号码，这个手机任何电话都不会接听。想说什么，加微信。”

纪周彤搜到她给的微信号，一阵毛骨悚然。

果然猜得没错，是和江一峰有关系的人。因为这个名叫“简城”的微信头像是江一峰的一张黑白遗照。

纪周彤问：“你是谁？”

“简城”：“你不用知道我是谁，只需要知道我找你想干什么就行了。”

“你想干什么？”

“清明节回简城，当众说出真相。登报也可以。”

“如果我不回去呢？”

“那结果一定是你最不想看到的。”

纪周彤气结："就算你去找叶怀章，你怎么知道叶怀章一定会相信你？他是我男朋友，他和我谈了三年恋爱，他会因为一个陌生人的几句话就和我分手？呵呵，你做梦吧。"

"简城"："那你知道叶怀章昨天给我打过电话吗？"

纪周彤一惊："你对他说了什么？"

"我暂时什么都没说，因为还没到清明节。"

纪周彤咬牙。

今天距离清明节还有十天。

纪周彤心神不宁地熬到下班，立刻给叶怀章打电话。

"你下班了吗？我去公司找你好不好？"

"今天不行，我晚上有约了。"叶怀章的语气一如既往地温柔，但他的拒绝，让她心生一种不妙的感觉。

"简城"说叶怀章给她打过电话，他是不是对自己有了什么怀疑？

她紧张地问："谁啊？不会是美女吧。"

叶怀章在电话里笑了一声："是你们封总。"

"你和封总关系很好吗？"

"认识时间不长，但是一见如故，感觉很投缘。"

"能不能带上我呀？"

"是谈公事，不是玩。你今天上班累了一天，回去早点儿休息。乖。"

纪周彤一点也不想回家，她对纪红梅已经反感到看都不想看一眼的地步。以往她都是逛商场打发时间，但是陈兰让她对逛商场有了心理阴影。她在公司附近转了半天，最终找了一家看上去还不错的餐厅，打算吃完饭再回家。

等上菜的间隙，她忍不住给沈倩倩打了个电话。

"你最快什么时候回来？"

"我得交接完工作。怎么了？听你声音有点儿不对劲。"

纪周彤叹气："最近有件事挺烦的，也不知道找谁商量。"

“什么事？”

纪周彤把“简城”的事情说了一遍。

“所以她想干什么？她要讹钱？”

“没有。她让我说出真相。”

沈倩倩气道：“真相就是江一峰干了龌龊事！怎么，她还想让你这个被害人给老混蛋洗白？她是江一峰的什么人？”

“应该是被他资助过的学生。”

“不用理她，你越搭理她，她越来劲。反正她没有威胁你，也没有敲诈你，你不用怕。”

“我当然不怕，就是担心她对叶怀章胡说八道。”

“叶怀章要是信一个外人，不信你，那你也没必要和他结婚了。”

纪周彤皱眉：“话是这么说，可我不想因为这件事和叶怀章有隔阂。”

“那你干脆主动跟叶怀章说，别等他从别人那里听到，先入为主。”

纪周彤嘴上“嗯嗯”，心里却在抗拒。

人都愿意相信自己愿意相信的，他们才不管什么是真相。即便她主动先告诉叶怀章，叶怀章也未必一定相信她说的。他不知道有过这么一件事，才是最佳选择。

通话结束，她一抬头，居然在这个幽静偏僻的餐厅里，看见了熟人——叶见春。

坐在她对面的是一个和她年纪相仿的帅哥，看上去两人挺熟的，帅哥叫她优优，大约是乳名。

原来她是有男朋友的人。纪周彤不明所以地松了口气，也许是因为叶怀章曾经要过叶见春的手机号码，她有些草木皆兵。

叶见春没有看见纪周彤，她正低头研究菜单。

纪策对她全神贯注的表情，十分熟悉。

因为两人同住A城大学家属院，打小就在一起玩，从幼儿园到小学、初中都是同班同学。后来她因为报大学志愿，和家里闹翻决裂，此后四年，寒暑假都没有回来过，毕业找工作也选择了遥远的外地。他还以为她永远都不回A市了，没想到几个月前她突然给他打电话，说她要回来工作，让他帮忙租个房子。

叶见春很贴心地选了个很划算的套餐。

纪策豪气道：“不要替我省钱，点贵的。”

叶见春莞尔：“哎哟，纪警官财大气粗呀。”

“上班后总共也没请你吃过几次饭，不请点儿贵的，都对不起我们青梅竹马的革命友情。”

“不用，心意我领了。”

纪策故意板着脸说：“要不是托我租房，你是不是也没打算告诉我你回来了？”

叶见春笑嘻嘻点头：“嗯，是吧。”

纪策翻了个白眼：“还真是诚实。”

叶见春笑着吐舌：“我哪儿敢跟警察同志撒谎啊。”

纪策嘿嘿笑了两声：“不过你回来得正好，我妈最近一直催着我找对象。有了你，我就不用去相亲了。”

叶见春没想到他会突然直接来这么一句，窘道：“你是不是没睡醒啊，说什么梦话。”

纪策正色：“讲真的，我们是正儿八经的青梅竹马，感情基础牢不可破，如果发展发展……”

“发展你个头啊！”

“友情有没有可能转化为……”

叶见春瞪他：“没有！”

纪策吞了下唾沫：“我说的是亲情。”

叶见春笑了：“那可以有。”

纪策豪气地碰了一下她的杯子：“那老妹儿给亲哥介绍个嫂子，就这么说定了！”

毕竟是从小玩到大的朋友，一句玩笑话就化解了尴尬气氛。

叶见春笑吟吟地说："好啊，有合适的我介绍给你，你喜欢什么样子的女孩子？"

纪策苦着脸叹气："我现在哪有挑挑拣拣的资格啊，我这工作忙起来饭都顾不上吃，能找个不嫌弃我的妹子就好了，要不然我能打你的主意？"

叶见春作势拿叉子扎他的手："幸好我没答应，你这个务实的'鸡贼'男人。"

纪策往后躲："你周末有空吗？去我家吃饭吧，我妈可想你了。"

叶见春叹气："我周末最忙。你又不是没上过辅导班。"

周六下午和周日全天她都有课，只有周六上午还有一点儿空闲，可校长李萌见缝插针地又给她安排了一个客户。

介绍这位客户的时候，李萌用的是一种极度欣赏的语气，说此人在美国定居多年，年纪轻轻就自己当老板，难得的是不骄不傲，待人彬彬有礼，不像有些有钱人，颐指气使的，真把自己当成了上帝。所以这样的好客户，她不舍得给别人，而是留给叶见春。

叶见春甜甜一笑："校长你对我真好。"

被叛逆期儿子气得半死不活的李萌，一脸慈爱地捏捏叶见春的粉脸："因为我喜欢小春春呀，又听话又漂亮又优秀。"

叶见春被捏着脸，"嘤嘤嘤"地说："太感动了呀，要不是你才比我大十八岁，我都想认你当干妈了。"

李萌眨眨眼："小春春你要是接受姐弟恋的话，可以当我儿媳妇啊。"

叶见春连忙转回正题，让李萌把客户的资料发给她。

看见这位顾客的住址，她颇有些意外。按照李萌的说辞，这位海归老板年少有为，身家丰厚，奇怪的是，他既没住城郊别墅区，也没住新区高档社区，而是住在南城的一条老街上。

近些年A市发展迅速，在城北重新规划建了一座新城，老城渐渐被淘汰。稍微有点儿经济实力的人都去新城买了房子，老城渐渐衰败，乍一看和县城差不多。

叶见春靠着导航才找到风铃街，站在街口，愕然呆住。她在A市住了那么多年，居然都不知道这里有这样的一条街。

整条街的两侧种满了黄花风铃木，花开如金，满树璀璨，若不是两侧的房子太破败，眼前的景色简直像一幅油画。

巷子并不深，有十几户人家，清一色的二层小楼，这种老房子最大的问题就是没有车库，巷子又窄，车子没法儿掉头，开进去也只能直直地倒出来，对于有车一族来说，实在不适合居住。也难怪这里的住户都搬走了，放眼一看，巷子里静悄悄的，没有一点儿烟火气。

叶见春走到一座老房子前，直觉应该是这里。一是门口停放的那辆宝马车，价值不菲；二是，大门洞开，似乎是等人来访。

门框上没有门铃，叶见春迟疑了一下，轻步跨入院内。院子里有些凌乱，仿佛人才搬进来没多久，还没收拾好。东侧靠院墙的地方种着一棵夹竹桃树，枝头挂着红艳艳的花，给破败的院子添了几许生机。

花下摆着一张工具桌，上面放着凿子、锤子、手工锯，这些古老的木工工具，现在只有在电视里出现。现在，她亲眼见到一个男人弯腰用这些老掉牙的工具，认真地刨着一块木板。

伴随着轻微的“吱吱”声响，一片片木屑从刨具上飞下来。做木工活的男人从身形看是个年轻人，胳膊有着精瘦流畅的紧实线条，露出的手腕在日光下呈现一种米白的釉色光泽。

叶见春清了下嗓子，轻声道：“您好，师傅。”

干活的人扭过脸，五官竟是出乎意料地英俊，眼神沉静深邃，但又有一股逼人的锐利，乍一眼看过来，让人心口微微一悸。

“请问封先生在吗？”

男人盯着她的脸，看了两秒，方才微微颔首：“我就是封粟。”

他就是？！

叶见春愣了下神，才自我介绍道：“封先生，您好，我是艺涵音乐的叶见春。”

封粟点点头，抬手指着旁边的一张太师椅：“叶老师请坐，上课的事请稍等，宝宝在睡觉。”

叶见春再次一愣：这么年轻，都有孩子了？！

她下意识地放低了声音："没事，不着急。"

"叶老师想喝点儿什么？"封粟和她说话时，一直直视她的眼睛。

叶见春并非一个善于和人打交道的人，来到艺涵音乐，教授对象百分之九十都是孩子，成人仅有寥寥可数的几位。也许是因为封粟过于年轻英俊，面对他犀利的眼神，她莫名地有点儿不自在。

"封先生不用招呼我，您先忙着吧。"

"那好，我把这点儿活儿干完。"

封粟终于收回定在她脸上的灼人目光，低头继续干自己的木工活。

在他目光撤回的那一刻，叶见春不知不觉松了口气。

她已经很多年没有过这样的感觉，当被一个人看着的时候，直觉他的目光不是看她的面孔，而是想透过皮相直达内在。

那种锋如剑芒一般的目光，她少年时也曾经碰见过。

讲真的，十年不见，她早已不记得那人的长相，却诡异地记得，被他直视时的那种心脏微微紧缩的感觉，还有他说过的话。

他说："我看着一个人的眼睛，就可以看得出他有没有撒谎。"

Chapter 4

第四章

谎言

现在培训机构竞争很激烈，第一次上课只是试课，客户满意再签合同，不满意，公司会再派一个老师过来，直到客户满意为止。

叶见春大学毕业后一直在当老师，也算得上见识到了各式各样的家长和孩子，被磨炼出了处变不惊的风度，耐性也被培养得十二分好。

封粟让她等，她就坐在旁边静静等待。

老城区人少，周遭一片幽静，院中只有封粟弄出来的轻微动静。

风声细细，若有若无。

叶见春出于职业习惯，观察着他的手。

他个子很高，相应的手也不小，这是弹琴的优势，可以掌控的区域更大，手指修长匀称，但并不纤细，这样最好，因为弹琴需要力度。

“叶老师，蹊字怎么写？”

“哪个蹊？”

“‘黄四娘家花满蹊’的那个‘蹊’。”

叶见春拿起桌上的笔，把那个字写在纸上。

封粟仔细看了看：“叶小姐的字写得很好，是不是练过庞中华字帖？”

叶见春惊讶：“你怎么知道？”

封粟淡淡一笑：“我在国外待了这些年，字都快不会写了，前两天想买两本字帖练练字，书店里的行书字帖不是庞中华就是田英章。”

“您真是厉害，我初中的时候，的确是买过庞中华的字帖练过。”

她虽然一脸微笑，心里却奇怪，她现在的字和庞中华的差了十万八千里，他竟然能看得出来？

“这条老街没个门牌号，不方便叫外卖收快递。所以我打算做个门牌，打个孔挂门外。叶老师帮我写一下‘花满蹊’三个字吧。”

叶见春连连摆手：“我的字也不好。”

“总比我好多了，来吧。”

说也奇怪，明明是一种毫不见外的态度，那语气里却隐隐带着不容拒绝的压力。

盛情难却，叶见春只好提笔写了这三个字后说：“见笑了。”

封粟看得很仔细：“字很漂亮，叶老师太谦虚了。”

叶见春被夸字好看是经常的事，当年她唯一拿得出手的被老师夸赞的地方就是字写得漂亮。

封粟挑了下眉头：“叶老师，我突然发现你的名字和‘花满蹊’很配。”

叶见春寻思了一下，忍不住笑了：“是的，有点儿对仗的意思。”

封粟若有所思地说：“‘见春’这个名字，配上‘叶’这个姓，意境真好。”

叶见春莞尔：“封先生，你要是知道这名字的来历，恐怕就不会觉得很好了。”

他抬眸问道：“什么来历？”

“有种花叫铁筷子花，又名雪牡丹，或者见春花，经常开在雪地里。叶见春，说白了就是叶铁筷子。”

叶见春用略带自嘲的语气，笑吟吟地解释自己的名字。这些年，她一直努力想让自己看上去外向正常。

封粟笑了笑：“原来如此。”

所以，记得那株见春花的人，不光是他。

“这是你父母给你取的名字吗？”

叶见春毫不犹豫地点了头，脸上看不出来任何不对劲，坦然而自在。

但其实她撒了谎。

在十五岁之前，她从来没有撒过谎。她最大的心愿，就是做一个让父母满意的好孩子，能配得上她的名字，优秀，完美。直到十五岁那年，她和一个叛逆的学渣成为同桌。

他经常面不改色地撒谎，却对她说，撒谎的人未必就是坏人。

是的，说谎的人不一定是坏人，但是有人却用谎言做了一把杀人利器。

封粟把木板上了漆，放在桌上晾干，然后把桌子上的工具收拾到一个长方形的大木箱里。那箱子很能装货，里面还有各种工具，如钉子、凿子、锤子等。

他显然是个心思细致的人，收拾工具的时候，都把尖头冲下摆放。

盖上木箱盖子，他拧开院子的水管，用一块超市里常见的檀香皂洗手，洗完漫不经心地甩了几下水。

突然之间，眼前的画面变得似曾相识。

曾经她也在一个类似的小院子里，用浇花的水管洗手，用同款的檀香皂，洗完了胡乱甩一下水。身后有一个少年，给她递了一条毛巾，还有一瓶润肤露，说："你的手是弹琴的，怎么这么不爱惜。"

恍惚之间，封粟转过身来，客客气气开口："叶老师，恕我冒昧，我看了你的简历，你原先在X市实验小学当音乐老师，这工作按说挺好的，为什么辞职呢？"

这问题已经被问了无数遍，叶见春准备的答案滴水不漏："因为我家在A市，所以想回到这边发展。"

"那叶老师当初大学毕业的时候，应该直接在A市找一份工作才对，怎么会想到去离家那么远的X市？"

叶见春笑了："那时不懂事，就想离家越远越好。"

封粟微微一笑："我也是，年少无知的时候一心要出国，后来发现还是祖国亲。"

叶见春莞尔。

"叶老师，你教过成年人吗？"

"教过。"

“难吗？”

叶见春笑了：“我曾经教过一个没有任何基础的人，他练了几个月，学会了一支曲子。”

封粟略感失望：“只学会一首曲子？”

“只要想学当然可以学会很多。他就学一首曲子向女友求婚。”

封粟听见“求婚”两个字，起了兴致，问她什么曲子。

叶见春猜他听了曲名一定会笑。

果然，她说出《婚礼进行曲》时，封粟便笑了起来。

他这一笑，那双锋锐的眼睛竟然出人意料地勾人，叶见春不好意思和他对视，微微低头。

封粟的目光从她脸上挪开，看向她身后，下巴轻抬，说：“宝宝醒了。”

叶见春扭过脸，做好了看见一个小娃娃的准备，结果撞入眼帘的却是一只两个月大的小布偶猫，小布偶猫蹦蹦跳跳地跑了过来。

封粟弯腰抱起萌萌的小肉团，哄孩子似的问：“包包睡好了吗？”

小奶猫瞪着水晶样的大眼睛，奶声奶气地“喵”了一声。

“包包饿不饿？”

小奶猫很灵气，封粟问一句，它奶声奶气地“喵”一声，有问有答的，简直能把人萌死。

叶见春这会儿才知道自己听岔了，他说的是包包，不是宝宝。

封粟比同龄人要沉稳得多，气质介于冷傲和冷漠之间，但是抱着猫的时候，冷峻的眉宇浮现出温柔入骨的神情，一看就是个“猫奴”。叶见春心有戚戚。

“叶老师就从最基础的开始教吧，我以前学的早就忘得差不多了。”

“好。”叶见春被可爱的小包包勾得眼睛都直了，恨不得伸手去摸。

封粟看看她：“叶老师也喜欢猫？”

叶见春连连点头：“很喜欢，超喜欢，爱死了。”

封粟道：“那我们太有缘分了。”

视线相对，叶见春再次觉得心头一跳，只觉这双眼莫名熟悉。

小楼从外面看着破旧，客厅里却收拾得干净舒服，崭新的原木家具，窗前放着一架崭新的施坦威立式钢琴。光亮的琴盖上，数根白色猫毛赫然入目。

方才他让她等了半天，就是为了不吵醒包包的美梦，这“铲屎官”当得真是一绝。

家教课一般是两个小时，但第一次试课，只有一个小时，而且也不收费。叶见春先了解他的情况，问他以前是否学过钢琴。

封粟撸着小猫，慢条斯理地回答：“小时候学过，很多年没摸过琴，都忘得七七八八了。现在想重新捡起来，等年会的时候，在员工面前露一手。不要教太难的，能糊弄人就行。”

只是为了糊弄人……还挺直白的一个老板。

叶见春忍笑点头，说：“好的。”

考虑到封粟多年没摸过琴，童年的一点儿基本功估计也忘光了，她从最简单的指法手型、乐理知识讲起。

封粟听得很认真，偶尔上一下手，指法并不像他说得那么烂。他说自己全忘光了，也许只是谦虚。

一个小时的试课结束，他主动说：“叶老师教得不错，我很喜欢你的授课风格。”

“谢谢封先生的认可，不过我们公司是可以挑老师的，如果您对我不满意，就告诉李校长，她会再派一个老师过来试课，直到您满意为止。”

“不用了，我对叶老师非常满意。反正离年会还早，先安排一周一次课吧，周日下午四点钟。”

“封先生，我周日下午已经安排学生了。周六上午可以吗？”

因为周日下午四点，刚好是周小鸥的钢琴课。

“我周六上午想睡觉。”封粟敲了下琴键，平淡地说，“给你那个学生换个老师不就行了。”

叶见春很为难地说道：“很抱歉，我已经带了她一段时间，再换老师不合适。”

封粟扭脸看着她，目光骤然犀利到让人不敢直视：“有什么不合适的？那个学生非你不可吗？”

叶见春面对他锐利的目光，有一种被看透企图的慌张感，下意识地别过脸，躲避他的视线。但转念一想，应该是自己心虚了。

他怎么可能知道她给周小鸥上课的目的和计划。

她缓了口气，赔着笑说：“实在抱歉，我回去让李校长安排别的老师过来吧。封先生放心，我们艺涵音乐的老师都很棒，一定会安排一个更好的老师过来。”

“不换，我也非你不可。”

封粟突然收起了如沐春风的温和，露出了强势的本色。一时间，气氛莫名尴尬，还略带一丝暧昧。

叶见春窘然不知如何应对，正愁怎么四两拨千斤地化解尴尬，封粟却话锋一转，一本正经地谈起了风水：“叶老师，我是个生意人，信风水命理。算命的说我命中缺木，那天去艺涵音乐，李校长拿了老师的名册过来给我看，我一看就选定了叶老师。因为叶老师的名字很适合，而且还有个春字，很吉利。”

叶见春不懂玄学，只好微笑着“嗯嗯”，显得很认可的样子。

“算了，既然叶老师调不开时间，那就周六上午十点吧。”

封粟直接定了时间。

叶见春不知道李校长说他平易近人、彬彬有礼是从何而来，她感觉这人并不好相处，而且身上还带着一股讳莫如深的神秘感，如同一把被封在剑匣中的剑，不经意间会有隐隐的寒光透出来。

叶见春正准备告辞，封粟突然问她：“叶老师，你住的是什么样的房子？”

“就是普通的住宅楼。”

“封阳台了吗？”

“封了。”叶见春有点儿莫名其妙，他问这个做什么？

“那叶老师能不能帮我个忙？”

“什么忙？”

叶见春虽然一直保持客气的微笑，心里却在纳罕，一面之缘，我能帮你什么忙呢？

封粟抬手指向旁边正在玩小球的包包：“朋友怕我一个人寂寞，就自作主张送了我一只小猫。”

叶见春心里打了个问号，然后呢？

“我原本是很喜欢猫的，但这个房子实在不适合养猫，包包差点儿丢了两回。”封粟略显疲倦地摸了下后颈，“再加上最近工作特别忙，我实在是没有精力照顾它，想给它找个新主人。刚巧叶老师喜欢猫，就送给你吧。”

叶见春简直跟做梦似的，不敢相信会有这样的好事，一双杏眼瞪得老大，呆呆地看着封粟。

她打小就想养猫，可父母坚决不准，上班后因为住宿条件不合适也没养成。最近回到A市，终于有了条件，正准备要养，于是乎，天降一只小奶猫，还是她最喜欢的布偶猫！

“叶老师愿意帮这个忙吗？”

叶见春如梦初醒，忙说：“我是很喜欢小猫，可是布偶猫很贵的。免费送我，怎么好意思接受。要不我给……”

“钱”字还没出口，封粟打断她：“包包是朋友送的，我也没花钱。叶老师肯收养包包，算是帮了我的大忙，再提给钱可就让我难堪了。”

叶见春此刻已经乐得不知所措：“那我就谢谢封先生了。你随时都可以去我家看它，或者我给你拍视频。你放心，我一定会好好养包包。”

封粟看着她：“我当然放心。一个人是不是真心爱猫，我看他看猫的眼神就知道了。”

叶见春整个人开心得冒泡，都没觉察到自己一直在笑，而且话也多了。

“封先生火眼金睛，都可以去当警察了。”

封粟望着她脸颊一侧的酒窝，若有所思道：“以前有个人也这么说过我。”

叶见春喜滋滋地问："封先生，包包是男生还是女生？"

封粟瞟了一眼小猫，又看看她："它是个靓仔。"

叶见春听见"靓仔"两个字，心里一跳，不由自主地抬起头看向封粟。

那种诡异的熟悉感再次扑面而来。

眼前这个男人，和记忆中那个叛逆张狂的少年，虽说气度迥异，但眼神却很像。

但怎么可能是他呢?

"怎么了？我脸上有什么东西？"封粟迎着她的目光，微微挑眉，貌似不经意地摸摸自己的脸。

叶见春有点儿尴尬，忙低了头说："没什么，我以前很喜欢的一只猫叫靓仔。"

"原来如此。"封粟伸手揉了揉包包的小脑瓜，"你稍等，我上楼把包包的东西整理一下。"

叶见春一看人上了楼，克制不住激动的心情，马上把包包揽进了怀里。

"天啊，今天是什么黄道吉日啊。我这是时来运转要开始走运了吗？怎么就糊里糊涂有了猫呢？包包小宝贝，以后我们就是一家人了哦。你叫包包，我叫优优，我们合起来，谐音就是'包邮'啊！我们好有缘分，你说是不是？"

女孩儿压低了声调的自言自语，从楼下传过来，带着欢喜不尽的甜味。

封粟停在二楼拐角，静静地看着她的背影。

记忆穿越十年的时光隧道，一个少女的身影渐渐浮现。

在沙发的一隅，她蹲在那里和"靓仔"说话，双肩突出尖尖的骨头。

那应该是她人生中最灰暗的时光。

"包包你是不是棉花糖做的假猫啊，怎么又软又甜的？哇，还很香，我想咬你一口怎么办？"

叶见春抱着小猫嘀嘀咕咕了半天，直到耳边传来一声轻咳，才发现封粟已经下了楼，提着一大包东西站在她身后。

叶见春忙抱着包包站起来，羞臊得不好意思看他，也不知道那些傻乎乎的话他听去了多少。

封粟清了清嗓子，说："东西挺多的，我开车送你一趟吧。"

作为前主人去看看包包的新家她当然没有拒绝的道理，叶见春很善解人意地说："你顺便上楼看看我家的环境，要是觉得条件不合适，就再给包包找个更合适的家。"

封粟点点头："说起来我也算是包包的爸爸，要对包包负责。该去看看它的婆家。"

这句话说得太过认真，叶见春看着他年轻冷峻的面孔，再一想包包的性别，莫名想笑，赶紧低头忍住了。

"你能不能答应我一件事？"

"什么事？"

"每天拍个视频给我。"封粟说完马上追了一句，"你不会觉得我对你不放心，你心里不舒服吧？"

叶见春甜甜一笑："当然不会啊，其实我正想这么做呢。咱们素不相识，你对我不放心也是应该的嘛。你这样是对包包负责，我没有不开心。"

封粟笑笑："那就好。"

叶见春租的居处位于市中心，楼下就是繁华的商业区。一室一厅，收拾得干净整洁，只是屋内东西非常少，简单到几乎不像是一个女孩的住处，一副主人随时可以拎包走人的样子。

封粟很有风度地没有东看西看，只是看了看阳台便告辞。

叶见春关上门，一抬眼看见门框边的钟表指向中午十二点，这才后知后觉自己太失礼了。人家白送一只这么贵的小猫，于情于理她都该请他吃饭。

她抱着包包开门追过去："封先生，你什么时候有空？我想请你吃个饭。"

封粟回过身，认真想了想，说："等有时间了我告诉你。"

叶见春忙点头说："好呀。"

她不知道她此刻抱着小奶猫，软软糯糯的样子一如少女时，眼里有着不食人间烟火般的清澈、干净。

封粟看着她怔然片刻，才出声："对了叶老师，清明节放假我闲着没事，能不能给我排两节课？"

"不好意思，我清明节要去外地。"

"出去玩吗？"

"不是，去扫墓。"

封粟若有所思地点点头，转瞬微微一笑："那我们节后再见。"

叶见春抬起包包的小爪挥了挥："好的，再见。"

封粟摸了下包包的小脑瓜："乖，以后听姐姐的话。"

原来他的声音又柔又低的时候这么勾人，听得叶见春耳根都软了，直到他走进电梯，她才觉得这称呼似乎有点儿不对劲。

他是包包的爸爸，她是姐姐？

嗯？

下午回到艺涵音乐，叶见春先去李萌办公室汇报给封粟试课的情况。

李萌笑嘻嘻点赞："不错不错，我就知道小春春所向披靡，没有搞不定的客户。"

叶见春谦虚地笑："哎呀，校长你过奖了。"

李萌眨眨眼睛："我说得没错吧，那位封先生是不是长得很帅？"

叶见春抿了抿唇，如实点头："嗯，挺帅的。"

李萌特别喜欢这个漂亮听话安静乖巧的小姑娘，忍不住逗她："不知道他有没有女朋友。要是没有的话，他说不定会看上我们叶老师。"

叶见春连连摆手："哎呀，校长你怎么能这样呢，客户是上帝，不可以觊觎的。"

李萌笑嘻嘻说："万一这上帝觊觎你呢？"

"那不会的。"

"你看他对你的评价多好，把你夸成一朵花，我看说不准他真对你有好感呢。"

李萌把手机微信对话框打开给叶见春看。

叶见春一看还真是，封粟把她夸了一番，然后定了她一年的授课。

“真是有缘分，他来了之后，从老师名册上一眼就挑中你，说喜欢你的名字，合眼缘。我看哪，离喜欢你这个人也不远了。”

叶见春哪里是李校长的对手，被打趣得脸颊发红，连忙找借口要去上课，从办公室落荒而逃。

下午三点钟的钢琴课，学生就住在A大附近。上完课，她从学生家里出来，临时起意给纪策打了个电话，问他在不在家。

纪策幽幽怨怨地说：“单身汉没人约，不在家还能在哪儿啊。”

叶见春笑了：“那我去找你玩啊。”

纪策立刻激动万分地喊着：“妈，优优要来咱家，冰箱里有没有菜？”

“有的有的，让她快来！”

叶见春望着A大的校门，轻轻叹了口气。

她真羡慕纪策，有那样的家、那样的妈妈。

她父母现在还住在这里，可是这次回来，她压根就不想回到那个家。那个家已经没有她的位置，她是被父母放弃加放逐的一个失败者。

张艺敏开门看见叶见春，一个字没说，先一把搂住了她。叶见春眼眶一热，喊了声“阿姨”。

小时候她最嫉妒纪策的地方，就是他有这样的拥抱。不管他在外面受了多少委屈，回到家里，都有妈妈的怀抱。

“优优你回来了怎么也不和阿姨联系？你这个小没良心的。”张艺敏又哭又笑地看着她，“我听纪策说你在外面租了房子，你怎么不回家住？”

叶见春实话实说：“因为我不想回那个家。”

张艺敏忙说：“那就把阿姨家当自己家，什么时候想吃炖排骨炖老母鸡，就来阿姨家。”

叶见春含着泪笑：“好啊。你看我今天都没提前预约，直接就来了。”

“这就对了，和阿姨客气什么！你这次回来是打算留在A市吗？”

“不是，我是为了办一件事，办完了我就走。”

“为什么不留在A市？阿姨好舍不得你。”

叶见春微笑：“因为我想重新开始，过属于我自己的生活。我现在改了名字，叫叶见春。”

张艺敏叹口气，怜爱地摸摸她的脸颊，柔声说：“孩子，不管你叫江懿臻，还是叶见春，你都是阿姨的优优。”

叶见春听见“江懿臻”三个字，微微恍惚了一下。

那段属于江懿臻的时光，已经遥远得像是上辈子。

可惜，她还是记得那么清楚，永远都忘不掉。

她和纪策是同年同月同日生，江懿臻这个名字，是她还没出生就取好的大名。

她父母都是A大老师，纪策父亲在A大后勤部门工作，两家虽然同住一个大院，却并不认识，直到两家妈妈在同一所医院生孩子，又很巧地住在同一间病房，两家人才熟悉起来。

江懿臻的母亲叶胜男比纪策的妈妈张艺敏大了十二岁，学历也高了三个台阶，如果不是同住一间病房，她绝对不会和家庭主妇张艺敏打交道，因为她骨子里最看不起的就是家庭主妇。

叶胜男出生于书香门第，从小就是学霸，博士毕业留校任教，在同龄人里最先评上副教授。她一向心气很高，交往的人际圈子很注意阶层，“往来无白丁”，即便是有钱人，没文化的也不能入她的眼，家庭主妇张艺敏根本不在她的交友范围之内。

江懿臻还没有出生的时候，叶胜男就对这个孩子寄予厚望，所有的同事和亲戚也都异口同声地说，你们两口子都是博士、学霸，生出来的孩子必定智商超群是个天才。夫妻俩也理所当然地认为这是必然。叶胜男从怀孕的那一天起，就特别注重胎教。江懿臻半岁起就被安排了各种早教课程，她的童年就是在和保姆刘锦绣一起转场各种课外兴趣班中度过的。

那时，她和纪策一起玩耍的时间并不多，直到三岁那年进了A大教职工幼儿园，很巧的是两人又成了同班同学。

纪策自打生下来，就没有和妈妈分开超过两个小时，所以上幼儿园的第一天，他是班里哭得最厉害的一个孩子。江懿臻和他相反，没有一点儿分离焦虑症的表现，因为她从三个月起，就一天到晚见不到父母。陪伴她的只有刘锦绣。

江懿臻像个小姐姐一样帮纪策擦眼泪，还像对自己的布娃娃一样，拍他的后背，说"乖宝宝别哭"，纪策被比他大了一个小时的江懿臻安慰着，渐渐平静下来，认命地在幼儿园待了一天。

傍晚张艺敏来接儿子，看见白白胖胖的小姑娘笑嘻嘻地牵着自己眼皮肿得看不清路的儿子，忍俊不禁地夸江懿臻："优优真棒，真坚强。"

江懿臻很奇怪地看着她："阿姨，你眼皮怎么也很肿啊，你也哭了吗？"

张艺敏不好意思地笑了："对啊，阿姨好想策策，所以也掉眼泪了。不过阿姨很坚强，没偷偷来看策策。"

纪策高高兴兴地跟着妈妈回家看动画片去了。

江懿臻也很想回家看动画片，可是她得跟着刘锦绣去上课外兴趣班。晚上回到家，她第一件事就是去问江同："爸爸，你今天有没有哭？"

江同正在看文件，头都没抬："没有，哭什么？"

江懿臻又去问叶胜男："妈妈，你今天有没有哭？"

叶胜男不解："没有，怎么了？"

"我去上幼儿园了，你没有哭吗？"

"为什么要哭？"

"纪策和他妈妈都哭了。"

"她是个家庭主妇，没事业没收入，只能围着老公儿子打转，儿子去上学，她内心空虚，无所事事，当然要哭。"说到这儿，叶胜男蹲下身子，特别严肃地看着江懿臻，"优优，你可不能做一个没用的人，你要当第一名，要做强者，要像你的名字一样优秀。"

江懿臻似懂非懂地点头，在此后的十五年间，她拼尽全力要成为一个优秀的人，确切地说，想要达到父母认可的那种优秀。

可惜事与愿违，她离父母的期许相距甚远，甚至到上幼儿园大班，才勉强把自己的名字写对。

叶胜男为此在家里发了无数次火，很多次撕过江懿臻的作业本，用小棍子狠狠敲她的手心。江同比她耐心一些，说：“你别急，优优名字太复杂，不会写很正常，并不能说明她笨。”

叶胜男压抑着自己的失望，期盼江懿臻进入小学会成为优等生。然而江懿臻依旧成绩平平，没有一点儿天才儿童的样子，反而是叶胜男看不起的家庭主妇生出来的纪策，开始显露出学霸的潜质，每次考试都是满分。

叶胜男开始疯狂给江懿臻报辅导班，即便如此，到了小升初的时候，江懿臻还是没能考上一中。叶胜男和江同找了关系，花了近十万元钱把江懿臻送进了一中，而家庭主妇的儿子纪策是自己考进去的。

生性好强的叶胜男自觉丢尽颜面，在暑假期间请了家教，让江懿臻把初一的语数英全部提前学一遍。

江懿臻被关在家里上课的时候，纪策既没有暑假作业，也没有上初一预科班，他和妈妈出去旅游了半个月。回来后，他整天和同学一起打球、游泳，去图书馆借了一堆武侠玄幻小说。江懿臻羡慕到无法形容，吞吞吐吐地向叶胜男提出想要去图书馆，叶胜男一脸嫌弃地说：“你学校几门课都没学好，还有心情去看闲书？”接着把一本记账本甩到她脸上，上面写着她从小到大花了多少补习费，以及最近的一笔近十万元的择校费。

几十万对十二岁的江懿臻来说是天文数字，这笔巨款让她充满了负罪感，她不敢再要求出去玩，坐牢一样闷在家里，唯一的“娱乐”就是弹琴。

没有电视没有手机，写完作业，她就坐在钢琴前，要么发呆，要么一弹就是两三个小时，而且是同一首曲子。刘锦绣担心她憋出什么毛病，趁着叶胜男夫妻不在家，就悄悄喊纪策来家里陪她玩。

男孩子心野，纪策在家里根本待不住，玩了一会儿就鼓动江懿臻和他一起去看电影。江懿臻在家里实在憋了太久，被纪策劝诱了几次，终于鼓起勇气跟纪策偷跑了出去，那是她生平第一次“逃课”。

而不巧的是，他们在电影院碰见了几位同学，同学看见两人一起来看电影，就开始起哄问他们是不是早恋了。

江懿臻气红了脸，当即否认。

纪策却不解释，跟没听见似的，往嘴里塞爆米花。

江懿臻把爆米花抢过来，气哼哼质问他："你怎么不解释啊？"

纪策一脸无所谓："我解释他们会听？再说了，干吗在乎别人的话？做好自己的事就行了呗。"

那种毫不在乎的语气，让江懿臻突然意识到了自己和纪策的区别。

优秀的成绩，给了纪策越来越大的底气和自信。而江懿臻却相反，她越来越在乎别人的看法，父母、亲戚、老师、同学，甚至邻居一句无心的询问，都让她感到有压力。

难得有个下午放松，她高高兴兴看完电影，回到家里，迎接她的却是叶胜男暴怒的一记耳光。那不是江懿臻第一次挨打，但是是第一次被扇耳光。

她怔怔地看着叶胜男，大脑一片空白，脸上辣如火烧，耳朵嗡嗡作响，可是叶胜男的呵斥和责骂依旧一字不落地刺进她的耳膜："你这个成绩还怎么好意思和纪策出去玩？人家是考到一中的，你是拿了近十万块买进去的，你怎么有脸玩？整个家属院就你最垃圾，我和你爸的学历是所有父母里面最高的，你却连个一中都考不上，我们的脸都被你丢尽了！纪策他妈是个家庭主妇，他都能考上一中！我们在你身上花的钱是他家花的一百倍都不止，你是猪脑子吗？那么简单的知识，那么多老师教你，你怎么就是学不会？！

"你还有脸出去玩，你有没有羞耻心？我要是你我都不敢出去见人！你真是太不知羞耻了！"

江懿臻紧紧地咬着下唇，拼命忍住不让自己哭出声，拼命告诉自己，被羞辱被责骂是应该的，因为她让父母脸上蒙羞。

不知从什么时候开始，江懿臻变了，下课不出去玩，不和人说话打闹，木呆呆地坐在座位上看书。因为提前学了一遍，她初一的成绩勉强算中等。初二后，有了物理、化学这两门功课，她的总分数被拉到了班级倒数。

叶胜男的焦虑在江懿臻初三这年到达了顶峰，因为A市每年大约只有一半的初中生能考入高中，其他的要么上职高，要么上中专。叶胜男的好胜心和自尊心让她绝对不能忍受自己的女儿连高中都考不上。

江同在一开始还抱着希望，江懿臻上初二时他也开始绝望，恨铁不成钢的口头禅就是："别管她了，天生猪脑，让她自生自灭吧。"

江懿臻的成绩一直让叶胜男在朋友和同事面前抬不起头，刚好赶上更年期，叶胜男情绪极度不稳定，几乎每天都要责骂江懿臻。

江懿臻的压力也到了顶峰，一模考试成绩出来的前一天，她焦虑害怕到根本睡不着觉，深夜去厕所的时候，听见父母房间里有说话声，她根本没打算偷听，但因为听见了纪策和她的名字，她不由自主地停住了脚步。

"我怀疑当时在医院里抱错了孩子，纪策应该是我们的孩子。"

"我也觉得不对，我们两个这么聪明，学习这么好，没道理会生出来个蠢货。"

"我几年前就一直怀疑是不是抱错了，要不然干脆带着江懿臻去做个亲子鉴定吧。"

"对，去做一下吧。如果她不是亲生的，那我们再去找纪策做个鉴定。"

江懿臻站在黑暗中，不知道自己是怎么走回房间的，那一夜她一秒都没有睡。

她这辈子都忘不了父母说的那个亲子鉴定。

那是压垮她的最后一根稻草。

Chapter 5

第五章

野心如野草，在风中疯长

吃过晚饭，纪策送叶见春出了家属院大门。

站在路边等车的时候，纪策忍不住问：“你打算以后都留在A市吗？”

叶见春几乎没有犹豫：“不会。我办完事了就离开。”

纪策压抑不住好奇心：“到底是什么事？上次问你，你都不肯说。”

“一件对我很重要的事。”

纪策气得翻白眼：“说了和没说一样，真不够朋友。”

叶见春偏头笑了，拍拍他的肩膀：“现在真的不方便说，放心吧，以后我会告诉你的。”

纪策“哼”了一声：“啧，不稀罕。”

“不稀罕那我就不说了。”叶见春拦下一辆出租车，回头还冲纪策做了个鬼脸。

纪策被逗笑了，仿佛又看见了小时候那个可爱的玩伴。

叶见春现在是有猫的人了，回家的心情格外迫切。既然养猫了，那就得做个尽职的“铲屎官”。她一到家先把包包侍候好，然后拍了视频发给封粟，好让他这个前主人放心。

隔了一会儿，封粟客客气气回复了两个字——“谢谢”。

叶见春回：“不客气，我应该做的。”

接下来，微信对话框上一直显示对方输入中，可是过了半天他一个字也没发过来。

叶见春忍不住想笑。

这人总不会在国外待久了打字也不熟练吧？

就在她以为他不会再发信息过来的时候，他又发了一句：“恕我冒昧，我记得你是本市人，怎么一个人住？”

叶见春回复：“家里还有个小妹妹，房子小住不下，所以我就在外租房子了。”

其实A大家属院的房子一点儿不小，只是容不下她。

封粟没再继续问，回了个“晚安”。

叶见春回了个晚安的表情。

周日下午四点，照例是周小鸥的钢琴课。

叶见春每次去上课，纪红梅几乎都在客厅的沙发上躺着，要么是看无声电视，要么是刷手机视频。奇怪的是，今天一楼客厅里只有保姆和周小鸥。

叶见春还以为纪红梅不在家，结果刚刚上课没多久，就听见楼上传来争吵声。

原来纪红梅和纪周彤都在家。

周小鸥素来胆小，今天一听老妈和大姐吵得不可开交，更加不敢抗议，默默地皱着小眉头，嘟着嘴。周家的保姆也是多一事不如少一事，装作没听见，该干吗干吗。

叶见春更不方便干涉人家母女吵架，就很尴尬地勉强讲着课，周小鸥显然也听不进去。因为楼上的争执越来越激烈，以至于一楼听得清清楚楚。

“现在家里情况这么糟糕，你早点儿和他结婚，也能帮帮家里。”

“你以为我不想和他结婚吗？他不提结婚的事，我能怎么办？”

“那我和你爹去找他父母谈啊！你又拦着不让！咋了，我和你爹不能见人？你嫌我们上不了台面给你丢人，你可别忘了，只有你老娘和你老子才是一门心思地为你好！要不是你，我们家现在会搞成这样？”

“过去的事，你能不能不要再提了！”纪周彤歇斯底里地喊了一声，“生意不好是因为疫情，你为什么一直都把责任推给我？”

“归根到底，还不是因为你！”

纪红梅吼道："你知道我为什么把钢琴放在客厅里？我为啥要坐在旁边守着？我就是不想再发生当年那样的事！"

随着一声摔东西的声响，纪周彤从楼梯上冲了下来。

紧接着一个台灯的灯罩从楼梯上滚了下来。

纪红梅紧跟着从楼上下来，看见叶见春，略有点儿尴尬，打了声招呼就追了出去。

"唉，终于都走了，吵死了。"周小鸥舒了口气。

叶见春也舒了口气："来，咱们休息一会儿吧。"

周小鸥不好意思地摇摇头："不行，我妈说私教课特别贵，一分钟都不能耽误。"

叶见春明白小姑娘的意思了，莞尔一笑："没事的，刚才的时间不算，咱们重新计时好吗？"

周小鸥一听就高兴了："老师您太好了！我脑子里闹哄哄的，刚好去吃个冰淇淋冷静一下。这个时间也不算课时，对吧？"

叶见春点头："不算。"

保姆笑了："你个小机灵鬼，想吃冰淇淋了还挺会找借口的。小心你妈说你。"

"冰淇淋她又没数，不会发现的。"周小鸥吐吐舌头，蹦蹦跳跳地去了厨房。

叶见春走到保姆身边，轻声道："王姐，刚刚太太和大小姐吵架，说钢琴放在客厅，她要在旁边守着，就是不想发生那件事。是什么事啊？"

保姆摇头："我也不知道。是不是担心你不好好教，故意磨蹭，耗时间？"

叶见春笑了："我说太太怎么一直在客厅守着，原来是担心这个，那不如安个监控呢，人可以解放。"

保姆撇嘴："那我可不乐意，我对她说了，她要是装监控我就辞职。"

叶见春莞尔。

保姆是个健谈的人，看纪红梅和周小鸥不在就忍不住吐槽。

“不是我说，她这脾气，也就我能待得久。在我来之前，都换十几个保姆了，那些保姆都忍不了她。”

“可能是太寂寞了吧，我也没见她有什么亲戚朋友。”

“有个哥哥也不来往。”保姆小声说，“她哥嫂可不是东西。太太去他家走亲戚，他都不让进门，说卖猪大肠的身上有骚气。要是我也得断绝关系。”

叶见春点点头，试着把话题往纪周彤身上带：“大小姐的朋友挺多的吧，我看她周末一般都不在家。”

保姆直言不讳：“她呀！一门心思只在叶公子身上，大部分时间都是和叶公子在一起，也没见有啥朋友。”

这也是叶见春挺苦恼的一个地方，几乎没见纪周彤有什么朋友，除了叶怀章。

可是她总不能从叶怀章身上下手……

周小鸥从厨房里出来刚好听见，立刻反驳：“才不是呢。我姐姐有个好朋友，叫沈倩倩，不过她在B市。”

保姆问：“你怎么知道的？”

“我拿姐姐的手机打游戏的时候，沈倩倩一直给姐姐发微信，耽误我打游戏，我就把她删掉了，姐姐发现后把我揍了一顿，打我屁股。”

保姆“噗嗤”笑了：“你可真是胆大包天了，偷玩游戏还删你姐的好友。”

周小鸥叹了口气：“我本来准备打完游戏再把她加回来的，不小心给忘了。”

叶见春也忍不住笑，提醒她说：“冰淇淋别吃多了，小心肚子疼。现在还没到夏天呢。”

周小鸥笑嘻嘻说：“没事的，叶老师你吃不吃？”

叶见春笑着摇头，心里真不解，同一个父母生出来的女儿，怎么差别那么大。

纪周彤自私精明，周小鸥可爱纯真。

离开周家，天色已晚，起了风。

满地的红叶李花瓣，被风卷起来，纷飞如碎雪。

她打开微信，输入文字："李姐，她初中好友沈倩倩，一直还和她保持联系。女生遇见感情上的事，一般会和好友分享。沈倩倩说不定知道她那时的男朋友是谁。"

"如果周海燕清明节不回简城，那我们就从沈倩倩那边再努力。"李姐立刻回复叶见春。

"我猜她清明节肯定不会回去，以我这三个月来对她的观察和了解，她绝对不会承认当年是诬陷。因为我从来没见过她透露出一丝悔意。一个没有良心的人，你指望她去悔过，去主动认错，根本不可能。我还是觉得找到当年那个跳窗的人，更靠谱。"

"不管什么办法，我们都要试一试。不管十年还是二十年，只要咱们不放弃，一定能还老师一个清白的。"

对！叶见春看着李姐发来的微信消息，心里想着，不管十年还是二十年，这件事都要去做。

这不仅仅是她，还是好几个人共同的心愿。

今天的课时已经结束，她去工作群里打了卡，然后坐车回到居处。

屋里有了包包，陡然比以前热闹许多，一推开门看见它，叶见春心情就莫名好了起来。

她记得对封粟的承诺，逗着包包玩了一会儿，拍了小视频发给他。

他大约在忙，没有回复。

她也没在意，放下手机，去厨房洗菜做饭。

一个人的饭菜很好做，不到半小时，她就做好了葱油拌面，外加一道清爽小菜。

饭菜摆上餐桌，她还没落座，包包闻着香味就先凑了过来，喵喵叫着要上桌。

叶见春抱着小馋猫正要开动，忽然门铃响了。

奇怪，这会儿谁会来？

她一个人居住，自然警惕性很高，先去看了一下猫眼。

门外站着一个她意想不到的人——封粟。

他身边还放着一个半人高的大纸箱。

房门打开，封粟看她一脸讶异，率先开口："我给包包买的猫爬架，刚刚问你在不在家，想送上来。你没回复，我索性就直接上来了。"

"抱歉啊，我刚刚在做饭，没看手机。"

屋子挺小的，封粟一进屋，就看见了餐桌上还没动筷的饭菜。

"抱歉，来得不巧。那你吃饭吧，我把猫爬架装一下。"

"我自己装吧。"

"没事，我来装，你赶紧去吃饭吧，拌面一会儿都坨了。"

叶见春怎么好意思让他干活，自己在一旁吃饭，连忙去拿了剪刀递给他，帮着他拆封箱子。

封粟拦住她："我还没吃饭，不如你帮我做一碗拌面吧，闻着挺香的。"

叶见春忍俊不禁地笑了："那好啊。"

"你先吃完了再给我做。"

叶见春"嗯嗯"点头，飞快吃完，立刻去厨房给封粟重新做了一份。

恰好封粟也装好了猫爬架。

"你先洗洗手，卫生间在这边。"

封粟站在卫生间的面盆前，从镜子里看见叶见春低头给他摆放碗筷。

她垂着脸的时候，显得下巴小小的，鼻尖也小小的，和少年时相比没太大变化，只是抬起眼眸时，那双眼睛变了许多，笑起来有灵动的光。

"我应该请你去外面饭店里吃饭的，刚才也没想到。"

封粟望着她微微懊恼的样子，笑了笑："那你下次再请吧。这次不算。"

叶见春莞尔："嗯嗯，我一定好好请你一次。"

封粟拿起筷子，挑了一口拌面。

叶见春忍不住问："好吃吗？"

"挺好吃的。"封粟认真回答。

叶见春面露欢喜："真的吗？"

封粟点头："真的。没想到你这么会做饭。"

十年前，她连小葱和韭菜都分不清。

叶见春怕自己坐旁边，会让他吃饭尴尬，于是跑到一边去看包包的新宝贝。包包已经在猫爬架上跑上跑下，玩得不亦乐乎。

感觉也没过多久，等她一扭脸，发现餐桌边的人不见了。再一看，人在厨房里洗碗。

这也吃得太快了吧！

叶见春急忙跑过去："我来吧，你是客人呢，哪有让你洗碗的道理啊。"

"没事，我快洗完了。"封粟抬眼看看她，"你就当我是你同学，别那么见外。"

同学？

看年纪倒是可以的，可是他毕竟是自己的客户，送猫不说，还送猫爬架，并且还送到家里安装好，叶见春懊恼自己那会儿脑子犯晕，听他的话，随便给他做了一碗葱油拌面招待他。不仅如此，他吃完还自己洗了碗。

她最怕欠人人情，可是也不知道怎么回事，遇见他这才两天，稀里糊涂的，怎么就欠了一笔人情呢？

等他收拾完了，她送他下楼，忍不住说："真不好意思让你又破费了。"

言下之意，想请他以后别给包包买东西了。吃的喝的用的玩的，都让她这个主人来。

"猫爬架上周就买了，今天才送到。"

叶见春欲言又止，那个猫爬架她刚才悄悄上网搜了一下价钱，她想给他钱，他肯定不要，不给又过意不去。

"和我不用分那么清。"他突然说了一句。

叶见春莫名觉得这句话有点儿别的含义，但是看封粟的表情，又并没有一丝暧昧。

或许他想表达的是，他也是包包的主人？

下了楼，才发觉外面下了雨。

叶见春让封粟稍等，她匆匆上楼，取了一把雨伞下来给他。

封粟站在楼洞里，隔着玻璃门看着外面的雨丝。

个子很高的人，容易驼背，他却相反，身影有一种异乎寻常的挺秀，像是一杆孤竹，倔强而寂寥。

这个背影，再次让她有种莫名熟悉的感觉。

她记忆中的那个人，每次被老师罚站的时候，仰头挺胸，脊背绷直，于是越发显得像是在和老师无声对战，惹得老师越发火大，惩罚加倍。

她私下里还劝过他几次，你就做做样子，低眉顺眼的也行嘛。

他的回答让她一辈子都忘不了。

他说：“站直了显得精神，我妈喜欢。”

夜雨在光影中，绵密如针。

听见脚步声，封粟回过头，柔暖的灯光下，眸光微闪。

“清明节快到了。”

她不知不觉心里一沉，轻声说：“是啊。”

“清明时节雨纷纷。”

她把雨伞递给他。

封粟推开了楼洞的玻璃门，却没有立刻出去，单手扶着门框，目光沉沉地望着她。

她有种很奇怪的感觉，他在扶着那个门框的时候，内心仿佛在做一个很重要的决定，但是回眸的时候，却又只说了一句风轻云淡的话。

“那我们节后见。”

“节后见。”

清明节前一天，她下班后去了一趟A大家属院，借纪策的车回简城。

纪策家和她家离得近，从正门进去，有可能会碰见自己的父母，她特意绕了一圈，走了北门。路过三号楼一单元时，她不知不觉停住了步子。

这里，就是她和纪策的钢琴老师江一峰的故居，后来被卖给了别人。

这次她回来听纪策说，住客前几年搬走了，老房子一直空置，庭院里的一棵石榴树差点儿枯死。

她怔怔地看着那个院子，很多记忆中的画面都涌现出来。在江老师家里弹琴的那段时光，应该是她童年生活中为数不多的幸福时光。

尤其难忘。

可是，那棵江老师种下的石榴树还挺精神，不像是枯得要死的样子，枝繁叶茂，庭院里也收拾得很干净。

失神的工夫，突然院子和客厅之间的那道门后闪过一个身影。

那道门上装的是纱窗，影影绰绰，她看得不是很清楚。

微微仰着下颌的挺秀的身影，居然很像是封粟。

不可能吧。

他怎么可能出现在这里？

一定是幻觉。

她自嘲地笑了下，朝着纪家走去。

纪策去外地办案不在家。

张艺敏热情地留她吃了晚饭，趁着儿子不在，张艺敏开始了各种吐槽，尤其是婚恋方面，说他不肯相亲，居然还妄想让爸妈给他“包办”一个媳妇。

叶见春笑得快要呛住。

“他还埋怨我为什么没给他定个娃娃亲！”

叶见春笑嘻嘻道：“阿姨你别上当，他就是变着法儿地不想相亲，甩锅给你。”

纪爸爸说：“你别管了，他天天忙得不行，也不适合谈对象，耽误人家小姑娘。”

张艺敏问：“你呢优优，有没有喜欢的人啊？”

叶见春笑着摇头：“我也不急。”

“你喜欢什么样的？阿姨帮你留心。”

“我喜欢善良温暖、有正义感的人。”

张艺敏眼睛一亮：“那纪策不就是啊。”

叶见春窘了一下，笑吟吟摇头：“纪策是很好，不过，没有我喜欢的那种温暖。”

张艺敏疑惑不解地看向老公。

纪爸爸“哈哈哈哈”笑开了：“优优说得对，他臭硬臭硬的，一点儿不温暖。”

张艺敏也乐开了。

吃完饭，叶见春开了纪策的车子离开A大家属院，走到北门的时候，她特意看了一眼江老师的故居，里面暗黑一片，不像住有人家。

第二天驾车回到简城，她先去寺院拜祭江老师，没想到被告知，江老师的骨灰被亲人接走了。

亲人绝对不可能是晏文，因为他就在简城。

江一峰的妻子女儿都不在人世，亲人除了晏文，就只有江练！

叶见春心头狂跳，这个亲人只能是江练。

十年没有他的音讯，她不敢贸然地下结论，她急忙找李苔要到晏文的电话，拨过去确认。

晏文的回答验证了她的猜测。

“三叔的外孙把他接走了。”

“是江练吗？”叶见春心跳如雷，不由自主地把手机贴近耳朵，生怕自己听错。

晏文说：“对。你是江练的同学吧？难怪你每年清明节都来。”

真的是他！

叶见春激动得声音都有点儿变了：“你有江练的联系方式吗？”

“这个……”晏文迟疑了一下，“有是有的。不过他交代过，不要告诉任何人。”

叶见春急忙说：“我有很重要的事情要跟他说，关于江老师的。请你务必带个话给他，请他和我联系。”

“那行。我告诉他一声，这个号码就是你本人的吧？”

“对。”

叶见春挂了电话，心情激动到无法形容。

他终于回来了。

那种感觉就像是，她在孤军奋战的时候，背后突然来了援军。

春寒料峭，她心里像是烧着一团火，不知不觉走到了溪水河边。

她和江练曾经在这里钓过鱼。

江老师曾经在这里给她开启了一扇窗。

萌生新绿的柳树，被风卷起枝条，像一团被风吹起的绿烟，旁边就是她种下的一棵黄花风铃木。

当年出事后，她被父母带离了简城。等她考上大学，回来种这棵树的时候，她才知道离开后发生的一切。那时，江练早已远走出国，而她想要感谢的江一峰已经离开了人世。

十年不见，她已经想不起江练的五官样貌，可是这个人却依旧清晰地刻在记忆中，属于她生命中永远都不会忘掉的一部分。

纪周彤这几天过得提心吊胆，因为“简城”会在每天早上发一条微信到她手机上，内容只有一个数字。

8、7、6……

今天是2。

意味着今天离清明节还有两天。

纪周彤气急败坏地把手机扔到脚边。

她如果不回简城说出真相，这个人真的去找了叶怀章，他当真会因为一件旧事和她分手？未必吧。

纪周彤心慌意乱地安慰自己，但意外地在QQ上收到了“晨曦宾馆”发来的消息，是六个人的名单。

“李招弟，许小艾……”

纪周彤急忙在QQ上联系“晨曦宾馆”。

“只有这几个人吗？我记得他资助过很多学生，光考上大学的就有五六个。”

“我能打听到的就这几个。”

“没有联系方式吗？”

“你以为我是国际刑警？你不是有钱人家的大小姐吗，不会去找私家侦探查？”

纪周彤被反驳得一股子怒气直冲脑门。

这就是她年少无知时自以为的真爱，现在每次回忆起来她都恨不得去抽自己耳光。

清明节假期有三天。

“简城”的倒计时微信让纪周彤坐立不安。她不确定这个人到底会不会打电话给叶怀章。

思前想后，她决定无论如何清明节这一天要和叶怀章待在一起，万一那个人真的打电话过来，她在叶怀章的身边，可以知道她都说了什么，也可以及时为自己辩解。

于是，纪周彤一放假就径直去找叶怀章。

叶怀章是土生土长的本地人，他上午陪同父母给去世的长辈扫了墓，剩下两天假期无所事事，纪周彤来了正好陪他打发时间。两人在外面吃了饭，回到居处，叶怀章便催着纪周彤去洗澡，意图不言而喻。

纪周彤心里藏着事，担心自己洗澡的工夫，“简城”来电，于是撒娇着要拉叶怀章一起。

叶怀章不正经地笑：“这么急？”

“你想什么呢？讨厌。”

纪周彤心里一团乱麻，却还要强颜欢笑，佯作娇羞地抬手捶他，恰巧在这时，叶怀章的手机响了。草木皆兵的纪周彤，听见电话铃声，手僵在叶怀章的胸口上，掌下男人的心跳如常，而她的心跳快要失控。

出乎意料的是，电话竟然是封粟打来的。

“叶总这两天有没有空？晏随之说城南茶山上有个新开张的好地方，要不一起去玩两天？”

叶怀章正愁没地方消遣，自然一口答应。

“对了，带上小纪一起。”

“小纪？”叶怀章一时没反应过来，他素来都管纪周彤叫彤彤。

封粟在电话里轻笑了一声，打趣道：“怎么，叶总还有几个小纪啊？”

叶怀章瞟了一眼身边的纪周彤，笑嘻嘻道："哦，你说彤彤，带她方便吗？"

"又不是外人，有什么不方便的。"封粟的话带着淡淡的笑音，"以后还得请小纪在财务部替我多上点儿心。"

"我给你介绍的人，你放心吧。"

叶怀章挂了电话，心情大好，揽着纪周彤的腰问："封粟约我出去玩，你去不去？"

纪周彤求之不得："难得的好机会和老板套近乎，我当然要去啊！"

"他特意交代我带上你，可能是打算把你当自己人，让你在财务部多上点儿心。"

纪周彤偏头一笑："他不担心我对你透漏公司机密？"

叶怀章忍不住乐了："傻孩子，海音科技的核心在技术研发部门，就凭你一个小会计能翻什么天？再说同程和海音的主营业务隔了一个太平洋，你想多了。"

纪周彤吐吐舌头，做了个娇俏可人的鬼脸："不许说我傻孩子，人家刚刚上班，肯定没有你懂得多啊，你就不会抽空多教教我？"

叶怀章不正经地笑："等会儿去床上好好教你。"

纪周彤媚眼如丝地"呸"了他一口，心里无比清醒，这个男人就是个人精，自家公司不让她进，生意上的事也不让她知道，说起话来倒是冠冕堂皇，和她在一起只谈感情不涉及别的，纯纯的恋爱。

翌日一早，叶怀章开了车带着纪周彤去城南茶山。

封粟发来的定位，是茶山上的一个小茶园。园子取名春醒，类似私人会所，可以泡温泉，可以垂钓，园子内外的风景自是不用说。眼下正是春茶上市的时候，外面千金难求的明前茶，这里的老师傅正一锅一锅手工炒制出来，满院飘着茶香。

坐在庭院中品茗的除了封粟，还有两个男人。其中一位叫刘坤，纪周彤以前见过。另外一位看着面生，年轻潇洒，一看就是个很活络的男人。

叶怀章介绍：“彤彤，这是欣吾拍卖行的晏经理。”

晏随之未语先笑：“咱们年纪差不多，就别见外了，叫我晏随之吧。”

纪周彤嫣然一笑：“好啊，那你也别和我客气，叫我彤彤就好了。”

晏随之笑着摇头：“那可不成，这名字只有叶总能叫，我们还是规规矩矩叫你纪小姐吧。”

刘坤笑道：“还是小晏聪明。”

晏随之笑嘻嘻道：“有了纪小姐这样的佳人，难怪叶总这两年连一点儿花边新闻都见不到了。”

刘坤立刻道：“小晏，你这是煽风点火，唯恐天下不乱啊。”

晏随之委屈地摊手：“我这不是在夸叶总，夸纪小姐吗？一片好心怎么就成驴肝肺了。”

刘坤道：“这两年是什么意思？意思是暗指叶总前些年流连花丛，不守男德！”

晏随之正色：“我可没这意思，老刘你这才叫煽风点火，唯恐天下不乱呢。”

三人嬉笑一团，封粟端着一副看热闹的表情，淡笑旁观。

这是纪周彤上班将近两周来，第一次在私下场合见到封粟。平时在公司里他都是正装，今天虽然穿得很随意，但是骨子里的孤僻之感无法随着衣装的改变而淡去，依旧是玉山巍巍不可亵玩的气度。但越是这样，反而越让人想要靠近琢磨。

叶怀章挨着封粟坐下来，看着一桌的茶具，笑道：“你在国外这么多年，我还以为你喜欢喝咖啡呢。”

封粟说：“喝茶养生。”

叶怀章笑道：“你可得了吧，这一圈里，就你和晏随之年纪小。我和老刘还没开始养生呢，你卖什么老？”

晏随之笑吟吟道：“他呀，打小就是一副老干部做派。远离不良生活方式，远离女色，一把年纪了还没谈过对象。”

纪周彤心里实打实地惊讶了一把：他居然还是单身？没有谈过恋爱？

刘坤笑道："小晏，你这是在说叶总吗？"

晏随之跳脚："哎哎老刘，我不就是前天打牌赢了你嘛，你今个一个劲儿地挑拨离间我和叶总的关系。"

刘坤"呸"了一声道："你太小看老哥我了。"

叶怀章笑："我算是知道你们为什么叫我来了，敢情是三缺一。"

四人就在院子里支起了牌桌。

纪周彤守在叶怀章身边寸步不离，甚至叶怀章去卫生间，她也非要跟着一起。

叶怀章忍不住调侃："怎么，我去一趟厕所还能顺便劈个腿不成？"

纪周彤撒娇："我和他们几个人又不熟，你不在我很不自在，不想和他们尴尬地聊天。"

叶怀章打量着她："你不是说这是难得的好机会，要和封粟套近乎吗？"

纪周彤搂着他的胳膊，娇滴滴地说："那也得你在才行。"

叶怀章笑："缠人精。"

四人打了几轮牌，到了午饭时间，在水榭里吃了一顿风味独特的茶餐，各自回了房间休息。

叶怀章感觉打牌费脑伤神，很快便入睡了。

纪周彤躺在他身边，悄悄查看手机微信，奇怪的是，今天"简城"一直没有动静，前些天每天早上发来的倒计时警告仿佛是一个玩笑。

她昨夜提心吊胆了一晚上没休息好，身边的叶怀章酣然入睡，无形中也让她增加了困意，不知不觉她也迷迷糊糊睡着了。

这一觉也不知睡了多久，纪周彤醒来时，身边不见了叶怀章。

纪周彤心里一惊，立刻走出房间寻他。

园子里静悄悄的，风裹着茶香，一缕缕飘过来。

她站在楼梯上，隐隐听见楼上的房间有一点点动静，于是拾阶而上。

走到回廊的尽头，从一扇虚掩的房门里传来说话声，仔细一听却是英语。原来这里有个小放映厅，纪周彤走到门口，微微一怔。

里面的人不是叶怀章，而是封粟。

他一个人坐在沙发上，手里端着一杯清茶。

四月的光线，明亮而清冷，照着他的侧颜，面孔如雕琢的冷玉，有一种无法形容的孤冷气息。

一时间，纪周彤不知是进是退。她想，这是一个绝佳机会，可以单独和封粟聊聊天，拉近距离。可再一想，叶怀章此刻不知在哪儿，万一就在这个时候，“简城”给他打电话怎么办？

在她犹豫的时候，封粟扭过脸。

午后的日光，带着一股明灿灿的暖意，氤氲着他的面孔，冷峻中糅合一抹不太真实的温柔。

纪周彤忙嫣然一笑：“怀章不知道去哪儿了，我正在找他。听到这边有动静，不想打扰到封总了。”

“没事。要不要喝杯茶？”封粟举起公道杯，在一个空着的茶盏中，浅浅倒了一杯。

“谢谢封总。”纪周彤在他身边坐下来，心里略有点儿紧张。

荧幕上放着的电影画面颇为熟悉，是一部老电影《海上钢琴师》。

纪周彤借此聊开话题：“封总怎么一个人在这儿看电影？”

“我十几岁的时候，请过一个女生看这部电影，看完了她告诉我，有些电影需要自己一个人看。”

封粟解释完，弯起唇角笑了笑。

不知是不是错觉，那一刻，纪周彤觉得他锋锐的眼睛浮起一抹柔光。

于是她下意识地问了句：“是封总喜欢的女生吧？”

封粟没有回答，看着屏幕，似乎是思忖了一番，这才开口：“不知道算不算喜欢，我没谈过恋爱，不太清楚喜欢一个人是什么感觉。”

以他的长相和财力，还有国外开放的风气，他居然没有谈过恋爱。这简直跟天方夜谭一般不可思议。

但是观察他的神情，却窥不见一丝说谎的痕迹，而他那张冷峻孤寂让人有距离感的面孔，又莫名让人觉得很有信服力。

“恕我冒昧，封总这样的精英才俊怎么会……”纪周彤欲言又止，很有分寸地卡住下面的话，只用关切体贴的眼神看着他。

“我也就是近几年才有钱，以前又穷又孤僻，一门心思只想搞个小发明出来。书包里放着人体解剖学的书和胸罩，女生们都说我是个变态，没人搭理我，只有那个女生把我当成朋友。”

封粟顿了顿：“她应该算是我的知己。”

这些话，听上去有点儿伤感。

纪周彤讨好地问：“封总喜欢什么样的？回头我看见合适的女孩儿替封总介绍一下。”

封粟摇了摇手中的杯盏，目光转到她的脸上：“和纪小姐差不多的就行。”

纪周彤万万没想到会是这样的一个回答，一时间失语，怔怔地看着他。

他的语气并没有丝毫调笑的意思，表情和眼神都让人觉得他是认真的。

而恰在这时，屏幕上的1900看见了一见钟情的姑娘，从指尖流淌出那首动人心弦的曲子*Playing Love*。

茶香四溢的空间里，莫名生出一丝尴尬和暧昧的气氛。

纪周彤的心怦怦直跳，停了会儿才笑着说：“好啊，我帮封总留意。”

封粟看了她一眼，转过头继续望着屏幕，说：“叶总在西头的房间里按摩。他颈椎不好，上午打牌有些累了。”

“那我去找他。”

纪周彤松口气，起身离开小放映厅。

回廊上的日光通过玻璃照到身上，她仿佛从一场梦境里走出来。

转过月亮门，有一面半身镜，她停住脚步，看着镜子中的自己。

丰满窈窕的身材，灵动俏丽的面孔，还有饱满娇嫩的唇。

二十三岁，是她此生最美的年纪。

不青涩，不胆怯，张扬盛开。

野心如野草，在风中疯长。

Chapter 6

第六章 好久不见

按摩师正在给叶怀章开背。

纪周彤在窗下坐着等他。

半小时过去了，他又让按摩师给他按腰捏脚。

纪周彤不得不在心里承认一个事实。三十多岁的男人，即便保养得好，外表再光鲜华美，内里也在悄无声息地衰败，尤其是叶怀章这种年轻时就开始放纵自己的男人。

一念滋生的同时，脑海中浮现了封粟的影子，他身上拥有年轻男人少见的克制和自律。

和叶怀章两相对比，高下立分。

一个小时后，叶怀章才心满意足地结束按摩。纪周彤替他拿过外套，不忘娇嗔地埋怨他："你怎么醒了也不叫我。"

"我看你睡得熟，没舍得叫你。"叶怀章慢悠悠地穿上外套，撩起眼皮，打量了她一番，"奇怪了，你今天怎么这么黏我？"

叶怀章天生一双多情眼，看谁仿佛都是柔情脉脉，可是纪周彤却从他柔情脉脉的眼神中看出了一丝探究和怀疑。

纪周彤心虚地"哼"了一声："我一直很黏你的好不好？哪像你啊，对待我忽远忽近的。"

叶怀章笑眯眯地搂过她坐到自己腿上："胡扯，连晏随之都说，我这两年洁身自好，身边可只有你。"

"我想要你一辈子身边只有我。"

纪周彤终于说出了这句憋了太久的话。

只有在话音刚落的那一刹那如释重负，接下来便是一种等待判决似的煎熬。

“彤彤，我和你交往是抱着结婚的目的去的，这点毋庸置疑。”叶怀章依旧双目含情，表情却渐渐严肃起来，“我对伴侣的要求不是很高，但是有一点必须要做到。”

纪周彤的第一反应：“忠诚？”

“不，错了一个字，坦诚。”

纪周彤本来心里就藏着事，被他这么一说，越发心虚，反问他：“你觉得我有事瞒着你？”

叶怀章把球踢回来，反问她：“你有吗？”

三年的时间不短，纪周彤将所有的心思都花在眼前这个男人身上，不敢说对他百分之百了解，至少也有五成的把握。

叶怀章今天的言行举止，说明他觉察出了她的不对劲。

“简城”有他的电话号码，如果已经给他说过什么，以他的城府，他绝对不会主动追问，但会放在心里，渐渐发酵。

权衡利弊之后，她决定破釜沉舟。

“怀章，我最近心里憋了一件事，想和你谈谈。”

“什么事？”叶怀章盯着她低垂的眼。

纪周彤低头看着自己的手：“我曾经学过钢琴，弹得也很好。你知道我后来为什么再也不碰钢琴了吗？”

“为什么？”

“我学琴晚，爸妈给我请了一位A大退休的老师做钢琴家教，他在我们那里名声很好，资助过很多失学女生，大家都很敬重他。我父母也从来没怀疑过他的人品，很放心地让他在家里教我，爸妈不在家的时候，我也没有防备过他。直到有一次上课，他突然……抱住我……欲行不轨。”

纪周彤垂着头，有点儿说不下去了。

叶怀章握住了她微微颤抖的手指，柔声问：“后来呢？”

“还好我妈回来了，他没有得逞。”

“万幸。”

“我妈看见我衣服、头发很乱，就问我怎么回事。我当时很害怕，也不想事情闹大被人谈论，毕竟简城是个小地方，风言风语对我影响不好，所以就拦着爸妈没让他们报警。但是爸妈咽不下这口气，找到他家里质问他，他死不承认，我爸没忍住就打了他一顿。结果他反咬一口，报警说我家人打他，要让我们家赔钱，不赔钱就让我爸妈坐牢。”

纪周彤像是在诉说一个噩梦，断断续续，中间换了好几次气息。

“原先我们都认为他是好人，以为他是同情那些重男轻女家庭的女孩儿，所以才资助她们上学，后来才明白他就是老变态，他只资助女学生原来是没安好心。”

叶怀章附和了一句：“人面兽心的人很多。”

“我爸妈去找他理论，离开他家没几个小时，他突发心脏病死了。被他资助过的一个学生说我诬陷他猥亵，还说他是因为受到刺激才突发心梗，是我爸妈气死他的，所以最近一直拿这事要挟我，让我给她钱，不然就把这事告诉你。”

叶怀章挑眉：“告诉我有什么用？”

纪周彤气道：“当然是想让你以为我和我家人都很坏，让你和我分手啊！她还要求我清明节必须回到简城去给那个老头洗白，不然就给你打电话。”

叶怀章听完，莫名其妙地笑了下，然后从烟盒里拿出一支烟，点燃后慢慢抽了一口。

“她已经给我打了电话。”

纪周彤变了脸色：“她、她给你打过电话？什么时候？”

叶怀章静静看着她：“昨天下午。你还没来找我的时候。”

纪周彤忐忑地问：“她怎么说的？”

“她的说法的确和你不一样，差不多是完全相反。”叶怀章弹了一下烟灰，“她说老头没有猥亵你，他还为了自证清白去报警，报警的时候也没提你父母打他的事情，更没有找你们家要钱。”

纪周彤急了：“他就是讹钱了！他知道我家开饭店很有钱。”

叶怀章抬手示意她冷静：“你说这个女人拿这事威胁你，找你要钱，那就涉嫌敲诈勒索，你可以去报案。”

纪周彤忙说：“我不想报案，我不想把事情闹大，这事很丢人的。”

“这事没什么丢人的，如果真是敲诈勒索，数额巨大，可以送她去坐牢。”

“我不想做得那么绝。”

叶怀章没有说话，不疾不徐地抽着烟。

他这种态度，让纪周彤非常不安。

叶怀章再次开口：“你不去报案，是不是因为她压根就没有找你要钱？只是让你回去说出真相，说老头没有猥亵你？”

“根本不是！真相就是老头猥亵了我！”纪周彤的眼泪夺眶而出，“怀章你为什么不相信我？”

“因为她说，那天你那位钢琴老师提前半个小时离开了，因为你说你身体不舒服。你妈回去的时候，他其实已经回家了，他的邻居可以证明。”

纪周彤气道：“他的邻居难道不会向着他，给他做伪证？”

“那怎么解释他要自投罗网地去报警呢？”

“我说了他报警是因为我父母打了他，他想要钱，而不是为了自证清白没有猥亵我。”

“他就不怕你父母对警察说出他是因为猥亵你才挨打吗？”

纪周彤咬着唇，泪眼蒙眬地看着叶怀章：“你为什么不信我？你就凭着一个陌生人的电话，就认定是我在说谎吗？”

叶怀章叹口气，把烟熄灭。

“彤彤，我比你年长十多岁，见过的人、经历的事多了去了。我看你，就如同你看小鸥，小鸥有什么想法、什么心思你一眼就能看透。我看你也一样，你懂我的意思吗？十多年的光景不是白过的。我自然有我分辨是非、看清真相的一套本事。”

纪周彤怔怔地看着他，这个男人一向精明，城府很深，昨天下午知道的事情，他不动声色地等到现在才说出来，这一点已经很可怕。更可怕的是，他不信任她，也不愿意去信任她。这一点，才真正让她难过心冷。

虽然她和叶怀章在一起，有很多外在的因素，但不可否认的是，她也真的喜欢他这个人，三年来投入的感情不是演戏。

“怀章，如果你爱我的话，应该是无条件地信任我，站在我这边，而不是被一个陌生人挑拨，来质疑我。”

叶怀章双手按着她的肩头，柔声道：“你错了，我没有被挑拨。这事对我来说，真不值得一提，如果不是你主动提起来，我只会装作不知道，压根就不会和你谈。只是你刚才提到了以后，我才想借这件事，说说我的想法。”

这是要摊牌？

纪周彤眼睛一眨不眨地盯着他，心里已经感觉到了不会有好的结果。

“彤彤，我身边什么样的优秀女性都有，不谦虚地说，我叶家用不着再借助女方的实力去锦上添花。树大招风，我也没有太大野心，守着这份家业足够了。所以我找老婆，不在乎她的家世，只想让自己舒服自在，彻底放松，不想在家里面和老婆还要玩心眼儿。”

纪周彤声音略哑：“什么意思？”

叶怀章笑了，安慰道：“彤彤，这件事还不至于让我们分手，一件陈年小事而已。不过，我这个人有个毛病，别人一旦骗了我，我以后就再难相信他。夫妻之间没有信任，注定悲剧收场。”

叶怀章依旧是温温柔柔，可是每一个字都让纪周彤彻骨地发冷。

你不打算和我结婚？

为了保住最后的尊严，她没有把这句话问出来，但是心里已经无比清醒地知道了答案。

她失望至极地看着叶怀章：“你认定是我骗了你？”

叶怀章不正面回答，笑吟吟地牵起她的手：“好了，我们不提这事了。我和晏随之约了去打桌球，一会儿咱们去泡温泉。”

纪周彤木偶一般跟着他下了楼。

心灰意冷，莫过于此。

晏随之已经在桌球室等候多时，见到两人，笑嘻嘻地调侃一句：“二位真是伉俪情深，形影不离啊。”

“那当然。”叶怀章跟没事人一样，看纪周彤的眼神依旧柔情脉脉，恩爱的表情，一如既往。

纪周彤皮笑肉不笑地扯了下嘴角，只能陪同做戏。在挑明这件事之后，叶怀章对她一如既往地温柔周到，与她聊天说笑，甚至晚上还和她温存了两次，才沉沉睡去。

纪周彤洗完澡，吹干头发，睡意全无。

她无法形容自己的心情，又气又恨，却无从发泄。

叶怀章挑明了不会和她结婚，但也不提分手，就这么拖着她只谈恋爱，那她现在是什么角色？说好听点儿是女朋友，说不好听点儿就是一个工具。

她咬牙扔下梳子，拿起衣服下了楼。

春寒料峭，夜风很凉。

园子一角有个池塘，垂柳依依，白天看风景很好，到了晚上，风吹着那些柳条，莫名有些阴森。

纪周彤转身要走的时候，突然发现柳条掩映之中有亮灯，还有人影。

水中浮着一个亮点。她直觉夜钓的人是封粟，近前一看果然是他。

听见脚步声，封粟回过头，沉沉夜色越发显出他气定神闲的风度。白日里深邃锋锐的目光，被迷蒙的光影晃出柔和沉静的暗波。

纪周彤心里涌上说不清的悸动。

缘分和时机都是一种玄学，可偏巧她今儿晚上运气很好。

“封总怎么在晚上钓鱼？”

“夜晚才有大鱼。”

封粟的表情和声音都很平静。

纪周彤很感兴趣地蹲下来：“真的吗？我第一次听说这个说法。”

“那是你不怎么钓鱼的缘故。”

"因为怀章不喜欢钓鱼，我大部分时间都要听他的安排。"纪周彤很适度地表达出了一点儿幽怨和不满。

"怎么一个人出来了，叶总呢？"

纪周彤拢了拢衣服，沉默了几秒才说："我和他吵架了。"

"我以为你们感情很好。"封粟没看她，但是声音略带讶异。

纪周彤轻轻叹气："并没有。我们年龄差距太大，经常闹些矛盾，只是我不想让别人知道而已。"

"是吗？"

纪周彤停顿了几秒，试探着说："最近，一直在考虑是不是该分手。"

封粟看着水中浮漂的夜光："感情的事自己拿主意，不要问别人。当局者清，旁观者迷。"

纪周彤一愣，转瞬失笑："封总你怎么和别人说的话相反？"

封粟淡淡一笑："你仔细想想，我说得对不对。"

纪周彤一时语塞，别人的感情她不清楚，可是她自己的，她的的确确比任何人都清楚。她从头到尾都知道自己的家庭配不上叶家，只是叶怀章并不在乎女方的身家背景，所以才给了她很大的希望，这三年里她一直努力想要个结果。

但今天叶怀章那一席话，突然让她意识到一个问题。

他是不是根本就没打算和她结婚，只是借着这件事小题大做，给她一个分手的理由？而且他还假装风度，不主动提分手。

"我来晚了。"

身后传来晏随之的声音，片刻工夫，人已经走了过来。看见纪周彤，他先是一愣，然后就笑着问："哎哟，纪小姐也在，叶总呢？"

"他睡了。"

晏随之笑嘻嘻地去翻封粟的钓鱼箱："钓上来几条了？"

"我刚来。拌鱼食耽误半天工夫。"

"老板那儿不是有现成的？"

"想要钓大鱼，下饵要多费点儿心思。"

晏随之"嗯嗯"着附和："对了，下周有个画展，一起去看吧？"

封粟兴趣缺缺地答："不去。我一俗人，对国画油画全都一窍不通。"

纪周彤暗暗佩服封粟的直率，当着外人的面，直言不讳自己是个俗人，对艺术一窍不通。她对油画也不感兴趣，而且所知甚少，却不得不附庸风雅，强迫自己"喜欢"，逼着自己"欣赏"，因为叶怀章喜欢。也幸好她小时候学过一点儿皮毛，才不至于一窍不通。

晏随之兴致勃勃道："普通的画展我也不叫你，这次不一样。"

"怎么不一样？"

"这次的画展一部分是画家真人手绘的油画，一部分是人工智能的绘画，A大人工智能研究院搞的项目。许博教授和他的团队科研能力很强的，说不准以后你们能合作，去认识一下吧。"

封粟犹豫片刻，说："行吧，到时候你叫我一声。"

晏随之随口又问纪周彤："纪小姐去不去？"

"好啊，我前两年听怀章说，佳士得拍卖行以四十多万美元成交了一幅人工智能绘制的肖像画，我也想去看看。"

有能和封粟私下接触的机会，纪周彤当然不能错过。

晏随之笑吟吟地冲着封粟抬抬下颌："那回头让封总带着你一块儿去看看吧。"

鱼漂突然动了。

封粟几乎在最佳时机出手，将鱼竿挑起，随着一阵"哗哗啦啦"的水声，一条鱼出了水面。

鱼竿偏巧朝着纪周彤的方向甩了过来。

纪周彤下意识地弯腰低头去躲，晏随之忙中添乱凑上去帮忙，不巧撞了她后背一下，纪周彤径直朝着封粟倒过去。未等她碰上，封粟伸手握住她的手腕，一股巨大的推力稳住了她。

肌肤相碰的那一刻，纪周彤暗暗惊讶封粟的力道那么大，几乎将她的手腕捏断。

封粟很快放开手，晏随之已经帮忙将草地上打滚的鱼捡起来并扔到了鱼箱里，然后兴致勃勃打开灯照着看："封总说得没错，果然夜里能钓到大鱼。"

封粟很淡定地把鱼竿收了起来。

晏随之一愣："怎么，不钓了？"

"一条就够了。"

封粟看了一眼纪周彤："你的手很凉，回去吧。"

所以，他只钓了一条鱼就回去，是因为担心她冷？

纪周彤很想验证这个猜测，可惜夜色昏暗，看不清楚他的表情。她脑子里浮现出他说过的话，他对女朋友的要求，只要和她差不多就行。

一种无法言明的情绪和奢望在悄然滋生。

论身价论外形，封粟都不输叶怀章。而且他年轻，又不是叶怀章那种风流个性。他甚至不近女色，感情上仿若一张白纸。突然间，那种迫切地想要嫁给叶怀章，对他患得患失的焦躁感，莫名减轻了很多。

不可否认叶怀章是一个绝佳的伴侣人选，她曾经以为他就是她能够到的天花板，然而时来运转，眼下看来，未必如此。

这个世界上谁又非谁不可呢？叶怀章并不是唯一可以靠岸的船。

她轻轻抚摸自己的嘴唇。

一抹嫣红下面是一颗咖啡色的小痣。

她相信，她会有一生无忧的好福气。

晏随之问道："这鱼怎么办？"

"当然是杀了吃。"

"我还以为你要放生。"

封粟瞥了他一眼，浅笑："我是那种慈悲为怀的人吗？"

晏随之一阵爆笑，纪周彤忍不住也笑了，她此时此刻根本不知道眼前的男人话里有话。

回到房间，封粟的第一件事便是洗手。

晏随之站在卫生间门口，从镜子里看到他一脸嫌恶和厌烦的表情，好笑道："美人投怀送抱，你躲得飞快啊。"

封粟抬眸从镜子里瞪了他一眼："画展的事都布置好了吗？"

晏随之自信满满道："好了，万无一失。"

封粟擦了擦手："不能掉以轻心，叶怀章喜欢油画，也认识一些画家。我就担心她遇事会去问叶怀章。"

晏随之撇撇嘴："放心吧，她很快会和叶怀章分手的。"

"你就这么笃定？"

晏随之戏谑道："你要是肯多给点儿暗示，她今天晚上都能分手。"

封粟露出嫌恶之色，把手里的纸团冲着晏随之扔过去。

晏随之很识趣地闭了嘴："我回房间了。"

屋里一片静寂。

封粟走到阳台上，打开手机。

下午五点钟，叶见春发来微信，是一个包包在屋里玩耍的小视频，没有多余的话语，像下属给上司汇报工作一样向他报告包包的生活。

视频中的包包玩得不亦乐乎，在桌上跳上跳下，窗外是A市的黄昏。

很应景的是，她房间里放的音乐是《美丽的黄昏》。

她很喜欢德彪西。记得有一天，她正在弹那首《月光》，突然很颓丧地停下来，问了他一个奇怪的问题——"是不是天才才有存在的意义，你说平凡的人，活着能给世界留下来什么？"

他当时被问住了，不知道怎么回答。

当时年少轻狂，碍于面子又不肯承认自己不知道，他说："我十年后再回答你吧。"

她眼睛一亮，笑了起来："你这个回答好，以后我有不知道的问题，也这么回复别人。"

可惜十年后他依旧没想到一个完美的回答。

此刻刚过十点钟，她应该还没有睡。

封粟回了她一句话："抱歉这么晚打扰，你不在外地？"

她很快回复。

"是的。本来以为我会在外地待两天，事情有变，我今天就回来了。"

“既然你回来了，那明天下午来给我上课吧。”

“好啊。几点钟？”

“下午四点半。”

“好的。”

老街院子的大门，一如既往地半开着，只不过现在门边挂了“花满蹊”的木牌。

门内传来钢琴声，行云流水的弹奏手法，总不会是封粟在弹吧？

叶见春惊异地走进去，发现自己想多了。

钢琴声从客厅里传过来，封粟人坐在院子里。

树下的木桌上摆了简单的茶具，他端着一杯茶，对她笑了笑：“叶老师喝不喝茶？”

叶见春笑了：“封先生，我还以为是你在弹琴，心想你这样的水准，哪还用得着请老师啊。”

“我请叶老师，是醉翁之意不在酒。”

叶见春心里“扑通”一跳，什么意思啊？

封粟低头给她倒茶，低垂着狭长的扇形双眼皮，表情淡定而平静，仿佛不知道那句话说得有多让人不自在。

“叶老师尝尝，这是我从城南茶山带回来的明前茶。”

叶见春表情僵硬地笑：“好的，谢谢。”

“好喝吗？”封粟眯起眼睛看着她。那种目光让叶见春有点儿不自在，也有点儿莫名其妙。

“好喝。”叶见春不敢接他的眼神，心里像是装了一只小兔子，蒙头转向地乱跳。

他今天到底怎么回事，为什么这么盯着她看？

“我们上课吧。”

“不急，我们聊会儿天吧。”

叶见春窘迫地“嗯”了一声，假装喝茶，手捧着杯子，避着他的目光。

“我外公最喜欢喝绿茶。可他舍不得买明前茶，嫌贵，总是等到四月下旬才去买便宜的。”封粟端起杯子，看着杯中碧绿的新茶，缓缓叹了口气，“欲报之德，昊天罔极。”

叶见春愣了下，不由自主地望向封粟。

他自称出国多年，字都不大会写了，可是突然从他口中吟出一句这样的诗来，真的很出乎意料。

封粟放下杯子，慢慢看向叶见春：“叶老师，你不觉得这个院子很眼熟吗？”

叶见春其实刚刚已经发现了，短短一周的时间，院子已焕然一新，靠墙的地方添了很多花草，树下放着一张桌子，桌上摆了茶具。

“就差靓仔了。”

叶见春手里的茶杯“啪嚓”一声，掉到了地上。

封粟目光沉沉：“好久不见，江懿臻。”

Chapter 7

第七章

长风破浪会有时

封粟第一次见到叶见春，就在一个这样的小庭院中。

只不过那时他叫江练，她叫江懿臻。

那是初三开学前几天。

江一峰出门钓鱼，他在家狂补作业。

理科的作业早就写完了，就剩下他最不想写的语文作业，特别是他生平最厌恶的作文。

八月末的天气，暑气未消，他心烦气躁，写得满身是汗，正准备去冲个凉，院外有人敲门，喊着“江老师”。

他打开院门，外面站着一位五十多岁的中年妇女，慈眉善目，矮胖身材，乍一看他没认出来是谁，倒是对方“哎哟”一声，把他的名字给叫出来了：“你是江练吧？都长得这么高了！”

江练一听她的声音想起来了，是隔壁的刘婶。她丈夫去世后她一直在A市给人当保姆，有时候过年也不回来，隔壁的宅子一直空着没人住。

十五岁的江练，用他外公的话来说，外表文质彬彬，内在不是个省油的灯，打架、逃学、撒谎，都干过，但是他特有礼貌，认出刘锦绣后就立刻问好。

刘锦绣一边朝着院子里看，一边问他：“你外公在吗？我想请他看看是不是我家的保险丝烧了，家里没电。”

“我外公钓鱼去了，我给你看看。”

刘锦绣连连摆手：“你一个小孩儿不行，别触电了。”

江练已经长到了一米八二，听见“小孩儿”几个字，心里一阵不爽，忍着脾气说：“放心吧，我都会。”

刘锦绣追问：“你真会？”

江练压着不耐烦，说：“物理课都学过，我物理考全校第一。”

“那你小心点儿，我先去把电闸关了。”

江练不是个热心肠的人，今天发善心要帮忙，是因为刘锦绣的侄子刘进是七中的副校长。那次他在学校和章晓阳打架，差点儿被开除，都是刘进帮忙说好话，他才逃过一劫。

江练回屋子里拿了他外公的工具箱，去了隔壁。

进了院子，他发现这次回来的除了刘婶，还有个陌生女孩儿。女孩儿低头坐在一张废旧的椅子上。虽然天气很热，但她穿着一件长袖的连衣裙，裙角几乎拖到地上，只露出一截纤细伶仃的脚踝。

江练匆匆扫了一眼，没看清楚她长什么样，径直去看电表箱。电表箱就在堂屋外面的屋檐下，透过窗户，他看见刘婶和那个女孩儿说话。

“哎哟，这椅子没擦，别把裙子坐脏了。”

女孩没反应，无动于衷地低着头。

刘婶问她热不热。

她摇摇头。

刘婶又问她渴不渴。

她还是摇摇头，动作轻飘飘的。

刘婶问她是住一楼还是二楼，她指了指楼上。

是个哑巴？

就在她指二楼的时候，她将头微微抬起，江练终于看清了她的脸。

五官很秀气，肤色是一种少见的白，仿佛许久都没有见过太阳，透着一股不食人间烟火味儿的冷寂。

他修好了保险丝，从她身边走过，她跟没看见他似的，头都没抬。

从头到尾，她甚至没有看他一眼。

江练心里冷哼了一声——没礼貌。

傍晚时分，江一峰钓鱼回来，推开院门，看见他趴在方桌上写作业，发出一声夸张的惊叹："哎哟，今儿太阳打西边出来了。你小子居然在写作业！"

江练嫌客厅里闷，喜欢在院子里待着，身后放着一个大电风扇，一只脚跷着放在凳子上，从笔尖下流淌出来的字，像是贴着纸刮过的一阵阵妖风。

开学第一天交暑假作业，没写的肯定要被叫家长。

江练也是看在老头的分上，今天良心发现要赶一下作业。

他一副卖乖的语气："我还不是为了你。"

江一峰不领情，乐呵呵挥手："大可不必啊。我早习惯三天两头去学校见你们老师了，要是隔一段时间不去，我还怪想他们的。"

江练撇嘴："口是心非吧你，一把年纪了还不诚实。"

"没大没小。"江一峰照着他的后肩膀拍了一巴掌。

家里养着一只白白胖胖的波斯猫，名叫靓仔，闻见鱼腥气，"喵喵"地围了上来，绕着江一峰的腿弯打转，作势往他身上扑。

江一峰笑眯眯地把钓鱼桶提起来："急什么，有你吃的，到厨房来，别打扰你哥写作业。"

江练撇着嘴"啧"了一声——谁是它哥？

江一峰在厨房里忙了一会儿，一股诱人的鱼香气从厨房飘了出来。

江练鬼画符一样写完最后一项作业，把桌上的本子呼啦啦地扫到书包里，就蹿进了厨房。

江一峰这几年回到简城，也没别的事，一门心思侍候外孙的生活起居，没事就琢磨着给江练改善伙食，做好吃的。

灶台上左边锅里炖着鲜鱼汤，右边锅里炸着小酥肉。

江练拿起盘子里的一块小酥肉塞到嘴里，满口溢香，先夸了一下外公的手艺，接着忍不住嘚瑟："隔壁那个刘婶回来了，我去给她换的保险丝。"

江一峰一听愣了下，喊了声"你先别吃"，把围裙一扯，就去了隔壁。不一会儿他就回来了，兴冲冲地说："把桌子收拾一下，多摆两份碗筷，一会儿刘婶和优优过来吃饭。"

优优？那个哑巴女孩儿？

心里这么猜着，江练还是装模作样地问优优是谁。

江一峰一边切菜，一边说："以前同事的闺女，就是刘婶带来的那个小姑娘，小时候跟着我学钢琴，特有天赋，比你强一万倍。"

一万倍？

江练不服气地"哼"了一声："我又没有天天练，再说我是我妈教的，我妈那水准和你能比吗？我能弹成现在这样，那都是天赋异禀，风骨清奇。"说完还冷哼一声，极为自得的模样。

江一峰一听这小子把武侠书里的词都给拽出来了，顺势道："那要这么算起来，你可得叫优优师叔啊。"

得，把自己绕进去了。

江练见势不妙，赶紧话头一转："她是不是不会说话？"

江一峰瞪了他一眼："胡扯，小姑娘说话可好听呢。"

江练"哦"了一声，心说：会说话怎么不吭声？哑巴似的。

过了快半个小时，刘锦绣带着优优来了。

江一峰不仅做了一大桌子菜，还拿出来一瓶干红要招待刘锦绣。

刘锦绣不好意思地笑："江老师，你可太客气了，等明天家里收拾好了，我好好做一桌菜，回请你们。"

"都是邻居客气什么，你刚回来家里也没啥东西，就在我家里随便吃点儿吧。来，优优还没吃过我做过的饭吧，来尝尝看。"

"谢谢江老师。"

女孩儿低柔婉转的声音，细细脆脆的，仿若风吹过来的一缕琴音，是挺好听的。

江练瞅了一眼那个单薄的身影，再看了看那张脸，估计她和自己同龄，明明是正青春年少的时候，却没精气神，一副很颓丧的厌世表情。

突然他脑子一抽，生出个念头，她是不是来这儿养病的？

不然这马上要开学了，为啥突然跑来简城？她又不是刘婶的亲戚，只是她雇主的女儿。

哎！别不是什么传染病吧？

外公也真是的，也不问问底细就请到家里吃饭，这不成，一会儿得把碗筷全都煮一遍消毒。

他心里越琢磨越膈应，坐在江懿臻对面，就忍不住偷看她吃东西的样子，这一看就越发觉得她是个病号。

江一峰这两年的做饭手艺炉火纯青，都快赶上饭店大厨了，但是这女孩儿一副味同嚼蜡的样子，吃得比靓仔多不了多少，默不作声，像只猫。

江一峰也发现了，关切地问："优优怎么吃得这么少，是不是我做得不好吃？"

江懿臻抬起头，笑着摇头："不是，很好吃的。"

江练感觉她脸上笑容绽开的速度，都比正常人缓慢，笑容也是无精打采的，不甜。

刘锦绣说："她最近一直这样，吃得少。"

江一峰慈爱地摸摸她的头发："长身体呢，多吃点儿，学习也累，得多补充营养，才有力气'打仗'。"

江懿臻听话地点头："嗯嗯。"

她一边"嗯"着，一边还是放下了筷子，说自己吃饱了。

江练吃得快，风卷残云地吃了半盘子肉，放下筷子准备上楼。

江一峰喊住他："你陪着优优玩会儿。"

江练不耐烦地皱眉头，和她有什么可玩的？他和她又不熟。

好在这女孩儿也没有和他玩的意思，走到沙发边和靓仔说话。

"你叫什么名字啊？"

江练走到楼梯边，顺口答了句："它叫靓仔。"

"哦，靓仔。"女孩儿抬头瞟了他一眼，就没再看他第二眼，专心和靓仔玩儿。

这人蹲在那儿，肩胛骨都凸出来了，天啊，真是瘦得"辣眼睛"。

江练皱着眉头上了楼，打开电脑玩游戏。

打完一局，他走到阳台上准备学抽烟。江一峰自己烟瘾很大，却坚决反对他抽烟，江练把烟和打火机藏在阳台的花盆里。

两座宅子挨得近，就隔着一堵院墙，人站在二楼的阳台，隔壁家院子就一目了然，没什么隐私可言。

他正准备悄悄点一根，突然听见隔壁院子里传来江一峰和刘锦绣的谈话声。

“唉，我心疼得不行，都怕他们把优优给逼死了。”

听见优优的名字，江练愣了一下，好奇心钩住了他的步子，他弓着身子，悄悄走到墙边，听得更清楚些。

“我说这孩子怎么瘦成这样。”江一峰的语气听起来很难过，“以前这孩子可不是这样的，又活泼又可爱，学琴学得特别快，练琴也不怕吃苦。”

“小学还好，上了初中，就一年比一年差。医生建议休学一年，可是他们非要把孩子送过来继续上学。说这样正好，反正她学习差，肯定考不上高中，就在学校办了个休学手续，来简城这边继续上，等于复读一年。”

“怎么能这么当父母，健康才是第一位的！”

“这些话我悄悄给你说的，你别去问优优，这孩子很敏感，你就当不知道她家里的事儿。对了，江练在哪个班啊？”

“二班。”

“优优人生地不熟的，要不然也去二班吧，江练可以照应一下。”

“行啊，我回去给江练交代一声。”

江练心里一紧，心说：她果然是有病。然后再一想，她吃过饭的碗筷没烫呢。游戏也顾不上打了，他立刻下楼，去厨房。

路过客厅，他看见那女孩儿竟然还在和靓仔说话。

和一只猫说话，别不是精神病吧？

江练心里发毛地进了厨房。

江一峰把所有的碗筷都放在了水池里，这会儿也分不清是谁用的碗筷，江练气鼓鼓把碗筷都刷了，然后搁到一个大锅里，开始烧开水。

突然，客厅里响起钢琴声。

江练猝不及防，吓得手里的一个碗差点儿掉到地上。

他小时候也学过钢琴，但没耐心，也不喜欢，被他妈强迫着断断续续学了七八年，那个水平在江一峰眼中，简直不值一提。他水平不行，但不代表他没有鉴赏能力。客厅里的琴声，几乎是瞬间就攫住了他。

他转身走到厨房门口，看着弹琴的那个单薄的身影。

她纤细的手指在琴键上飞舞，他惊讶于那样纤细的手腕和手指，是如何爆发出那样的力度。

雷霆万钧。

那是江练唯一能想到的一个词。她看上去那么单薄、孱弱，死气沉沉的，像是一颗被拍扁的蒜。

对，他的形容词很匮乏，语文是他最差的学科，作文更是极度差。

暴风雨一般席卷而来的琴声中，他不知怎么就想到春雨中发芽的一颗种子。那颗种子是被人脚踩过的，扁扁的没有一点儿生机，突然下了一场雨，那颗种子活了过来，发芽、生长，以不可抵挡的力量，奋力地冲出了土壤。

他思维停滞，陷在琴声里，脑子里只有一场暴风雨。

是的，旷野之中的暴风雨。

酣畅淋漓，雷霆万钧。

时间飞逝，也不知过了多久，直到他闻见一股煳味儿才惊醒过来，锅里的水烧干了。

他手忙脚乱地去关火，不小心把锅盖碰掉到了地上，发出了一道煞风景的响动。

客厅的琴声戛然而止。暴风雨停了。

他站起身，视线和江懿臻的撞到一起。

那一刻，江懿臻的五官是模糊的，他只看得见一双眼睛，眼中仿佛有烧起来的火苗。

没有一眼万年，更不是一见钟情。

他只是突然间生出一个念头，想要去认识这个人，了解这个人，做这个人的朋友。

过了很多年，他都不明白自己当时为什么会有那种感觉。

也许有一些人，天生就是一类人，他们从眼神里就可以找到同类。

琴音落下，江一峰从院子里走了进来，眉宇之间全是按捺不住的惊喜和欣赏，但是他什么都没说，只是站在客厅门口，对着江懿臻竖起了大拇指。

老头感情内敛，带学生的时候，不喜欢用语言夸人，点头表示赞许，拍肩膀就是鼓励，竖起大拇指就是最高的表扬。

江练惊讶地看见江懿臻突然间眼泪盈眶，放在琴键上的手指微微颤抖。

那时候他并不知道这一个简单的手势对江懿臻来说意味着什么。

江懿臻从四岁起就跟着江一峰学琴，那时她只不过是个听话的小孩，爸妈给她报什么兴趣班，她就去学什么。直到后来，她失去了一切娱乐，弹琴是她唯一的放松身心的方式。

她记不清在学校经历过多少打击，也记不清从父母那里得到了多少羞辱。只有在弹琴的时候，她才不会自我厌弃，才会重拾尊严。她会无数次地想起江老师，他经常对她竖起大拇指，那是他对学生最高级别的夸奖。

所以她不是父母口中蠢笨如猪的废物，至少她还有一项特长，她并非一无是处。

时隔五年，她终于再次见到这个熟悉的手势，排山倒海的情绪一瞬间倾塌下来。

江一峰走到跟前，轻轻拍了下她的肩头："优优累了吧。"

这句话让江懿臻苦苦憋着的泪水瞬间夺眶而出。是的，她很累很累，累到想要放弃一切，生无可恋。

她并不想在别人家里哭，更不想让陌生的同龄人江练看到，可是眼泪根本无法止住。

江一峰什么都没问，而是轻轻拍着她的后背，给她递了很多纸巾，让她把压抑的情绪都发泄出来。

江练第一次见到女孩儿这么能哭，眼泪无休无止，哭到鼻头和眼皮都泛红，样子有点儿可笑，但她终于有了生气，不像是一张苍白的纸片。

过了许久，她终于不哭了，抽抽搭搭地说："江老师，你的头发都白了。"

江一峰苦笑不语，白发人送黑发人啊，怎么能不白呢。

江练知道江懿臻不是为了外公的白头发而哭。他也知道，外公话中有话，不是说她坐了一天的车，累了。

两人打哑谜一样的默契，让江练在这一刻甚至有点儿妒忌。

这是他外公，不是她的。

但是他转念一想，他外公和他待在一起的时间，应该还没江懿臻认识他外公的时间久。

原因是江一峰夫妇因为不同意女儿的婚姻，和女儿断绝来往多年。

江练他妈是A大高材生，本来有光明的前途，却迷恋上他爸，非要跟着他爸来到简城。

人往高处走，水往低处流，江一峰寒窗苦读考上大学，在A市奋斗半生，是为了让女儿站在自己的肩头更上一层楼，而不是让她为了一个男人，重新回到他拼命努力才走出去的故乡小城。

女儿不进反退不说，找的也是个不着调的男人，没个正经工作，既不安分又不务实。

江一峰夫妇气得半死，以断绝关系相威胁也没能阻挡这桩被所有人不看好的婚姻。夫妻俩也是伤心极了，当真说到做到，不和女儿联系。

江练是在他妈去世前不久，才和江一峰见第一面的。

江一峰把优优送到隔壁，回来后，把江练叫到身边，很慎重地交代他。

“优优要在七中借读一年，刘婶让她侄子安排和你同班，想让你关照一下优优，别让同学欺负她。”

这话江练已经偷听过了，不觉得惊讶，所以很平静地“哦”了一声。

江一峰以为他没听进去，拍了他一下：“认真点儿。”

江练不服：“我咋不认真了？”

江一峰瞪了他一眼，接着往下说：“她来到新环境，心情不大好，你多逗逗她，让她开心一些。”

“我没有逗人乐的本事，我最拿手的就是把人气哭，李雪梅都被我气哭好几回了。”

李雪梅是他的语文老师，一个刚毕业的年轻女孩。

江一峰气笑了："哦，那你对李老师还挺好的，只是把她气哭，我可是快被你气死。"

江练不吭声了，停了半晌问："我关照她有啥好处呢？"

江一峰瞪他："关照一下女同学，而且还是你外公的学生，不是你该做的？你还和我谈条件？"

"班里女同学多了，我可关照不过来，关照过头了，老师还说我早恋呢。再说她是你学生，又不是我学生，我没义务要关照她。"

江一峰捂住心口，一副快要被气死的表情。

"你给我买点儿东西我就答应你。"

"啥东西？"

江练兴致勃勃地拿来一本书，指着上面的一个传感器："不贵，我挑了个最便宜的。"

江一峰不解："你要这个干吗？"

"干正事。我以我的人格担保。"

"你的人格只值两毛钱。"

"我以我妈的名义发誓，绝对不是坏事，是正事。"

"什么正事？"

"我做成了再告诉你。"做不成就当没这回事，免得丢人现眼，成为话柄。

江一峰知道这小子的臭德行，心里能藏事，不想说的事，打死也问不出来，不想认的错，也是打死不服软。

"行吧，我给你买。"

"成交。"

江练谈妥条件就上了楼，开始捣鼓从复读机、收音机，还有钟表里面拆卸下来的一些小零件。

后天开学，他特别珍惜最后一次熬夜，弄到凌晨一点才上床，关了灯，躺床上半天睡不着，有点儿小兴奋，想着传感器到手了，下一步该怎么弄。

正琢磨着，窗外亮起闪电，不多时，就听见豆子滚地般的雨声。

他从床上一跃而起，打开门去抢救他藏在花盆里的烟。

把烟和打火机转移到窗台下的空调机下面后，他正准备进屋，眼睛无意中瞟到隔壁，差点儿没吓得叫了一声。

刘锦绣家的格局和江家的几乎一样，都在二楼留有一个平台，可以用来种花、晾衣服。

江练家这边，江一峰顺着围墙边种了一圈花花草草，刘锦绣因为常年不在家，平台上空荡荡的，此时却立着一个白色身影，乍一看白色身影像是个幽灵。

江练拍了下自己的心口，是江懿臻。

她到底在干吗？

借着微弱的一点光，他发现她的手里有微微闪动的光点，貌似戴着耳机。是在听歌？

雨开始下大了，她一动不动地站在雨里，像是雕塑。

江练躲在檐下，没有出声，非常冷静地看了她两分钟，没有惊动她，悄悄回到了自己的房间。

第二天，刘锦绣很抱歉地告诉江一峰，本来要请他们吃饭的，但是优优生病了，只好改天。

江一峰忙问什么病，去医院了没有。

刘锦绣苦着脸说："她不肯去啊。江老师，麻烦你过去看着她，我去私人诊所叫个医生来家里。"

坐在旁边的江练插了句话："没事的，她就是淋雨感冒了，买点儿感冒药就好了。"

江一峰忙问："你怎么知道？"

江练一边挑着盘子里的苹果，一边说："我看见她半夜站在外面淋雨。"

江一峰急了："那你怎么不提醒她？"

江练蹙眉："她今年十五了吧？淋雨会感冒她不懂？懂了还去做，自然有她的道理。”

“你！”江一峰指着和自己差不多高的浑小子，气得不知道说什么好。

江练还反问他：“我说得不对？”

“对个屁。”

江练挑眉：“唉，江教授你说脏话了，你不是不让我说脏话吗？”

江一峰咬牙：“明天开学，作业都写完了？快滚去写作业。”

江练得意地笑：“作业早写完了，我把高三的物理书都看完了，厉害吧。”

江一峰气得吐槽：“你可牛呢，作文得零蛋。”

江练抛着手里的苹果，正准备上楼。江一峰扯住他的衣服：“你等等，我有个事跟你说。”

江练漫不经心地问：“什么事啊，这么严肃？”

“优优的事。”江一峰非常严肃地警告他，“这事你不许告诉任何人，否则你一年都别想要零花钱。”

江练哼道：“说吧，我嘴巴多严实你不知道吗？”

“优优有轻度抑郁症，就像昨天晚上那样，你一说，把我吓得半死，万一那孩子一时想不开……”

江练愣了下：“你想太多了吧。”

他顶多就想到了她想淋雨，压根没往跳楼上想过。

江一峰叹气：“现在的孩子们都很苦，学习压力大，动不动就听见有孩子轻生的新闻，我真的很担心她。可是我和你刘婶又不能时时刻刻跟着她，你呢，在学校里一定要好好保护她，关照她。如果有什么不对劲的地方，马上告诉我和你刘婶，知道吗？”

“好，我知道了。”

初三开学第一天，照例是班主任讲话。

老赵的态度比前两年更严厉，因为中考结束后，大约一半的学生没考上高中，大家都感觉到了明显的压力，班里鸦雀无声。

讲着讲着，老赵突然气急败坏地抄起一个粉笔头，朝着班级后门砸过去。前排同学一看老赵那气得七窍冒烟的样子，就知道这肯定是江练惹的事，果然一扭脸就看见江练趴在那儿睡觉。

江练听到动静，抬起头，睡眼蒙眬地看着怒发冲冠的老赵，那副淡定的样子简直就是挑衅。

老赵吼了声："站起来，滚到外面去。"

开学第一天就被赶出教室罚站，对江练来说不是什么新鲜事。

他在七中是个另类，全校闻名。每次数学和物理考试都是全校第一，几乎都是满分，但语文经常是作文零分，要么跑题，要么空白，要么内容偏激。总之，他的语文试卷不用看名字都能认出来，作文写成那样的，全校独一份。

他不合群，但也不惹事，他的主要问题就是孤僻冷傲，专气老师，上语文课看数学书，上政治课做物理题。作业不想写的就是不写，留校补作业，他能翻窗户跳墙跑掉。考试不想考的，填个名字交白卷，把老师气得翻白眼。老师叫了几次家长后，江一峰也在学校出了名。

江老先生一看也是个知书达理的知识分子，退休前还是A大教授，但做事一点儿不循常理，不仅不批评他外孙，还说中考看总分，作文没写就没写吧，他就是不会写，咋办呢?

语文老师李雪梅是个年轻姑娘，江一峰一把年纪，她又不敢冒犯，气得无话可说，心里翻了十几个白眼。

政治老师也开始告状，说江练不写作业，江老先生更是振振有词，说政治中考开卷考试，实在不会背就算了。

对江一峰这种态度，老师们自然意见很大，对江练采取的措施就是眼不见为净，赶出去罚站。全年级的学生都认识那个动不动就站在教室外面的另类。

江懿臻是开学后第三天才来的七中，副校长刘进私下里给老赵打好了招呼，说这孩子交了赞助费，只是借读，没有学籍，不用费心管。

老赵把她领到班里，让她做个自我介绍。

江练发现她比第一次见面给人的感觉稍好些，因为她今天穿了件豆绿色的衣服，这颜色让她多了一丝生气。

她站在讲台上，低着头："我叫江懿臻。"说完，她转身在黑板上写了自己的名字。

全班都静了下来，包括江练。

她的名字非常难写，笔画很多。但是她硬生生把这三个字写得行云流水，潇洒大气。

江懿臻的一手好字震住了全班，连老赵都忍不住惊叹这女孩儿的字怎么写得如此漂亮。

"我给你找个座位。"

老赵正准备找个合适的位置安排一下这位新同学。

江懿臻低声说："我想和江练坐。"

老赵愣了下："你认识江练？"

江懿臻点了下头，目光越过众人，落到江练身边的空位上。位子在最后一排，距离后门非常近，方便老师们让他"滚出去"。他还很自觉地把座位往后挪了许多，离前排的同学足有一米远，一副"遗世独立"的风范。

江练心里琢磨，她要和自己坐同桌，是她自己的想法，还是刘婶或者外公的想法？

他本来想问问她的，可是等到江懿臻在他身边坐下来，仿佛压根不认识他，没一点儿打算和他说话的意思时，江练心想，这个问题有了答案，不用问了。

沉默了一会儿，他主动开了口，声音不大，只能让她一个人听见。

"淋雨发烧不想来上学？"

江懿臻没理他，也没看他。

"病好了还不是得来，无用功。"

江懿臻沉默得像是一颗石头。

江练耐心用尽，望着黑板冷哼了一声："我说第三句话时，你再给我装哑巴，你就去别的地方坐。"

江懿臻终于开了口，依旧没看他，像是自言自语："我喜欢发烧，像吃了安眠药一样，很舒服。"

女孩儿苍白的面孔很平静，没有表情，但是语气颓丧。

江练无法形容自己的感觉，像有一根绵软的鱼刺扎进了喉咙。

她吃过安眠药？是睡眠不好，还是要……他突然不敢向下想了。

"那我下次试试。"这句话不经大脑地冒了出来。

江懿臻终于看了他一眼。

是调侃她，还是说真的？她忍不住想从他脸上找出答案。

十五岁的少年，面孔未脱稚气，目光却锋锐得像是要刺穿冰面，窥破水底深处的秘藏。

她看着他的同时，江练也在看她，极近的距离下，他发现她有一双很独特的眼睛，忧郁而清澈，让人想起清晨带雾的天空，有一种冷漠却又楚楚动人的神秘感。

目光交错，江练先开了口，带着习惯性的吊儿郎当和满不在乎："你盯着我看是几个意思？"

江懿臻撤回目光，平静地回答："看你和江老师长得像不像。"

这个带着桀骜不驯气质的少年，和温和沉稳的江一峰相差甚远，看不出来是一家人。

"我像我爸。"江练皱起眉头，一副明显不想提起那个人的样子，"我很讨厌这张脸。"

江懿臻露出很惊讶的表情，这是她第一次听见有人这么说自己。她下意识地想安慰他，说："你长得很帅啊。"

江练冷哼了一声，被人夸长得帅，并没一点儿高兴。

于是江懿臻讪讪地闭嘴，谈话到此为止。

新来的同学一般都比较引人关注，尤其是江懿臻写得一手好字，人又长得清秀文静，颇有几分文艺气息。下了课，前排的两位男生想和她搭话，一扭脸，发现她已经趴在桌子上睡了。

江懿臻装得很像，可是江练知道她是在躲人，而且知道她为什么躲人。

连着四节课的下课时间，江懿臻都在“睡觉”，一秒入睡，姿势不变。

那些想趁着课间过来和她搭话的同学全都无计可施。

江练确信了自己的眼光，江懿臻和他是一类人。他在班里是出了名的不合群，不喜欢和任何人打交道，独来独往，特立独行，也不怕老师，毕竟身后还有个江一峰给他撑腰。

最后一节课结束，江懿臻无法再假寐，低着头收拾书本，目光低垂，表现出非常明显的不打算和人交谈的意思。

前排同学中李光明已经看出来她不想和人打交道，许潭却是个没眼色的，终于逮住个机会和她搭话，赶紧问出憋了一上午的问题：“你以前在哪个学校啊？”

江懿臻咬着下嘴唇，不知怎么回答。

她不想说实话，可也不想撒谎。但是冷冰冰不搭理人，却又有悖于她多年的礼貌修养。

“十二中。”

说话的人，是江练。

十二中是简城郊外的一个学校，离七中很远。

江懿臻惊异地瞟了眼江练，很奇怪他为什么要替自己撒谎。更奇怪的是，他仿佛知道自己不想回答这个问题。

许潭好奇地问江练：“你怎么知道？”

江练双手抱臂：“我们是亲戚。”

江懿臻愕然。

一口气撒两个谎的江练，脸不红，气不喘，连眼皮都不眨一下，语气真得不能再真。

许潭恍然大悟：“哦！对了，你们都姓江。”

他没再多问，转身走了。

江懿臻暗暗松了口气，慢慢地收拾书本，打算等前面的同学都走完了，她再走，以免被人搭话。

江练早就收拾好了，却没动身，双手插在口袋里，懒洋洋地坐在旁边。

江懿臻猜测他是在等她，想说你别等我，却又怕是自己误会。

很快班里没人了，江练站起身，对她扬了扬下巴，说："走吧。"

他果然是在等她。

江懿臻慢吞吞地跟在他后面，走到教室门口说了句："你不用等我。"

正午的阳光很刺眼，江练抬手挡着眉梢："我答应外公关照你，君子一言，驷马难追。"

江懿臻下意识地接了一句："君子不撒谎。"

江练停住步子，手掌下的眼神变得有些冷。

他是在他爸的谎话中浸染长大的，如果他爸不是手段高超的谎话精，隐瞒了很多他妈不知道的真相，也许他妈早就被活活气死了。

在某种程度上，谎言可以换来平静，省却很多麻烦和争吵，耳濡目染，他也没觉得撒谎有什么不好。即便被人发现，他也不屑于辩解，但是今天不同，他不是为自己撒谎。

他没好气地盯着江懿臻："我是替你着想好不好？你要说你从A市一中转学来的，很快就有乱七八糟的流言传出来。"

江懿臻问："什么流言？"

江练本来不想说的，但是一激之下，也就直言不讳："会说你在一中混不下去，才会沦落到来简城上学。"

世俗眼光中，人往高处走才是正常的，反向行之有悖常理，就会引起非议与猜测。

江练他妈就是活生生的例子，因为各方面的条件都比他爸好太多，于是就有传言他妈在A市有不可告人的过去，嫁不出去，所以将就着找了他爸，回到简城这个小地方。

江懿臻脸色微微一变，语气却很平静："本来就是。我一模数学考全校倒数第一。"

江练没想到她这么坦诚，自揭伤疤。

那天他偷听刘锦绣和外公的谈话，并没有听全，他猜测江懿臻来简城是因为生了什么病。

江一峰见到厨房里煮了一锅碗筷，才知道这小子心里想歪了，只好把江懿臻转学的原因大略说了说，以免他瞎想。

他很难想象，她会因为成绩不好而被父母否定打压到轻度抑郁。因为他语文也差得一塌糊涂，作文常年零分，但江一峰从来都没有因为这个而打击他，只是苦劝他要多读书多背诗，腹有诗书气自华。

江练有点儿尴尬地摸了摸头发："走吧。"

江懿臻的问题还没问完："你为什么说我们是亲戚？"

"我天天和你一起上学放学，又坐同桌，说你是我亲戚，免得别人说我们在谈恋爱。"

江懿臻没想到是这个原因，略有点儿尴尬地垂下眼帘。

江练挑了挑眉："都姓江，五百年前是一家，说亲戚也没错吧？"

"有个学渣亲戚，你不觉得丢人？"

"丢什么人？我语文成绩经常倒数第一，没觉得丢人。"

江懿臻的脑海中条件反射般地响起叶胜男的话："你把我们的脸都丢尽了！因为你，我和你爸在单位里都抬不起头，我们同事的孩子都是学霸，就唯独你，是全校倒数第一，我们都没脸见人，你知道吗？！"

"不丢人吗？"

"我没偷没抢，又没有违法干坏事，丢什么人？你真是奇怪。"江练白了她一眼。

江懿臻顿了顿说："反正撒谎不好。"

江练再次停步："撒谎怎么不好了？说实话给自己找麻烦才叫好？"

"做人要诚实。"

正午的阳光很强烈，江练怕热，站在太阳底下和她较这个真儿，心里的火一下子就上来了。

"一味诚实不是什么美德，有时候只会坑自己，撒谎就像动物的保护色，你懂个……"

看在她是个女生的分上，最后一个字他收回去了，冷着脸没再搭理她，转身就走。替她撒谎避免麻烦她还不领情，狗咬吕洞宾——不识好人心。

江懿臻默不作声地走在他后面。

两人一点儿亲戚的样子也没有，一前一后地离校，各回各家。

刘锦绣做好了饭菜等着江懿臻，一见面就关心地问她班里情况怎么样，老师有没有为难她，有没有同学欺负她。

江懿臻说："没有，挺好的。"

新学校才待半天，其实一切都是未知，她也不习惯把委屈告诉别人，曾经她也告诉过父母，得到的回答是："为什么老师批评你，你心里没数吗？为什么同学只针对你，不针对别人？你为什么不找找自己的原因？"

次数多了，她就学乖了，什么委屈都放在心里，自己消化掉。父母不会做她的后盾，只会埋怨她，批评她，找她的毛病。

"江练和你一个班，我放心多了，他是个好孩子。"

好孩子？

江懿臻咬着筷子，心里打了个小问号。

吃完午饭，刘锦绣催着她去午休一会儿。

江懿臻上了楼，站在二楼的平台上，看见靓仔卧在隔壁平台的一个空花盆里，懒洋洋地晒太阳。

她叫了声"靓仔"。

靓仔好像很喜欢她，"喵喵"叫了两声，从花盆里跳出来，朝着她这边来了。

"靓仔你今天没出去玩啊？

"你中午吃的什么？"

江懿臻隔着栏杆和靓仔说话，想把它引到这边来。

突然房门一开，江练冷着脸走了出来，把靓仔拦腰一抱，目不斜视地转身进屋。

江懿臻为之气结。

幼稚鬼！

下午出门去上学的时候，她刚刚走出院子，就听见身后有脚步声。

她没回头，默默走到学校，脚步声一直跟在她身后。

一下午两人没有任何交流，冷战持续到了晚自习。

写完语文作业，江懿臻正准备收起来，一只手压住了她的册子，没等她反应过来，语文册子被抽走了，塞回她手边的是一本数学册子。

江懿臻瞬间懂了，这是交换着抄的意思。大约她刚才写数学作业的时候，他看见了她册子上的大片空白。

下了晚自习交语文和数学作业册。

他们班的数学老师就是班主任老赵。

老赵给学生硬性规定，考试的时候卷子不能留空白，即使不会写也要写满，平时也这么要求学生，作业不论会不会都要写满，空着没写的题要抄十遍。

收作业的时候，班长发现全班唯一一个没写满作业册的人是江懿臻。

班长念了名字，全班人的眼光都齐刷刷地投向了江懿臻。

前排的许潭还做好人，扭脸问江练："你怎么回事啊，怎么不给她说说老赵的规矩。"

江练简直气不打一处来。

因为两人冷战，他的确是没给她讲老赵的规矩，但是一般人看见有作业可以抄，还用得着问东问西？不都是拿过来就抄！

他哪知道还有江懿臻这种傻子呢。

江练窝着一肚子火，憋到出了校门，才逮着机会问她："你怎么不抄？"

"抄了有什么用，自己还是不会。"

"至少现在不用被罚！"

"早晚还不是被罚，中考、高考罚得更狠。"

江懿臻的语气平静而沮丧。

江练咬牙："我就没见过像你这么死心眼的人。"

江懿臻和气地说："那你以后再见到就不会惊讶了。"

江练仰着头深深吐了口气。

九月的夜晚，风是温凉的，有一种很贴合肌肤温度的舒适感，不热不燥。

夜幕上的星星若隐若现，街边摊散发着人间烟火气。

江练无数次路过这条街，无数次见过这个画面，但是从来都没有留意过。因为他走路飞快，没闲工夫去感受周遭。

但是此刻，他需要不时地停下脚步，等一等身后那个死心眼的“傻子”。于是，夜风和星星被他后知后觉地发现，迟钝的他也嗅到了街边摊散发的香味。

他和年少时的江一峰一样，对简城没有什么感情，只想尽快离开，去看大千世界。他小时候经常问他妈，A市是什么样子？为什么她要离开大城市来到简城，这里有什么好？

他妈说：“因为简城有你爸啊，因为简城是我爸的故乡啊。”后来她就不再说了，江练也很聪明地不再问了。

他的童年在父母的争吵中飞快地结束。

走到拐角，他不耐烦地扭过头，看见孱弱单薄的江懿臻，耷拉着肩膀，无精打采，梦游般地飘在距离他十米开外的马路上。

浑身上下，一股子说不出来的沮丧。

他再次想起他外公做饭时，在案板上被刀背拍扁的大蒜。

这个比喻很没有美感，但是他莫名地就是觉得很贴合江懿臻。

也许是因为她肤色很白，也许是因为她身子太单薄，没有少女发育期独有的丰润感，像一片扁平的树叶，风一吹就飘得无影无踪。

如果他见过小时候的江懿臻，一定会错愕震惊。

那时候她走路很快，喜欢蹦蹦跳跳，脑袋后面的马尾辫晃来晃去，像只活泼的小鸟。为此她还被叶胜男教育过，女孩子要稳重，要有风度。到后来，不用叶胜男再说，她的步子不知不觉就慢了下来，而且越来越慢。

一根筋的“傻子”走到他跟前的时候，像是没看见他，耷拉着肩膀继续往前走。

江练蹙着眉头看着她的背影。如果不是亲眼所见，很难想象，这样一个有气无力的沮丧的女孩儿，会弹奏出那样激烈的、具有雷霆万钧之势的曲子。

江家离学校不远，他步行也就七八分钟，因为江懿臻，这段路的耗时翻了一倍。

走到院门口，他喊住拿钥匙开大门的江懿臻，言简意赅地说："作业册给我，我帮你抄。"

这是他刚刚做的决定。

一是看在外公的面子上，发一回善心；二是今天他没讲清楚老赵的规矩，他也有点儿责任。

江懿臻的反应慢半拍，站在门口愣了一下才说："不用，你还要写作业呢。"

"政治作业我不用写。"

"你不用写？"

"对。"

"为什么？"

"我外公去学校签了保证书。说考不上高中自己负责，和老师无关。老师就睁一只眼闭一只眼，不管我。"

江懿臻平静而沮丧的脸上有了表情，江练看得很清楚，那叫难以置信。

"真的？"她问。

江练不耐烦："我骗你干吗？"

这人真是婆婆妈妈的，给作业她不抄，帮她抄还这么多废话。

江懿臻半晌没吭声，江练还以为她被感动得说不出来话，结果听见了一句——

"你经常……撒谎啊。"

呵呵。

真是一片好心喂了狗。

江练黑着脸进了院子，把门甩得"砰"一声震山响。

第二天是意料之中的冷战。

江练脸上仿佛写着"心情不好，别挨我"几个字。

江懿臻是一副拒人千里，丧到恨不得避世隐居的样子。

在全班人的目光注视中，两人一前一后地进教室，给人的感觉是，他俩不愧是亲戚。

气质很像。

政治课代表来收作业的时候，江练说没写，不交。

政治课代表居然波澜不惊地放过了他。

江懿臻惊异地瞟了他一眼，开始对他的话半信半疑。

接下来上政治课的时候，她发现他公然看一本医学书，因为上面有人体解剖图。而且他是把书竖着放的，讲台上的老师不可能看不见封面。

诡异的是，政治老师竟然没有找他麻烦，也没有让他滚出去，就像是没看见一样，是一种完全忽略放弃的态度。捎带着江懿臻也被牵连了，因为她坐在江练的身边，一节课从头到尾，都没接收到老师的一个眼神。

江懿臻终于相信了他昨晚说的话，于是下了课主动找他说话："你外公为什么要给老师写那个保证书？"

江练没搭理她，还在生气。

江懿臻很想知道答案，便向他道歉："对不起啊，我以为你是骗我的。"

江练终于哼了一声，算是和解。

江懿臻看了他一眼："所以不要撒谎。不然说真话也可能被冤枉是在撒谎。"

江练无所谓地"呵"了一声："傻到分不出来真假，也就不要怨别人了。"

江懿臻很认真地说："你自己当然知道哪句是真哪句是假，可是别人又不是你肚子里的蛔虫，别人怎么分辨？"

江练转头看着她："那是你笨，我看着一个人的眼睛，就知道他有没有说谎。"

"哦，那你去做警察啊。"

江懿臻并没有要和他斗嘴的意思，只是随意这么一说，发现江练冷着脸不接话了，她连忙解释："我不是嘲讽你，我说真的。"

江练继续不搭理她。

"你外公对你学习没要求吗？他不想让你考大学，考名牌大学？"江懿臻是真的好奇，也是真的不解，所以破天荒地有了聊天的欲望。

江练扫了她一眼，冷冷淡淡地说："不要求。他说我在国内没救了，凭我的语文成绩我不可能考上国内的大学。"

江懿臻犹豫了一下，说："不试试怎么知道呢？不努力怎么知道呢？"

这是她小时候听过无数次的话，那时候父母对她还没有绝望，还有点儿耐心，还会鼓励她。

"有人告诉你狗屎不能吃，你要努力试试能不能吃？"

身边安静了，江练过了会儿扭过脸，发现江懿臻白得不像人类的脸上有了颜色，粉粉的。

被气到了吧。

扳回一局，江练心里很爽，补充道："我外公说考不上就算了，天生我材必有用，条条大路通罗马，又不是只有一条路可走。"

江懿臻良久没有说话，为什么人和人如此不同？

江一峰也是高级知识分子，他为什么会对学历丝毫不在乎？为什么她的父母却把学历看得比什么都重要，把学习成绩作为衡量她的唯一标准？成绩差，成为她的罪状，她罪不可赦，让他们蒙羞，在家人、亲戚、朋友、同事面前抬不起头。他们甚至怀疑她不是亲生的，要带她去做亲子鉴定。

江一峰为什么对江练的成绩没有要求呢，甚至还帮着他"退步"？

江懿臻真的想不通，但是她也真的羡慕。

下面的一堂课她都没听进去。

她沉浸在一个幻想中，幻想如果她的父母也是江一峰这样的态度，那她会是什么样？

她可以断定的是，她一定不会像现在这么痛苦，充满了罪恶感，每天压力大到让她无法入眠。

下了课，她开始做昨晚没写完的罚抄作业。

江练瞟了一眼，心里冷哼，活该。

有几个想过来和江懿臻搭讪的同学，一看她在写罚抄作业，很知趣地走开了。

放学前，她去班长那里交了罚抄作业。

班长叫章飞宇，是个高高大大的男生，有点儿像言情小说里的男主角，眉眼清秀，喜欢打球，很受女生欢迎，一下课就有女生过去找他聊天。江懿臻本来打算第三节课下课时给他的，但是看到他身边围着好几个女生，就拖到了放学。

章飞宇接过罚抄作业的时候，很仔细地看了一眼江懿臻，因为几个男生私下里正在给这位新转来的女同学取外号，在“江黛玉”和“江妙玉”之间难以取舍。

翻开她的罚抄作业，章飞宇再次被她的一手好字震惊到。全班没有一个人的字能超过她写的。

他以为这一次罚抄，是第一次也是最后一次，第二天的数学册子，哪怕江懿臻闭着眼睛写也不会再留空白。

没想到的是，第二天她的数学册子依旧是大片空白。

章飞宇念出名字的时候，全班人的目光再次投向了江懿臻。如果说第一次她可能是不知道老赵的规矩，那么第二次还这么做，就有点儿不可思议了。

班里开始小声议论起来，这个新同学到底是一根筋，还是博人眼球，想出风头？

包括老赵都想不通这个江懿臻是怎么回事。副校长刘进其实已经和老师们交代过，江懿臻只是借读，老师们不用管得太严。但是架不住她自己比谁都较真儿，作业写得一丝不苟。作为老师，老赵也不好说什么，定的规矩必须要遵守，出尔反尔，没法儿服众。

江懿臻写作业写到凌晨一两点，刘锦绣觉得不对劲，第二天一大早就过来问江练，是不是老师布置的作业太多。

江练说是挺多的，但不至于写到凌晨一两点还写不完。

江懿臻写那么晚，是因为除了正常的作业，还有数学罚抄。

上学的路上，江懿臻依旧无精打采，因为熬夜，本来就白得不像正常人的肤色越发苍白。

江练忍不住说：“如果你不想写那么多作业，可以让我外公给你写一份保证书。”

“不用。我要多写作业，多做题，笨鸟先飞，勤能补拙。”说完，她看了一眼江练，“我和你不一样，我必须要考上高中。”

江练没好气道：“天天熬夜，没等中考就挂了。”

“不写作业，我也睡不着，还不如写作业。”

“为什么睡不着？择床？”

“不是。抑郁，失眠。”

一般人对自己有病这件事都会讳莫如深，不会这么大剌剌地说出来，而且他还不算是她很熟悉的人，更别提是朋友，只是一个刚认识没几天的同桌而已。

“江懿臻，你今年有十五岁了吧？你不傻的话，能不能不要什么实话都往外说？”江练的语气不怎么友好，带着一股训人的味儿，其实是怒其不争，“你知不知道，我如果是个长舌的人，明天全校都会知道你有抑郁症，在一中成绩倒数，混不下去来到简城。你是不是傻？”

他是一片好意，但是江懿臻的回复让他气得吐血。

“我无所谓的。”

“你为什么无所谓？”

江懿臻心说：因为那些话，和我爸妈说我的比起来差远了。我听过比这些难听一百倍的话，而那些话来自于最亲的亲人，那种伤害你永远都理解不了，比起来，这些都不算什么。

但是她什么也没说。

于是，江练再次和她冷战，一上午没和她说一句话。

江懿臻本来也不打算和任何人说话，下课了就开始写罚抄作业，很认真地写，全神贯注，不是交差应付。

江练突然明白过来，这是她的另外一种手段，装睡不是长久之计，罚抄作业才是，想找她说话的人一看她在赶罚抄作业，也就不好意思来打搅了。

他发现她其实很有小心思，乍一看她是个老实巴交很认真的人，但是绝对不傻。

“其实你用不着这样假装自己很忙，没空搭理人，有人来找你，你直接说自己不想聊天就可以了。”

江懿臻果然露出一丝惊诧而慌乱的表情。江练知道自己猜中了。他洞察人心的本事，也许是天生的，也许是因为有个撒谎成性的父亲。

第三天下晚自习的时候，照例由班长收数学册子，江懿臻等着自己被点名。

奇怪的是，章飞宇没有点她的名字。

全班人都松了口气，班里的一个异类消失了，大家都是一样的人，这样才让人有安全感。

江懿臻不知道这是怎么回事。

她看向章飞宇。

章飞宇根本就没看她，把作业册收纳整齐，重新发给同学。

发到她桌前的时候，他顺势看了一眼，刚好对上江懿臻的目光。

清澈的、楚楚可怜的、迷蒙忧郁的眼睛，那是再平凡的五官都会被其点亮的一双眼睛。

前面的许潭笑嘻嘻地扭过脸，说：“江懿臻，你今天终于不当死心眼了。”

江懿臻还没说话，许潭就飞快地扭回脸，因为江练的白眼和冷面已经杀到。

回去的路上，江懿臻破天荒地叫住江练，快步赶上他。

“我的数学册子没写完，班长为什么没记名？”

江练的语气异常冷淡：“我又不是他，你问我干吗？”

“你觉得是什么原因？”

“喜欢你，包庇你吧。”江练的回答像是玩笑，但是脸上一丝笑意也没有。

“不可能。

“没人喜欢我。

“我爸妈都不喜欢我。”

江懿臻斩钉截铁地连着说了三句话。

江练心里沉了一下，默然看着她。

头顶上是一轮圆月，月华如水，照着她苍凉而认真的脸。

那一刻江练觉得自己必须要说点儿什么。

他素来冷酷，没安慰过人，也不知怎么安慰人。撒谎对他来说，是一件很简单的事，可这一刻他编造不出来任何谎言。

仓促之间，他反问：“你怎么知道？”

“我学习很差，除了弹钢琴，什么也不会。没有活泼的性格，也没有好看的外表。我妈天天骂我笨蛋蠢货，我爸说我像个木头，死气沉沉的，没有灵魂和追求。”

她的语气轻描淡写，但每一个字仿佛都带着重量，砸得江练心口很闷。

“你看，这个世界上最应该喜欢我的人都不喜欢我，还能有谁喜欢我呢？”

江懿臻的嘴角露出一个自嘲的苦笑。

“我外公喜欢你。”

江练没有说谎。

外公的确很喜欢江懿臻，每天都问她在学校里过得怎么样，担忧关切的程度，甚至让他都有点儿嫉妒。

“我外公说周末要带你去钓鱼，还说给你做好吃的，还让我给你配一把钥匙，你随时都可以来家里弹琴。”说完怕她不信，他补了一句，“我没骗你，不信你等会儿去问我外公。”

江懿臻没有不信，因为小时候在江老师家里练琴，他会给她准备很多小零食，还给她削苹果，榨果汁。所以当初她为什么坚持弹琴，也许是因为江老师家里的各种小零食和那种氛围，休息的时候，还可以和一起练琴的小伙伴玩游戏，看小人书。

那是她为数不多的快乐时光。

江练又说："刘婶也喜欢你。"

江懿臻点点头，自言自语似的说："对哦，还有大姨喜欢我。"

江练说："你比我强。我就只有我外公喜欢我。"

比惨或许是最好的安慰方式。

江懿臻想问你爸呢，话到嘴边停住了。肯定是有不为人知的原因，江一峰才会从A市过来照顾江练，而江练也从来不提他父亲。

"那同学没有喜欢你的吗？"江懿臻只好换个方向。

江练笑了笑："你说的是男同学，还是女同学？"

"都包括啊。"

"没有，反正我是没接到情书表白什么的。"

江懿臻本来是想安慰他的，猜测他长得高高瘦瘦的，肯定有女孩喜欢，没想到也是提了一壶不开的。

她讪讪地扯了一下书包带，不敢继续问了。

江练低头想了想："小学倒是有个女孩儿喜欢我，听说小升初考完试要给我表白，不过考完试我和人打了一架，她被吓到了，把我QQ都删了。"

身边传来低低的一声"噗"。

她在笑？

江练抬头去看她，发现她已经低了头，然后很小声地说了声"抱歉"。

"抱什么歉啊，我又不喜欢她。"

走到一盏路灯下，江练停住步子："其实，还有个人喜欢你。"

"谁啊？"低头走路的江懿臻抬起脸。

"和你同龄的。"

同龄的？

江懿臻唯一能想到的只有纪策。但他怎么可能会喜欢她，再说，江练也不认识纪策。

江练看着她，说：“江懿臻。”

“嗯？”

“还有个喜欢你的人，是江懿臻。”

江懿臻怔住了，没听懂他的话。

“你可以想象有两个江懿臻，江懿臻A很喜欢江懿臻B。”

“江懿臻A对江懿臻B说，你字写得很漂亮，人长得也不错，说话声音也好听，琴弹得很棒。我很喜欢你。”

江懿臻木偶似的看着江练。

她从来没听过这样的话，新鲜惊奇，令人触动。

但前面所有的触动加起来，都不及他最后一句。

她知道江练说的“我很喜欢你”是模拟江懿臻A对江懿臻B说的话，可是说话的人是他，声音也是他的，此刻站在她面前，看着她的人，也是他。

“你钢琴弹得特别好，我外公一直夸你很有天分。你不要自暴自弃，而且，你弹琴的样子很好看。”

说到最后一句，江练把脸扭开了，只留给她一个侧脸。

灯光把少年的肌肤照得通透干净。清瘦的脸颊，颌骨呈120度角，有着几乎完美的线条感。

黝黑的头发被风吹过，泛着暗青色的光。

街角的路边摊，传来啤酒瓶相碰的脆响，还有爽朗的笑声。

江懿臻耳边嗡嗡直响，但那些声音仿佛不是来自外界，而是来自她自己的内心。

江练望着路边摊上碰杯的人，继续往下说：“我外公经常说，没人夸你，你就自己夸自己。没人爱你，你就自己爱自己。你自己都不爱你自己，还指望谁呢？但是很多人想不通这个道理，往往最不爱自己的人，就是自己。”

那是他妈去世后，在他最难过最叛逆的一段时间里，江一峰告诉他的话。

他一开始不是很明白，强迫自己去理解，到后来慢慢地越来越明白是什么意思。

身边的江懿臻安静得有点儿异常。

江练扭过脸，第二次见到了那一夜她的眼睛。

忧郁的、雾气蒙蒙的眼睛，亮起来的时候，仿若有动人心魄的光，让人无法直视。

江练突然间觉得耳后发热，不自然地移开了目光。

路边摊上喝酒的人在碰杯，其实友情也是一样，难得而又脆弱。

他小学的时候好朋友很多，等家里一出事，就剩一个了。

“我好羡慕你。”

“羡慕我长得帅还是羡慕我聪明？”

江练一点儿都不自恋，此刻却忍不住以玩笑来打破自己内心深处的某种不自在。

“羡慕江老师是你外公。”

江练很大方地说：“那你就把他当成你外公吧。反正他也不介意多一个外孙女。一只羊是养，一群羊也是养。”

“谢谢你。”

“谢什么？”

“谢谢你安慰我。”

江练扭过脸，看见了江懿臻的笑容，不是自嘲的愁苦的笑。

原来她笑起来，有两个酒窝。

他抬步走开，身后有脚步声跟上来，路灯映出一个瘦瘦的影子，好像也没那么沮丧。

脑海中，江练A说，真奇怪，我为什么要当好人去安慰她？

江练B说，因为你就是好人。

好人？江练A不屑地哼了一声。

深夜，江练打开阳台的门，走到平台上去，拿出烟来，他看着那根烟，微微有些发呆。

其实他没什么烟瘾，最开始想尝试抽烟，纯粹是看到他外公抽烟的样子。

江一峰平时乐观豁达，放任江练和他没大没小，有时候闹起来他也像个老顽童，一点儿小事都能乐和半天，可是他抽烟的时候，完全像变了个人，沉浸在自己的世界中，神游天外，仿佛外界的一切烦扰都不复存在。

当他抽完一根烟，他就重新回到了俗世红尘，开始琢磨今天做什么菜，得给江练存多少钱，操心他以后成家立业……在那一根烟的时间里，他才仿佛是他自己。

江练好奇沉浸在一根烟的世界是什么样的。

夜深人静，不远处传来狗吠声。

他把烟点燃，却没有抽，他想到他妈。

想到她最后给他说的话：

“你不要恨他。

“你就当他死了好不好？”

可是他没死啊。

尤其是江练照镜子的时候，看着自己的那张脸，就会想到他。

江练皱眉，把烟熄灭，正转身准备进屋，突然看见隔墙平台上的江懿臻。

黑暗中彼此看不清眉眼，只是模糊的一个影子。

虽然不知道她什么时候出来的，但江练几乎可以确信，她看见了自己，但是她居然只是问了句：“你怎么这么晚没睡？”

江练反问：“你怎么也这么晚不睡，今天不是没有罚抄吗？”

“睡不着。”

江练没吭声，因为他不知道睡不着能有什么办法，数绵羊？太可笑了。

“你说人为什么活着？”

这种人生哲理一样的严肃话题，江练是第一次面对面被问到。以前在书本上看到过无数次，他从来没有认真思考过，脑子里没有停留一秒钟就跳了过去。

但是此时此刻被江懿臻问到，他破天荒地开始去想。这种问题当然不是一时半会儿就能想到答案的。思忖了一会儿，他给了一个很模糊的回答：

“不知道，反正我是为了活得更好活着。”

江懿臻说:“我好像从懂事起就是为了考试活着的，我妈一直让我考第一，考上一中，考上高中，然后考大学，考研考博。如果我考不上高中怎么办？考上高中，万一考不上大学怎么办？我爸妈可能会无止境地让我复读下去，直到我死，也要有个大学文凭。”

或许是因为有夜色掩护，也或许是因为放学路上，江练给过的安慰，江懿臻比前几天话多。

“你不是为了文凭活着，也不是为了你爹妈活着。你太听话了。会哭的孩子有糖吃。你不是喜欢弹钢琴吗？大不了你去找一艘游轮，就像《海上钢琴师》那样，一辈子只做自己喜欢的事。”

“《海上钢琴师》是什么？”

江练难以置信:“你没看过这个电影？”

“没有，我妈不让我看电影。”

还以为她是大城市的小孩，比他见识的东西多，谁知道她连这个电影都没看过。

“等国庆放假了，我带你去看这个电影。”

“国庆有排片吗？”

“笨哪，去私人影院，想看什么就看什么。”

“那我掏钱。”

“不用，”江练看着黑暗中的身影，“我请你，尽地主之谊。”

第二天没有罚抄作业，下了课，江懿臻正想找个什么事做让自己显得很忙，前排的许潭已经飞快扭过脸来找她说话，接着李光明和过道那边的两个男同学也围了上来，叽叽喳喳地开始了八卦闲聊。

“听说十二中那边风气特别不好，打架和谈恋爱的贼多，真的吗？”

“据说去年全校考上高中的没几个，考上一高的还是两个分配生。”

“真的啊？十二中的分配生名额多不多？”

江懿臻压根不了解十二中的情况，当初是江练随口编造了一个谎话，说她是从十二中转学过来的。她早已习惯了独来独往，习惯了封闭自己，不和人交流，可是从小又被教导要有礼貌，实在无法摆出冷冰冰不理人的态度。就在她局促不安，不知道怎么应对的时候，江练把一本厚书从桌子里抽了出来，朝着桌面重重一拍，板着脸说："都给我闭嘴，别吵我看书。"

围在江懿臻身边的几个同学，讪讪地离开了桌子。

江懿臻悄然松了口气，本想说声谢谢，结果发现江练并不是替她解围，而是真的在看那本书。他在政治课上看了整整一节课，还在本子上写写画画，直到下课，才把书本收起来。

江懿臻侧目瞟了几眼，发现是一本关于人体解剖的医学书。

她忍不住好奇，问："你以后打算学医啊？"

"不打算。"

"那你怎么看医书？"

"了解人类。"

这个理由听上去特别像是胡扯，可是江练一本正经的表情还真不像是在瞎扯。

他把书塞进书桌，很严肃地看看她："你出来，我给你说点儿事。"

什么事还要出去说？

江懿臻很听话地跟着他走出教室，下楼梯的时候，一群男生打打闹闹地从她身边挤过去，她很有礼貌地靠边避让，避让完一拨，还有一拨，足足在楼梯上耗了半分钟才下来。

江练双手插在裤袋里，不耐烦地说："照你这么个谦让法儿，这要是发生火灾，你不得活活被烧死啊。"

江懿臻好脾气地没和他计较，问："你要说什么事啊？"

江练把手从裤袋里抽出来，抱在胸前，没立刻开口，先盯着她看了两眼才说："你不想和别人闲聊就直说，这又不违法。"

原来是说这个事，可能是不想让前排的两人听见。

江懿臻低头说："不好意思直说，那样太没礼貌了。"

江练无奈："你那么讲礼貌，中考给你加分吗？"

江懿臻抬起头看着他，他人不坏，可说话是真不讨喜。

“和一群无聊的人闲聊，除了耽误自己的时间，屁用没有。”江练抱着双臂，眯起的双眸露出寒光，“学会拒绝，别当烂好人，没好下场。”

少年的话，成熟世故得和他十五岁的年纪不符。

江懿臻觉得他说得很对，可是又气他的话太难听，耷拉着脸没有吭气，转身去上厕所。

上完厕所，她正准备离开，身后突然有人叫她的名字。

一个女生很尴尬地从隔间的挡板后伸出头，窘笑着和她招手：“我叫何许，咱们一个班的。”

女孩儿大眼睛双眼皮，扎着高马尾，面相很活泼，江懿臻没印象，客气地说了声“你好”。

何许窘笑：“不好意思，麻烦你一个事，我的“大姨妈”突然来了，我书包里有卫生巾，请你帮我拿一下好吗？”

这种举手之劳的事，江懿臻当然也没法拒绝，问她坐在哪个位置。

何许抱拳：“谢谢谢谢，第六排，靠左第二列，过道的位置。”

“嗯，你稍等。”

江懿臻快步跑回班里。

很巧的是，坐在何许后排的是章飞宇。

他一开始以为江懿臻是来找自己，眼睛一眨不眨地看着她径直朝着自己走过来，心跳得莫名有点儿快。

江懿臻在班里很招眼，是最近几天男生们私下里议论最多的女生。

她越是孤清高冷，不和人来往，越是让人充满好奇。男生们处在这个年龄段，对女同学总是格外关注，尤其是新转来的同学，身上有一种同龄人少有的神秘感和独特的气质。

江懿臻目不斜视地走到他前面一排，犹豫了一下，扭脸问他：“这是何许的座位吗？”

章飞宇表面很镇定地点点头，说：“是的。”

有点儿失望，并不是来找他的。

“何许让我帮她拿一下东西。”江懿臻担心别人误会她翻同学书包，就解释了一下。

江懿臻从何许书包里拿出卫生巾，匆匆去了厕所。

何许说了一串“谢谢谢谢”。

江懿臻说不用客气，正准备走，何许又喊住她：“等我一下，咱们一块儿。”

江懿臻只好在门口等她。

何许速度飞快，提上裙子就跑了出来。她和江懿臻的体形差不多，也是瘦瘦薄薄的身板，不过她脸蛋儿却是肉乎乎的，有婴儿肥。

江懿臻正准备抬步，何许的手挽住了她的胳膊。

这种女生之间很常见的亲密小动作，对江懿臻来说，只有小学才有过，几年的独来独往，她已经不适应和别人这样亲密，半边身体都僵硬了。

何许完全没有一点儿不自在，特别自来熟，边走边盯着江懿臻的脸蛋儿说：“你皮肤真白，是不是混血啊？”

江懿臻窘迫地回答“不是”。

“哇，你连毛孔都没有，肤如凝脂就说的是你这样的吧。真让人羡慕。”何许的眼神直勾勾的，看得江懿臻有点儿羞涩。

“谢谢，你的皮肤也很好的。”

被人夸了，自然也要回应。江懿臻虽然是客气，可是说得很真诚，毕竟从小她就被教育有礼貌，在礼节上她差不多能做到满分。

何许摸了摸自己的脸，笑嘻嘻说：“我肤质一般般，你是冷白皮，特别高级，是穿什么颜色的衣服都百搭的肤色。”

江懿臻懵懵懂懂的，心想：皮肤的颜色还分高级不高级啊。

何许又说：“对了，我‘大姨妈’一直不正常，有时候两个月才来一次，我妈说因为我太瘦了。我看你也挺瘦的，你‘姨妈’正常吗？”

江懿臻有点儿尴尬，低声说：“我也是，经常不准的。”

“那我们一样啊。”何许露出又惊又喜的表情。

有了一个共同点，好像无形之中就亲密了许多似的。

“你转来第一天我就想认识你了，你的字写得真好看哪，你怎么这么厉害？”

何许的眼睛里写着崇拜。

江懿臻都忘了她有多少年没有听过别人夸她，更别提被人崇拜。

“你教教我怎么练字，行吗？”

“其实很简单的，我就是去买字帖，先模仿别人的字，然后写多了，就成了自己的风格。”江懿臻情不自禁地把自己的经验分享给她。

“你买的什么字帖？”

“我买的字帖挺多的，临摹了很多人的字，有点儿大杂烩了。不过我记得，我买的第一本是庞中华的字帖。”

“那我也去买字帖练字。”何许摇了摇她的胳膊，小孩子撒娇一样，“你陪我一起去吧，你帮我选。”

江懿臻犹豫了一下，最终还是答应了，因为何许眼中的崇拜目光。

何许高兴得不行：“那我们周六上午十点在新世界书店门口见。”

“哪个新世界书店？”

“就是学校附近的那个新世界啊。”

江懿臻一听是学校附近，心想那离住处也不远，于是就答应了。

上课铃声响了，何许高高兴兴地回到座位上，扭脸对江懿臻比了个“好”的手势。

江懿臻有点儿不好意思，也回她一个微笑。

江练从她们两人一起走进教室的时候，就一直注视着江懿臻，此刻见到她隔空对何许飞过去一个微笑，一种莫名的不快涌上来，语气有点儿酸溜溜的：“一起上个厕所就好成这样了？”

江懿臻不接招，问：“你知道新世界书店在哪儿吗？”

“知道，干吗？”

“何许约我周六陪她买字帖。”

江练沉下脸：“你是不是忘了周六上午来我家吃饭？”

“没忘啊，买字帖很快的，买完了就去你家。”

江练冷了会儿脸，这才说："我周六也要去买书，一起过去。"

新世界书店就在七中附近，是简城最大的一个书店，上下三层，卖教辅书，还有文具。

站在新世界书店门口，江练陆陆续续已经看见了好几个熟面孔，都是七中的同学。

约好十点钟，何许却没来，江练等得有点儿不耐烦，对江懿臻说："我先进去，半个小时后在门口见。"走了两步，他又扭脸问她，"半小时够你们买字帖了吧？"

江懿臻点头说："够了。"

何许迟到了十二分钟，气喘吁吁地从自行车上跳下来，见了江懿臻一个劲儿地道歉，说本来早就出门了，结果半道上车胎破了。

江懿臻说没事，她也是刚来没多久。

两人进了书店就去找字帖。江懿臻替何许挑了一本庞中华的字帖，是古诗词的，练字的时候还可以顺便背背诗。

结完账，何许还想约着江懿臻一起去逛街。

江懿臻说："我等会儿要去江练家吃饭。"

何许好奇："你们是什么亲戚啊，他是你堂哥？"

江懿臻笑了："不是。他外公是我钢琴老师，我大姨是他邻居。"

"哦，同学们都说你们是亲戚，我还猜你们是堂兄妹呢。"何许正说着，突然眼睛一亮，指着台阶下面说："真巧，班长也来了。"

章飞宇正低头锁自行车，没看见两人。

刚好这时，江练从书店里出来，正准备和章飞宇打招呼的何许，立刻放下手臂，尴尬地笑了下。

江练对同学一如既往地不热情，就像没看见何许似的，直接对江懿臻说："我们走吧。"

江懿臻说："你稍等，我去问章飞宇一个事。"

何许很惊讶地看着江懿臻，又悄悄瞟了江练一眼。

江练的脸色很不好看。

江懿臻没觉察到不对劲，径直走到章飞宇的跟前，叫了声“班长”。

章飞宇直起腰，惊讶地看着她，很诧异她会主动来找他说话。

“我想问你个事情，我数学册子没写，你为什么没有记我的名字？”

章飞宇说：“是班主任交代的。他说你爷爷去找他，让他不要让你罚抄。”

“我爷爷？”

她第一反应是自己的亲爷爷，但一想绝不可能，她爷爷在国外。

“江练的外公不是你爷爷吗？”

江懿臻心里全都明白了。

章飞宇见她默不作声，误会了她的意思，轻声说：“你放心吧，我不会告诉别人的。”

“谢谢你。”

“不客气。”

江懿臻走回到何许身边，发现只有她自己，问：“江练呢？”

“他刚走了。”

走了？江懿臻愣了一下，怎么不等她？

何许小声问：“你不知道江练和章飞宇的事吗？”

“什么事？”

“俩人初一就绝交了。”

江懿臻惊讶不已，她还真没看出来。因为江练独来独往，和班里人都不怎么说话，所以她丝毫都没留意到章飞宇和江练之间有什么异样。

“他们为什么绝交？”

“江练他爸和人合伙做生意，生意没做成，骗了几个股东的钱跑了，那些股东去他家里要钱，逼得他妈把房子都卖了也没还清。江练他妈就给他改了名字转了学，不想让他被他爸的事牵连。但是简城就这么大地方，很不巧，一班的章晓阳他爸就是其中一个股东。一开学，章晓阳就把江练家的事全给抖出来，全校都知道了。”

江懿臻很吃惊地听完这些事，终于明白，江练为何从来不提他爸，江一峰为何要从A市过来照顾他。

“有一次章晓阳和一个同学在篮球场碰见江练，不知怎么就打起来了。江练身手好，两个人也没打过他，刚好章飞宇路过，章晓阳就喊他帮忙，章飞宇肯定是帮着他堂弟嘛，就三打一。”

江懿臻不忍去想当时的场面，默默咬住了下唇。

“反正那次闹得挺大的，学校差点儿开除他们。后来江练他外公来学校找校领导，章飞宇又是个学霸，学校还是没舍得开除，给他们记了个处分。从那以后，江练就和章飞宇不说话了。

“刚刚我都惊讶死了，你居然当着江练的面去找章飞宇！”

“我不知道。”

“江练这个人恩怨分明，非黑即白，只要和章飞宇玩的人，他都把对方列入章飞宇的阵营，不和他们来往。”

江懿臻心想，难怪他在班里独来独往的，没有朋友。

何许很担忧：“他这么记仇，你刚刚去和章飞宇聊天，不知道他会不会和你绝交啊？”

江一峰正在院子里择菜，看见江练一个人回来，便问：“优优呢？”

“不知道。”

江一峰拿着两根大葱作势抽他：“嘿！你这小子，不是你和她一起去书店的？怎么没一块儿回来？”

江练冷眉冷眼地答：“我把她领去就够意思了，还领她回来？她又不是两三岁小孩儿不认识路。”

江一峰觉得不对劲，问：“怎么了这是？你们吵架了？”

“没有。”

江练挂着一脸不悦上了楼，抄起桌子上的凉开水，“咕咚咕咚”灌了一大杯，把心里的无名火压了压。

过了半小时，楼下响起刘锦绣和江一峰的说话声。

江懿臻的说话声音一向轻柔，听不出来她是不是也来了。

江练放下新买回来的书，支着耳朵分了会儿神，没听见她的声音，捡起书接着往下看。

房门忽然被轻轻敲了两下。

江懿臻站在半开的门后，像是犯了错被罚站在走廊上的学生，欲言又止地看着他。

江练瞟了一眼，低头继续看书，没说让她进来。

江懿臻有些尴尬，小声开口："我去问章飞宇为什么没有记我的名字。"

江练还是没反应，侧坐在转椅上，对着她的是一张充满少年气的倨傲冷漠的侧颜。

挺直的鼻梁和清晰的下颌线条，给人一种凉薄而又孤傲之感。

江懿臻等了两秒，只好不请自入，把手里的东西轻轻放到他桌上："这个送给你。"

是一本庞中华字帖。

江练的眼睛从字帖上瞟过："你这意思是我的字写得丑？"

江懿臻忙说："不是。卷面分很重要的，你不是语文成绩不太好吗？"

江练冷着脸："谢了，我不练。"

表情和语气都很强硬，但是还好，还肯和她说话，不太像是要和她绝交的样子。

江懿臻暗自松了口气，期期艾艾道："我听何许说了你和章飞宇的事，其实章飞宇……"

话没说完，被江练冷冷打断："你是不是想说，他没做错？"

江懿臻忙说不是："我想说章飞宇做得不对。"

江练放下手里的书，把转椅掉了个方向，正面对着她："他堂弟被人打了，你觉得他上前帮忙不对？"

江懿臻小声说："他们三个围攻你一个，当然不对。而且武力也不能解决问题，还容易失手，造成严重后果。"

"我和他绝交，不是因为他上去帮忙，而是因为他撒谎。"

江懿臻一愣。

江练盯着她的眼睛："你是不是想说，我也经常撒谎？"

"我没有这个意思。"江懿臻连忙摇头，但不可否认，她刚刚的的确确闪过这个念头，没想到江练如此敏锐，窥破了她内心一闪而过的念头，并直接点破。

"我的确经常撒谎，但我没害过人。"

江练一副"你爱信不信，我无所谓"的样子。

江懿臻看着他，心里说：我信。

"章晓阳为了推脱责任，诬陷我先挑衅骂他，先动手打人。章飞宇是后来路过，根本没看见谁先动手，为了替章晓阳开脱，也一口咬定是我先动手。因为他撒的这个谎，学校要开除我。"

江练一脸狂傲："被人冤枉诬陷，被开除，我根本不在乎。但是我外公为了我不被开除，去学校里低声下气地求人！去给他们家长赔礼道歉！

"我可以没有尊严，我外公不行。"

"砰"的一声，拳头砸到桌上的同时，转椅扭了过去。

江懿臻不知道是不是自己看错了，在江练背过身的那一刻，他的眼底似乎有些泛红。

"谁敢欺负我外公，我就和他不共戴天。"

江练背着她，咬着牙，一字一顿地吐出这句话。

这个世界上，除了他妈，还有他外公，这是他愿意拿命去护着的两个人。

江懿臻默然看着他挺直的脊背，还有桌上握起的拳。那是一个少年的拳头，但是充满了让人无法小觑的力量。

转椅再次转过来，少年凌厉的目光落到她脸上："我这个人记仇。你要是和章飞宇玩，以后就别搭理我。二选一，你自己决定。"

"我当然选你。"江懿臻没有一丝犹豫，脱口而出。

迎着光，那双雾蒙蒙的眼睛尤显清澈水亮，犹如明镜，能映出他心底的莫名震动。

怔然和静默，仿佛只有一秒，也仿佛是十几秒。

江练低头抄起手边的书，脸上恢复了一贯的冷傲凉薄，下了逐客令。

“我要看书，你去找靓仔吧。”

等她下了楼，他放下手里的书，翻开她送的字帖，赫然发现上面还有一句话。

赠江练：

长风破浪会有时，直挂云帆济沧海。

江懿臻

这人怎么这么老土……

江练很嫌弃地把字帖扔到了一旁。

“这是桂花银鱼，这是珍珠白玉汤、酱瓜鸡丁……”

江一峰摆出一桌好菜，刘锦绣惊讶得不行：“江老师你可真是太厉害了，这手艺，五星级饭店大厨也赶不上了。我记得你以前可是不会做饭的啊。”

“以前都是江练他姥姥做饭，说我的手是弹钢琴的，得好好爱惜，不舍得让我下厨，硬生生把我给耽误了。”

江一峰笑吟吟地端出来最后一道菜：“这是我压轴的一道拿手菜，叫僧来破禅。专门给优优做的，优优太瘦了，得多吃点儿肉。”

江懿臻正在逗靓仔玩儿，赶紧扭脸说：“谢谢江老师，我什么都吃，不挑食的。”

“是不挑食，但吃得还没靓仔多。”江一峰把筷子递给她，“快尝尝好不好吃。”

江懿臻尝了一口，真心实意地夸赞：“特别好吃，肉一点儿也不腻。”

江一峰喜滋滋道：“不是江老师自吹自擂，这道菜僧人闻见了估计都要破戒，所以叫僧来破禅。”

江练从楼梯上下来，撇撇嘴说：“王婆卖瓜。”

“嘿！你个臭小子，要不是老头子我手艺好，天天给你做好吃的，你能长这么高个？”

“那是我本来就有高个基因。”江练瞟了眼江懿臻，“有本事你给她喂胖啊。”

江一峰被气笑了：“嘿，你还来个激将法啊！”

爷孙俩说个不停，饭桌上的气氛轻松又好笑。

江懿臻不知不觉吃了满满一碗米饭。

刘锦绣一旁看着暗暗高兴，她想，在简城待一年，说不定孩子的身体能养好。那个家，别说一个孩子，连她都觉得憋闷、压抑得不行。这些年她一直没离开，就是因为舍不得这个一手带大的孩子。

吃完午饭，江一峰说周末应该好好放松一下，要带着江懿臻和江练去钓鱼。

刘锦绣当然是举双手赞成，她巴不得江懿臻多出去玩玩，心情舒畅，快点儿恢复健康。

江一峰开着一辆小代步车，慢慢悠悠地晃到了郊外。

江懿臻坐在副驾驶上，看向窗外，原先以为溪水河只是一条普普通通的小河，没想到风景特别美，两岸柳树成荫，河水清澈如镜。

“在我小时候，这就是一条小溪流，连个正经名字都没有。后来上游修建了水库，这就成了一条河，风景不错吧？”

“是啊，风景好美。”

江一峰把车子停到一座桥下，江练从车上跳下来，先原地蹦了几下。车子太小，他腿长，坐后面蜷了一路，感觉快瘸了。

江懿臻小声说：“回去的时候，你坐副驾驶。”

“女士优先。”

“你还挺绅士的。”

“那倒不是，我怕外公骂我。”

江懿臻抿着嘴笑了。

江练暗暗一愣，原来她抿着唇笑起来那么好看，酒窝特别圆。

江一峰打开后备厢，指挥着江练把钓鱼竿和太阳伞支起来，自己拿了一张用来野餐的地垫，对江懿臻招招手：“优优来，我给你看个好东西。”

“什么好东西？”

江一峰卖了个关子，背着手，领着江懿臻走到几棵树前。

“优优，你来看看这几棵树。”

江懿臻有点儿摸不着头脑：“这是什么树啊？”

“这叫黄花风铃木。春天的时候开满金灿灿的黄花，特别美。”

“我没见过。”

江懿臻正说着，忽然发现树边木牌上刻着一个名字：李苔。

她有点儿惊讶：“这有名字啊。”

江一峰笑着点头：“你再看看，这几棵树边都有名字。”

江懿臻仔细一看，真的是，每棵树边都有刻着人名的牌子。

“刻名字的这几个人，曾经都是丽乡高中的学生。”江一峰一边说着，一边把地垫铺到树下，让江懿臻坐下来。

树荫下一点儿也不晒，河风带着水汽，悠悠地从水面上吹过来，凉爽又湿润，还带着青草和树叶的味道，无比惬意。

“优优，我和老伴的退休金根本就用不完，你知道我为什么要在家里办辅导班教你们弹琴吗？”

江懿臻说：“因为你喜欢小孩子。”

“这是其中一个原因。还有一个更大的原因是，我有个远房亲戚在丽乡高中当校长，那里不仅很穷，重男轻女的风气还很重。女娃娃十五六岁就去工厂打工，十七八岁就要出嫁换彩礼回去给兄弟们娶亲。我教你们这些孩子弹琴，一来打发寂寞，二来多赚点儿钱捐给这些女孩子，让她们继续念书。”

江一峰指了指第一棵树：“那个叫李苔的女娃娃，中途辍学去打工，后来回到丽乡高中借读，以社会青年的身份参加高考，考上了S省的林业大学。这第一棵黄花风铃木就是她千里迢迢从南方带回来的。”

江懿臻明白了："所以这几个人都是你资助过的学生？"

江一峰点头："对，我给你说这些，是想让你别太焦虑，就算没考上高中也并不是没有出路。还可以去高中借读，将来以社会青年的身份去考大学，你看李苔就是例子。"

江懿臻急问："那如果我借读了还是考不上呢？"

"你琴弹得好，文科成绩也不错，可以参加艺考，去上音乐学院。天无绝人之路。别给自己太大压力，终归有办法的。"

江懿臻豁然开朗起来。

借读高中，艺考，这些信息她之前不是不知道，但叶胜男和江同根本就看不起艺考生，也从来没打算让江懿臻走艺考的路。他们甚至对学文科都不屑一顾，认为只有读理工科才有出息，才有前途。

他们对江懿臻提到的永远都是985、211、本硕连读、精英阶层。

而江懿臻听到的永远都是千军万马过独木桥，你不拼命就会被挤下去，就会一辈子爬不起来，你必须要考上好的高中才能上好的大学，才有前途，否则就是当一辈子废物，永远活在社会的最底层，被人鄙视，永不翻身。

每当她想起这些话，她都感觉到无穷的压力。

江一峰的话像是一把破开了黑暗的刀刃，让光亮投射进来。

"优优，这世上并不是只有一条路可走，身心健康，比学业和文凭都重要。有很多病都和情绪有很大关系，江练的妈妈就是因为乳腺癌去世的。所以千万别把什么事都憋在心里，要学会排解，还要学会反抗。"

反抗？江懿臻很惊讶地看着江一峰。

"听爸爸妈妈的话是没错，但是，当父母的也不是圣人，都会犯错，要是觉得爸爸妈妈做错了，你也要反抗，不能一味地顺从听话。都是第一次当父母，谁能没有错呢？我也犯过错，当年江练的妈妈不听话，非要和他爸爸结婚，我和老伴一气之下就和她断绝了关系，直到她病得快死了，我才知道……唉，悔之晚矣。"

江一峰看着正在支太阳伞的江练："人这一辈子，旦夕祸福都不可知，所以我对江练不再那么严厉，支持他去做他喜欢的事情，只要不违法，不悖德，不是世俗意义上的成功也无所谓，子非鱼，安知鱼之乐？”

江懿臻鼻子发酸：“要是我爸妈也像你这样就好了。”

她父母就是逼她去做她不擅长不喜欢的事，逼着她要做到世俗意义上的最优秀最成功。可是她偏偏拼死都达不到。

江一峰摸摸她的头发：“你还记得吗？第一次上钢琴课，你还哭鼻子了。觉得弹琴太难了，这可怎么学啊。可是现在回头看看，是不是一点也不难了？”

江懿臻不好意思地点头。

“现在也是一个道理，你当下觉得难以跨越的沟壑，等过去了回头再看，就是一个小小的坑洼。你才十五岁，眼前的这点儿挫折，迈过去不算什么，除了生死，没有过不去的坎儿。”

江一峰指着溪水河，缓缓道：“你看这条河，水越流越宽，越流越深。来日方长，就连我这个老头子，也是今天的我比昨天的我，更明智更进步。咱们不着急，慢慢来。”

阳光明媚，河堤上吹过温热的带着水汽的风。

那是一个寻常的午后，但对江懿臻来说，却是极不寻常的一个转折点。

江一峰的话如同在她心里点了一盏灯，她从此不再身处无边黑暗。

此后数年，她经常想，如果她没有回到简城，没有见到江一峰，她可能已经被父母逼疯，这世上不会再有叶见春。

“江老师带了一辈子的学生，看人很准。你弹琴很有天赋，趁着你在简城，老师好好教你，咱们一起努力。你将来肯定能考上音乐学院，肯定会有光明美好的未来，你信江老师吗？”

江一峰的目光充满了慈爱、信任、鼓励。

江懿臻情不自禁地点头，“我信。”

江一峰对她跷起了大拇指：“老师也信你，你肯定行！”

江懿臻的眼眶湿润而潮热。她已经很多年没有感受到什么叫自信了。此时此刻，她依旧不能完全相信自己一定会考上，但是她心里有了方向，也有了希望。

这世上并不是只有一条路。

除了父母给她指定的路，原来还有很多路可以走。

“江练理科成绩好，你有什么不会的只管去问他，他要是不帮你，我就扣他的压岁钱。”

“什么钱？你扣我什么钱？”

江练像有顺风耳一样，扔下钓竿就过来了。

“你瞅瞅你这财迷样。”江一峰笑着起身，“你们俩好好玩，我钓鱼去，晚上给你们炖鱼汤喝，保管鲜掉舌头。”

江练一屁股坐到垫子上，迫不及待地问：“我外公给你说什么了？他要扣我钱？”

“没有，他和我说这些树的来历。”

江懿臻扭头看着身后的五棵树，轻声说：“以后等我考上大学，也在这里种一棵树，刻上我的名字。”

江练撇撇嘴：“那我建议你种黄花梨，那个值钱，将来砍了可以卖钱。”

江懿臻又好笑又好气：“你真是个财迷。”

“啧，你懂什么。”江练眯起眼睛，看着远方，“有钱了可以救很多人。”

江懿臻很惊讶，没想到他爱钱是有这样的理由。

一个经常撒谎的叛逆少年，这样的反差太大了。

江练看着她，问：“你以后想做什么？”

江懿臻迟疑了一下，说：“我想当老师。”

“我以为你想当钢琴家。”

“不。我想当一个不以学习成绩来论英雄的老师，想当一个给学生指路的老师。”江懿臻有点儿羞涩，说话的时候微微低了头，耳廓被阳光暖成了粉色。

江练嗤笑：“哦，那我们的理想都挺高尚的。”

江懿臻没好气地瞪了他一眼。

这是江练认识她这么久，第一次见到她脸上有如此生动可爱的表情。

她像一只蚌一样把自己封闭起来，偶尔闪开一道缝隙，发出一道让人惊艳的光，而他是见过那道光的人。

他想，他们总归有一天都会完全打开蚌壳。

江练一直没忘自己许诺过的事，打算国庆节带着江懿臻去看《海上钢琴师》。

他暂时没声张，想着给她一个惊喜。可没想到，放假的前一天，叶胜男打来电话，让刘锦绣带江懿臻回A市，国庆假期不能闲着，她已经联系好了家教。

江懿臻已经习惯了所有的假期都要补课，也习惯了听从父母的安排，跟着刘锦绣坐上当天简城开往A市的第一趟班车回到家。

一个多月没见，父母没有关心她的身体和病情，先问她的月考成绩和班级名次。

江懿臻这次的月考成绩还算不错，毕竟已经学过一遍。

她以为父母听到这个成绩，就算没有夸奖，至少也会有个鼓励，可是耳边听到的依旧是怒其不争的奚落和根本不加掩饰的失望。

“初三的课程，你差不多已经算是学过一遍，如果在简城那种小地方的中学，还不能考年级前几名，我真的不知道怎么说你。”

江同不耐烦地挥手：“我看她学三遍也够呛，算了别和她啰唆了，抓紧时间让她看书去。笨鸟先飞，分秒必争。”

叶胜男焦虑地揉着眉心：“要是考不上高中，我都不知道怎么对别人说，没脸见人。”

江同“呵”了声：“你做好思想准备，别抱什么幻想了，她八成考不上。”

江懿臻像一个不速之客，站在客厅里，看着父母烦躁焦虑的面孔，那种心口发紧，被捆绑着无法呼吸的感觉又回来了。她本来想趁着这次放假，和父母谈谈艺考，谈谈求学的另一种途径，此刻却一个字都说不出来。

她一声不吭地回到自己的房间，正要关门，叶胜男拦住她："关什么门啊，我们又不会吵你。"

江懿臻愣了下，回到简城一个多月，她已经忘了家里的规矩。

学习的时候不能关门，只有睡觉的时候才可以关门。

叶胜男坐在沙发上，虽然没有盯着她，可是一抬头，视线正对着她的书桌。

江懿臻坐在桌前，面对小山一样的各种参考书和辅导资料，让人压抑绝望的升学压力，像一张淋过雨的蛛网，粘到了身上。

麻木地上了几天家教课，她终于在假期前的最后一天，回到了简城。

江一峰做了一大桌菜，让江练叫她和刘锦绣一起过来吃饭。

饭桌上，江懿臻吃得很少，话也很少，虽然一直面带微笑，可是江练看得出来，她不对劲。短短几天时间，她好像又回到了原来的样子。

饭后，两人一起去学校上晚自习。

江懿臻沮丧地低着头走路，后背突然被人拍了一下。

"驼背了。"江练放下手，就转开了视线。

他很怕看见江懿臻沮丧的表情。她皮肤凝白如雪，眼睛大而迷蒙，少女的愁思放在这张脸上，有一种无法言喻的楚楚动人，可是他更愿看到她笑。

按说他不该多管闲事，可是他到底还是没忍住："下次放假别回去了。"

江懿臻闷闷地回答："我说了不算。"

"你不回去，你妈还能来绑你？你不会反抗？"

江练从来都不是逆来顺受的个性，所以他不能理解江懿臻的顺从。

江懿臻看看他："你不喜欢吃的菜，你外公就不做，也不逼着你吃。我家不是这样的，我小时候不喜欢吃胡萝卜，你知道我妈怎么做吗？她只给我吃胡萝卜，不吃我就饿着，饿一天不吃就饿两天。所以我从那以后什么都吃。"

"你妈这么狠？你是亲生的吗？"

江练从未怀疑过江懿臻不是她父母亲生的，这句话只不过出于气愤，随口而出。

他没想到江懿臻的反应那么大，她脸色突然变得苍白，整个人都像是被抽空了精气神，呆呆地看着地面。

江练被吓住了，不安地问："你真的不是亲生的？"

"不是。"

江懿臻飞快地转身，步子迈得很大。

她否定得很含糊，究竟是说她不是亲生的，还是不是"不是亲生"的？

江练没有勇气再追问，默默地跟着她，看着她的背影。

跨进校门的那一刻，她步子迟疑了一下，走到楼梯口，她抬起头，看着三楼的教室，步子再次迟疑了一下。

江练果断地拉住了她的书包带。

江懿臻回过头，不解地看着他。

"我们去看电影吧。"

"看电影？要上晚自习了。"

"国庆节我本来要请你看电影的，在私人影院交了定金，今天是期限的最后一天，不去钱就白费了。"

"那晚自习怎么办？"

"我去找老赵请假，说晚饭外公给我们吃剩菜，我们俩肚子疼要回家休息。"

江懿臻没忍住，"噗"地笑了下，这是她这一晚上笑得最真的一次。

"不行，不能让外公背锅。"

尽管江练的提议让她心动，脚还是迈上了台阶。

江练扯起她的手，把她从楼梯上拽下来："走吧。"

江懿臻急了，小声道："不行啊，老师会问家长的。"

"晚上回去给外公打个招呼，外公不会说漏嘴的。"

江懿臻瞪大了眼睛："你要把外公也拖下水啊。"

"走啦。啰啰唆唆的，你烦不烦啊。"

那是江懿臻长这么大做过最出格的事，和江练一起对老师撒谎，然后翘课去看了一场电影。

江练付钱的时候，她愣住了："你不是说交过钱了吗？"

江练大言不惭地回答："不这么说，你会来吗？"

江懿臻瞪他："……骗子。"

江练冷哼："你真是狗咬吕洞宾——不识好人心，我是看你今天心情不好，才喊你来看电影的。"

"你看出来了？"

"对，我是火眼金睛。"

江懿臻皱着鼻子吐槽："臭美嘚瑟，那你去当警察啊，别浪费了你的天分。"

江练很难得没有回嘴，默默看着银幕，手插在裤袋里，后悔自己没有带纸巾。

这部电影他小时候和他妈在电脑上看过，印象深刻是因为他妈哭得一塌糊涂。

也许痛快淋漓地大哭一场，是一件好事。

痛苦憋得太深太压抑，只会伤害自己的身体。可是江懿臻并没有哭出来。有几次他的余光看见她用手背擦了下眼睛。

那也可能是在揉眼睛，不是哭。

当电影结束，灯光亮起，他看向江懿臻。她的眼睛有一点点红，眼角有被水润过的光泽。

他假装什么都不知道，站起身往外走。

秋天的夜晚格外清爽，影院的楼下有一排街头小吃摊，夜风中飘来各种食物的香气。

他停住步子，指着一个摊位说："那个摊的东西特别好吃。"

"你怎么知道？"

江练指了指楼上的招牌："我在这里练跆拳道好几年了。"

私人影院的楼下，有一家跆拳道馆。他父亲跑路之后，逼债的人开始施各种手段，他妈担心他的安危，给他改名字换学校，送他学跆拳道，以防万一，可以自保。

江懿臻恍然大悟：“难怪章飞宇他们打不过你，原来你会跆拳道啊。”她好奇地打量着他，“你看着很瘦啊，一点儿也不像很有力气的样子。”

江练好胜地“哼”了一声：“我脱了衣服你再看看。”

江懿臻红了脸，嘟囔了一句：“谁要看。”

江练有点儿尴尬：“我周日下午到这里打拳，你要是喜欢看电影，我们可以一起来，我练完了等你。”

“好啊，不过私人影院还是贵。”

“你可以办卡，我帮你去讲价。”

“你认识老板？”

“我教练和老板认识，我让教练去找老板砍价。”

江懿臻笑了：“那我请你吃宵夜吧。”

江练倒是一点儿不饿，但想着她晚饭没怎么吃东西，就没推让，和她一起找了个摊位坐下。

江懿臻点了两样他推荐的小吃，他自己只要了一根烤肠。

男孩吃东西大大咧咧，一口咬下去，烤肠的油水就冒了出来。

江练怕油滴到裤子上，飞快地弯腰，两腿张开。

他没有想到，江懿臻居然会伸手去接住那滴油。

时间好像停滞了几秒，女孩儿的手就在他下巴那里，挪开的时候，不经意碰到他的肌肤。

一种柔软到不可思议的触感，紧接着，一股异样的感觉漫过全身，耳后开始发热。

恍惚中，他听见江懿臻说：“我口袋里有餐巾纸，你帮我拿一下。”

她一只手举着烤肠，另一只手心里有油。江练心慌意乱地去掏她的上衣口袋，他一向自诩手脚灵敏，可从那小包的餐巾纸中抽出来一张，却费了好大的劲。他把纸放到她手心，很想替她擦，却又不敢。

空气飘着香，那香味仿佛从张开的毛孔钻进他的身体，束住了他的手脚。

江懿臻低头擦手，路灯的光映照在她脸上，让她一向过于白皙的肌肤呈现出一种清如珠光般的亮泽，隐隐约约像是有一抹嫣红色浮上来。

“下次我要自己一个人来再看一次。”她还沉浸在电影中，眼睛亮亮的，很有光彩。

“为什么？”

“有些电影适合一个人看。”

“因为我在旁边，你不好意思放声大哭是不是？”

“你……”

江懿臻脸红了，瞪了他一眼。她自己不知道，她那样灵动的眼睛瞪人的时候，会莫名带着娇嗔的味道。

江练转开了视线，路灯下娇嗔的少女，空气中飘过来的浓香，还有心里的一抹慌乱。这一刻成为他记忆里的一幅画，有声，有香，有色。

江练本以为逃课看电影这事神不知鬼不觉地就这么过去了，没想到第二天一上课，老赵就把他和江懿臻点名叫了起来，问他们昨天晚上干什么去了。

江练面色不改地照着请假理由说回家休息了。

“放屁！”老赵气得脏话都飙了出来，指着江练的鼻子开始训斥，“班里同学看见你俩在小吃一条街吃东西！肚子疼还能去吃小吃？不怕拉死你！”

班里本来鸦雀无声，这会儿“扑哧、扑哧”地爆出几声窃笑。

江懿臻虽然学习很差，但一向遵守纪律，不做出格的事，很少被老师叫起来当众点名批评，面对这样的情况，她羞愧得从脸颊到耳根都在发烫。

江练早已习以为常，一脸无所谓。

老赵的火每次都被他那张带着傲气的臭脸给勾得熊熊燃烧：“我告诉你江练，你已经是朽木不可雕也，但江懿臻是个好学生，你自己不学好，别拖同学下水！”

江懿臻听到这儿，没有办法再继续沉默：“老师，是我的错，是我不想上晚自习，让江练领我去吃小吃的。”

全班再次鸦雀无声，大家用惊讶的目光看着她。

她来学校的表现大家有目共睹，在班里不言不语，一门心思只有学习，“乖孩子”三个字就差写在脸上。这句话说出来，大家都不信，包括老赵。

他本来不好意思批评一个听话乖顺的女学生，可没想到江懿臻会维护江练，气得他指着两人呵斥道：“滚去办公室写八百字检查，写不完别回来上课！”

江练熟门熟路地领着江懿臻去了老赵的办公室。

以往被老赵训斥罚站，他都是一脸阴郁不屑，今天却没有一点气恼的意思，他看上去心情还挺不错，拿着一支笔在手指上转圈，半天没写一个字。

江懿臻写了快一半，发现他面前还是一张白纸，忍不住催他：“你怎么不写？快点啊，会耽误上课的。”

“八百字我写不出来，你写完了先回去吧。”江练无所谓地晃着笔。

江懿臻无言。

她和江练相反，文科成绩好，写作文一向拿手，八百字检查写得飞快。写完了再看一眼江练，笔下终于不是一张白纸了，可是画得乱七八糟的，像是一张电路图。

她无声地叹了口气，继续奋笔疾书，过了会儿把写好的东西递给江练：“这份你抄一遍。”

江练一怔：“你写了两份检查？”

江懿臻没好气道：“对啊，不然怎么办？你一天写不出来，一天都不能上课。”

江练忽然莫名其妙地笑了。

江懿臻瞪他：“你笑什么？”

“没什么。”江练收起笑容，规规矩矩地在纸上写下“检查”两个字。过了会儿，他佯作不经意地说：“你怎么对我这么好？”

“你是因为我被罚，我当然要负责。”

“要是别人，你也替他写一份？”

“那倒不会。”

江练笔尖一顿，心头涌了一股若有若无的甜意。

他问："为什么？"

"因为别人都会自己写，不会八百字憋一天也憋不出来。"江懿臻的语气带着一点儿不太明显的嗔怪。

也许是他心里有杂念，他觉得这句嗔怪很甜。

他忍不住去看她的表情，可惜她低着头，乖巧宁静的脸上什么也看不出来。

可他知道，她对他的态度，和对任何人都不一样。

交了检查，老赵也没再继续追究，冷着脸让两人回去上课。因为错过一节数学课，江懿臻放学后去找何许借笔记。

何许把笔记递给她，看看左右没人，小声道："肯定是章飞宇打的小报告，他家就在那附近。"

江懿臻倒不生气，何许还在替她打抱不平："班长也是学生吧，就他整天和老师站一个队，我最讨厌告密的。"

江懿臻笑了笑："没事。"

"那个，"何许欲言又止了半天，吞吞吐吐地问，"你和江练是不是……在谈？"

"什么在谈？"江懿臻蒙了。

何许两根手指头碰了碰："你们翘课去看电影，是不是在谈对象啊？"

江懿臻尴尬道："没有，你想多了。"

"没谈就好，我就是想提醒你一下。江练长得也挺帅的，你知道为什么没有女孩儿喜欢他吗？"

"为什么？"她其实也蛮好奇，是因为冷傲加学习差？不和女生打交道？

"因为，大家都说他有点儿变态。"

江懿臻没想到会是这个原因，条件反射地说了句"不可能"。

何许小声道："你知道吗？有一次班里有人带手机，上课老师听见发短信的声音，但不知道是谁的，老赵就来查大家的书包。江练死活不肯打开书包，后来老赵硬给拉开，你猜里面有什么？”

“什么？”

“有女人的胸罩，还有一些乱七八糟的零件、电线什么的，反正是一些很奇怪的东西。当时全班鸦雀无声。”何许压低了声音，“他平时还特别喜欢看那种人体解剖书，大家猜他可能是心理变态。”

“老师也不能未经同意，硬翻同学的书包吧？这也太过分了。”

江懿臻的关注点完全背离了何许的八卦焦点，何许有点儿尴尬地摸摸鼻子：“反正，我当你是朋友，提醒一下。”

“谢谢你提醒我。不过，江练不是变态。他和我是亲戚，我了解他。”

何许吃惊：“我记得你上次说过，你们不是亲戚啊？”

江懿臻脱口而出：“是亲戚，是我弟。”

说人家弟弟的八卦，这就很不合适了，何许讪讪地笑：“那我先走了。”

“谁是你弟？”

江懿臻吓了一跳，一扭头看见江练从教室的后门走进来。

“你听见了呀？”她尴尬地挠了挠眉毛，“这么说免得别人说我们在早恋，而且还可以替你证明你是个好孩子。”

他走到她面前，默不作声地看着她，平素就很锋锐的眼睛，此刻尤其明亮。

他慢悠悠道：“你胆子挺大，听说我是个变态，还敢认亲戚。”

江懿臻笑了：“你才不是。”

他神色有点儿动容：“你这么相信我？”

“对啊。你要是变态的话，江老师早就大义灭亲了。”

“……”

江懿臻憋不住好奇，她问他：“你……书包里放的那些东西，肯定是有用的吧？”

江练一开始不肯说。

江懿臻跟在他屁股后面，缠了他半天，终于知道了原因。

“我妈生病的时候，我在医院陪她，听医生们聊天，说到癌变有哪些前兆。我就想发明一个智能传感器，装在内衣上，看能不能通过癌变细胞的温度变化，提前发现癌变。”

江懿臻惊讶道：“那同学们说你变态，你怎么不解释呢？”

“解释什么？他们只会笑我异想天开，自不量力，只有做成了，才会让人闭嘴。”

“那至少可以证明自己不是变态啊。”

江练一脸无所谓和不在乎：“我从来不在乎外人怎么想我，那些人和我又没有一毛钱的关系。只要我的家人、我的朋友知道我是什么样的人就够了。”

比如外公，比如她。

日子过得飞快，不知不觉已经到了冬天。腊月二十三那天考完期末考试，下午五点钟就放了学。江懿臻在屋里整理各种复习资料，突然听见隔壁有人嚷嚷，声音大得像在吵架。

刘锦绣出门看是什么情况，江懿臻也跟了出去。

江一峰的院门外围了几个气势汹汹的男人，一个短发姑娘叉着腰和他们吵架。

“你们要找他也应该去他父母那儿，江老师从来不和他联系，你们不清楚吗？他就算过年回家，也不会来这儿，你们找错地方了。”

女孩二十出头的样子，很泼辣，面对几个男人一点儿也不怯场。

为首的一个男人出言不逊：“不认老丈人，儿子也不认？老子不信他对亲儿子不管不问。”

江练从女孩身后走出来，冷冷道：“你们爱信不信，最好大年三十也在这门口守夜，看他回来没有。”

说完，江练把女孩儿扯回去，“砰”的一声，把院子大门狠狠关上了。

几个男人骂骂咧咧地离开了。

刘锦绣叹了口气：“幸亏江老师不在家，不然又是气得半死。”

江懿臻问：“他们是来找江练爸爸的？”

刘锦绣点头：“这不快过年了吗，可能是要账的。”

江懿臻犹豫了一会儿，走到隔壁，轻轻敲了敲大门。开门的是刚才把江练挡在身后的姑娘。

江懿臻指了指隔壁的院子："你好，我是江练的同学，就住隔壁。"

姑娘眯眼一笑，扭脸就叫江练："你同学来找你了。"

江练从院墙边的地上站起来，手里拿着一把铲子，脚下挖了个坑，放着一株植物。

"你在种什么？"

"李苔姐带回来的花。"

江懿臻微微一愣，原来刚才那姑娘就是江一峰提过的李苔。她看上去爽利泼辣，完全不是江懿臻想象中内向羞赧的农家少女模样。

她小声问："今天过小年，李苔姐不回家吗？"

"她和父母断绝关系了，这几年春节都在我们家过。"

江懿臻惊讶："为什么断绝关系?"

"因为她父母没把她当个人，就当成一个可以卖钱的东西。考上高中父母不让她上，给她定了门亲，对方三十多岁，还是个弱智。"

江懿臻又惊又气："怎么有这样的父母！"

江练冷冷道："所以，天下没有不是的父母，这句话就是放屁。很多父母根本就不配当父母。"

江懿臻觉得他有点儿偏激，小声说："……也不能这么说吧。"

"老婆孩子扔了不管，自己跑路，你觉得这种人有资格当丈夫当爹？"

暮色中，江练的眼神冷漠又尖锐，可江懿臻看出那戾气下深藏的难过和恨。她不知道怎么安慰他，低头指着他脚边的植物转移话题："这是什么花啊？"

"见春花。"江练蹲下身子，把花种进坑里，"李苔姐说它很耐寒，雪地里都能开花，所以也叫雪牡丹。"

"好神奇。"

"这有什么神奇的。有的花开在春天，有的花开在冬天。就像有人作文考零蛋，有人数学考三十七分。"

江懿臻好笑又好气，瞪着他问：“你是在说我吗？”

江练当然不承认：“我是在说我自己。”

“外公呢？”

“去买蛋糕了。”

“蛋糕？”

江练沉默片刻才说：“今天是我生日。”

江懿臻“呀”了一声，面露喜色：“真的吗？哎呀，恭喜恭喜。”

“过生日有什么好恭喜的？”江练意兴阑珊，子生母苦，何况今天还有人上门讨债吵架，他丝毫不觉得高兴。

江懿臻喜滋滋地搓手：“一会儿可以吃蛋糕呀，你今年十五吗？”

“十六！”江练不满地瞟了她一眼，“我怎么看也不会比你小啊。”顿了顿又说，“我小学休过一年学。”

那年他妈生病去世，江一峰给他办了休学手续，带着他去了很多地方，在海边住了大半年。

还好，江懿臻没有问他休学的原因，高高兴兴地说：“我没有准备礼物啊，我给你弹生日快乐歌吧？”

江练“哼”了声：“土死了，不要听。”

江懿臻好脾气地问：“那你想听什么？”

江练没作声，停了片刻，佯作随意地说：“1900弹的那首曲子挺好听的。”

江懿臻不好意思地笑：“我没练过啊，换一个吧？”

少女的眼睛干净澄澈，暮色中轮廓柔美，笑如春花。她心无杂念，想不到这个要求里藏着少年江练隐秘不可言说的心思。

他许久才转开视线，说：“你先欠着吧。”

很久以后，他才意识到，1900和一见钟情的姑娘是个悲伤的结局。

他的生日，如果再晚几天，也许命运就是另外一番模样。

江一峰买蛋糕回来，李苔和江练都没提章家来堵人要账的事。过小年又恰逢江练生日，老先生高高兴兴地做了一大桌菜，让江练叫了刘锦绣和江懿臻一起来吃饭。

江懿臻进门就看见桌子正中放着大蛋糕，上面插着十六支蜡烛。

屋里热气腾腾，江练穿着毛衣，在炭火盆旁烤羊肉串，滋滋冒油的肉串，香气四溢，靓仔围着他打转。

江懿臻触景生情，忍不住说："好羡慕你啊，我从来没过过这样的生日。"

江练抬头看她，不解这有什么可羡慕的。

据他所知，除了特别穷苦的家庭，孩子生日买个蛋糕，再准备几道好菜，都是再正常不过的事情。

江懿臻是家里独生女，父母薪水不低，又出生在大城市，生日理应比他的更隆重才对。

他递给她一根肉串："你家不给你过生日？"

"我也过生日，不过和大家过的不一样。"江懿臻手拢着嘴巴，小声说："我那天要做所有的家务活，做饭、洗碗、打扫卫生，还要给我妈洗脚。"

江懿臻并没有很难过很不满，她习惯了，也接受了，只不过看见别人过这样的生日，她难免羡慕。

江练难以置信："为什么要这样？"

"因为我的生日是我妈的受难日，所以，生日那天要感恩父母，孝敬妈妈，不能光想着自己吃喝开心。"

江练对这种匪夷所思的做法简直嗤之以鼻，可那是江懿臻的父母，又打着孝道的旗号，他憋了半天才忍住没有吐槽。

"用不着他们给你过生日，等你挣钱了自己过，买一个二十三层的大蛋糕，把少的都补回来。"

"为什么是二十三层？"

江练瞟她一眼："笨哪，你不得二十三岁才能大学毕业工作挣钱？"

江懿臻心里凉了一下，可不是吗！自己初三这一耽搁，大学毕业就二十三了。顺利的话，还有漫长的七年时光，不顺利的话……不敢想。

好烦哪，她低头苦笑："二十三层好贵吧？我刚上班肯定买不起。"

"那我给你买一个。"

江练的表情很肯定，仿佛他届时就一定有钱买得起一样。

江懿臻忍不住笑："那你许愿快点儿发财，别到时候没钱给我买蛋糕。"

她只是开玩笑，没想到吹蜡烛许愿的时候，江练当真许了这个愿，还大剌剌地当众说出来："祝我早日发财！"

一桌人都乐了。

江一峰笑道："瞧你这财迷样。古话说，穷则独善其身，达则兼济天下。要做个对社会有用的人。"

江练就喜欢和老头唱反调，心里认可偏偏嘴上抬杠："我要为富不仁。"

"看我不打断你的狗腿。"

"哼，我不会跑吗？"

"孙悟空跑不出如来佛的五指山。"

江懿臻笑靥如花地看着两人斗嘴，那天她没有给江练弹生日快乐歌，可是她心里记得还欠他一首曲子。

她想来年如果有机会，一定弹给他听。

三天后，期末考试成绩出来了，她几门文科成绩不错，但是挡不住数理化严重拖后腿。

江懿臻找刘锦绣要手机，给叶胜男打电话。江懿臻报完各科成绩，叶胜男就炸了。

"你是不是猪脑子啊，初三的数理化能有多难？你学两遍都考不及格？"

江懿臻低声辩解："妈，我语文英语都考得可以，中考看总分，我现在的分数，上高中没问题的。"

"高中就不学数理化吗？"

“我高中想学文科。”

“文科也有数学啊！学文能有什么前途？你知不知道很多文科院校扩招，学生毕业就是失业？”

江懿臻鼓起勇气，索性把自己的打算说了出来：“妈，我高中想学文科，以后参加艺考。”

“你是不是疯了？”

“妈……”

“闭嘴！明天给我滚回来！”

叶胜男气得把手机甩到了沙发上。

江懿臻叹了口气，可以想象到明天回到A市，她面对的将会是一场更严厉的批评和责骂。电话还没挂掉，江同的声音响起来：“她考得怎么样？”

“数学还是不及格，真是猪脑子废物。”

“猪脑子”“废物”，江懿臻已经听过无数次这样的词语，依旧刺耳扎心。

“别生气，情绪激动对胎儿不好。”

胎儿？

江懿臻呆住了。

“就让她自生自灭吧，我们已经尽力了，她烂泥扶不上墙，我们能怎么办？”

“希望老二争口气，别跟她似的笨得要死。”

“不会那么倒霉的，老大不行，老二肯定聪明。”

手机里，两人还在说话。

江懿臻把手机从耳边拿下来，手臂无力地垂落下去。

刘锦绣看她神色不对，猜测是她汇报成绩又被骂了，安慰她：“优优，你爸妈虽然很严厉，但也是爱你的，他们就是爱面子要强，说你几句，你别往心里去。”

江懿臻脸色苍白，木木地看着窗外。

她只在很小的时候感觉到被爱。因为他们的爱是有条件的——优秀的孩子才配得到他们的爱。

当她明显可见是个平凡普通的孩子，甚至比普通人还要更差一点儿，是个理科学渣的时候，她就被打入了猪脑子废物的行列，成为他们的耻辱。

烂泥扶不上墙的废物只配被羞辱责骂，自生自灭。

他们要重新生一个聪明孩子，她这个废物，已经被父母彻底放弃了。

恐惧绝望，还有说不出来的剧烈心痛，像是一条被冰水浸润过的毯子，紧紧包裹着她，让她喘不过来气。

刘锦绣正在收拾行李，看她一动不动地站了半天，走过来问她："怎么了，优优？"

江懿臻回过神，挤出一丝浅笑："没什么，我想出去看电影。"

"好，你和江练一起去吧。"

"不用了，我去了很多次，都是自己一个人看的。"

"那你早点儿回来啊。"

江懿臻点点头，抬脚走出院子。

天灰蒙蒙的，好像要下雪，空气中浮动着一种无法形容的湿冷。

她一个人坐在小房间里，连着看了两部电影，演的什么内容根本不知道，她只是想要找个地方静静地待一待、缓一缓。

从影院出来，天都黑了，空中飘起了细雪。

对面的小吃一条街依旧热热闹闹，快过年了，很多返乡的人聚在一起喝酒、说笑。

大家都有归处，她好像没有。

刘锦绣的家不是她的家，A市的那个家也不是。那是父母的家，只配成功者和聪明人生存，不欢迎废物蠢货。她已经被彻底放弃了。

她顶着雪，慢吞吞地往前走，突然有人叫她的名字。

江懿臻回头，看见路边摊上站起来三个男生。

她平时在学校里一向不和同学打交道，除了江练，何许勉强算一个朋友。

眼前这三个男生她一个都不认识，而且看上去也不像是良家少年，身上有一股子痞气。

她下意识地没有搭理他们，抬脚就走。

“嘿！叫你呢！”身后传来恶声恶气的骂声，“傲个屁啊。”

江懿臻继续往前走，直到卫衣的帽子被扯住了，她不得不停步。

为首的男生一脸不耐烦地盯着她：“叫你你没听见？”

如果是平时，她可能会害怕。可是今天不一样，她心情糟糕透顶，现在已经是自暴自弃，丧到极限，一切都无所谓了。

她冷冷地说：“你说话嘴巴放干净点儿。”

“江练他爹回来没？”

“不知道，我不认识他。”

“放屁！你是江练的亲戚，你会不认识他爹？”

“你是谁？”

“我是章晓阳，你装什么呢，你会不知道我是谁？”

“不知道。”江懿臻冷冷地看着那张嚣张轻狂的脸，“你太自信了，你以为全世界都该认识你吗？”

此刻她身上那股子冷傲不屑的气度，和江练如出一辙。

章晓阳莫名火大：“你和江练一个臭德行，跩得跟二五八万似的。”

“你嘴巴放干净点。”

章晓阳指着她的鼻子：“你们这些不要脸的欠钱不还的孬货，就是欠骂！”

江懿臻眼睛里没有怯意，突然抬手猛地一挥，把章晓阳的胳膊狠狠撞开。

“你还动手！”

章晓阳没想到她文弱纤细，还敢反抗，恼羞成怒，狠推了她一把。

江懿臻在雪地里倒退了几步，一屁股坐到地上。

她一向都是乖孩子，从来不惹是生非，没有打过架，甚至没有吵过架。无论老师怎么批评，父母怎么辱骂，她都承受着，忍耐着。

可是那一刻，当她的手撑到湿滑冰冷的地面，当湿冷的雪落在她脸上，不明所以的愤怒和绝望把她所有压抑的痛苦情绪都勾起来，她内心爆发出一股想要撕毁一切，甚至自毁的冲动，她从地上爬起来，朝着章晓阳扑过去。

突然一个人拉住了她颤抖的手腕，她红着眼眶扭过头，看见了江练。

他手里打着一把伞，反手把她拉到身后，上前两步，没说一个字，一拳挥向了章晓阳。

那是江懿臻第一次看见江练打人。

他动作太快，她都没看清他是怎么出拳的，他也好像没用什么劲儿，可是章晓阳惨叫一声，倒在地上，捂住了鼻子，血从手指缝隙里流出来。

江练脸上的戾气吓到了其他两个男生，他们硬生生地站在那儿看着，不敢上前。

江懿臻小声说："江练，他流血了。"

"流个鼻血死不了。"

江练拉过她的手，把伞罩在了她的头顶上。

漫天的雪被隔在伞外，憋在眼眶的泪不知不觉掉下来。

江懿臻时常回忆起这一幕，如果时光可以倒流，她宁愿那天的自己，不那么有"血性"，做一个胆小鬼，不和章晓阳针锋相对，那么一切都不会发生。

她为此自责了数年，无法心安。

时光飞逝，她从江懿臻长成了叶见春。

她永远都记得江练替她挥出的那一拳，她一直想要找到他，可当当年那个少年站在她面前的时候，她居然没有认出来。

黄昏的庭院，一切那么熟悉。

回忆破土而出，记忆中冷傲的少年的身影和眼前的男人逐渐重合。

视线突然变得模糊，她看着眼前高大的男人，嗓子哽塞："你是江练？"

封粟很平静地弯下腰，捡起她掉落的杯盏，放在她面前的桌上。

他的目光依旧锋锐如剑："你以后叫我封粟吧。我改回原来的名字了。"

Chapter 8

第八章

迟来的歉意

叶见春用一种近乎失礼的目光盯着他使劲看，努力把眼前的成年男人和记忆中的少年重合在一起。端详之后，确定真的是他。十年光阴改变了他的容貌和气质，他唯一没变的就是那双眼睛，难怪她总是有似曾相识的感觉。

她难掩激动地问："第一次见面你为什么不告诉我？"

封粟瞟她一眼："你既然都没有认出我，我何必要说呢？"

叶见春本来激动地想哭，这会儿又有点儿想笑了。江山易改，本性难移，爱记仇的毛病可真一点儿没变。

"你是怎么找到我的？"她犹豫了一下，窘迫道，"我还以为你不想见我。"

毕竟当年他是为她打架，如果不是为她出头，也就没有后来的种种事情。

"我没刻意找你，只是巧合。那天去艺涵音乐想找个钢琴家教，一眼在教师名册上见到叶见春这个名字。"封粟略停了停，解释道，"我曾经种过一棵见春花，对'见春'两个字挺有眼缘，所以就定了你。见面后，感觉有点儿面熟，试探了一番，发现居然是你。"

居然这么巧！叶见春又惊讶又感慨。那棵见春花还是她和他一起种的。她记得他说见春耐寒，冬天也能开花。所以她下定决心和江懿臻的一切做割舍的时候，用了"见春"作为名字。没想到这个名字，居然让他们在茫茫人海中重逢。

命运的巧合，真是没道理可讲。

"见到你真是太好了，终于可以当面跟你说声对不起。"

这句对不起，在她心里压了很多年，现在终于有机会面对面对他说出口。可是说完之后，她并没有感觉到如释重负，因为很多事并不是一句对不起就可以挽回和抹去的。

“没什么对不起的，人是我打的，和你没关系。”封粟脸上没有什么情绪波动，似乎对过去的事早已不在意。

可她在意。

“你是因为我才打章晓阳的，怎么和我没关系？”

封粟认真道：“真正的原因，还是我爸，和你真的没有关系，你别内疚了。”

“你这么说，我更觉得难受。”

封粟反问：“那你打算怎么赔偿我？”

叶见春愣了下，还没想过。

封粟略一沉吟：“一年的钢琴课免费？恐怕你老板不同意。要不这样，我明天就去退费，你私下里教我。”

叶见春本来心情沉重，却被他这几句话弄得想笑。

封粟一本正经道：“我是说真的，咱们都是这种关系了，你教我弹琴还要钱？这就太见外了。”

叶见春明知道他说着玩儿的，忍着笑说：“那你明天去退费吧，以后我可以天天教你，不要钱。”

“天天不行，我没时间。”

“那按你的时间来。”

封粟半真半假地问：“随叫随到吗？”

叶见春当了真：“没有课的话，就可以。”

“你没有什么……嗯，私人的事？”封粟清了清嗓子，“比如说……约会？”

叶见春微窘：“我没有男朋友。”

封粟“哦”了一声：“我也没有。”

叶见春忍不住开玩笑：“你也没有男朋友吗？”

封粟认真道："对。不仅没有男朋友，也没有女朋友。我以前什么样，你还不了解吗？"

叶见春失笑："你不介意的话，我们以后一起玩啊，我在A市也没什么朋友。"

"好啊。"封粟看着她，"对了，上次我问你为什么辞掉工作回到A市上班，你是不是没有说实话？"

"当时不知道是你，所以就撒了谎。"叶见春不好意思地承认了，"我辞职是因为江老师。那年离开简城后，父母说章晓阳鼻梁骨折，赔付了医药费就没事了。我一直以为你还好好地在简城上高中，直到我考上大学回去种树的时候，才知道江老师的事。我特别气愤，这几年和李苔姐一起打听周海燕的下落，直到半年前我们才找到她。李苔姐立刻飞回来找她，让她澄清事实，恢复老师的名誉。可是她一口咬定江老师就是猥亵她了，还骂了李苔姐。"

"所以，你从公立小学离职，回A市当钢琴家教，就是为了接近周海燕？"

"对，她有个妹妹叫周小鸥，也在学钢琴。我应聘到艺涵音乐，找借口和周小鸥的代课老师调换了一下，去了她家。"说到这里，叶见春面露尴尬，"我当时的想法特别幼稚可笑。我想周海燕诬陷老师的时候年纪还小，不懂事，现在她长大成人，明白事理之后，肯定会感到良心不安，自责愧疚，如果我能走近她，取得她的信任，然后再动之以情，晓之以理，让她承认当年老师是被冤枉的。"

封粟皱起眉。

叶见春被他一副看傻子的表情弄得有些难为情："你别笑话我啊，我一直都认为世上还是好人多，十恶不赦的人是极少数。"

封粟撇撇嘴："那是你没碰到。"

叶见春点头："接触之后，我才知道自己想错了。她是挺势利的一个人，压根儿没看上我这个钢琴家教，觉得和我做朋友没好处，所以对我爱搭不理的。我用老师被学生诬陷的新闻旁敲侧击试探过她的看法，发现她的三观都是歪的，想让她反省自己的恶行，弥补自己的过错，简直是天方夜谭，所以我打算找另外一个人。”

“谁？”

“当年周海燕的爸爸打了江老师后，大姨去找周海燕问情况，在她家后窗的草坪上看见一行脚印，还有一个打火机。大姨用鞋带量了那个鞋印的长度，回去后查了一下是四十四码的鞋子。江老师根本就不是四十四码的脚。我们推测，周海燕应该有个男朋友，那天她借口肚子疼，让江老师提前下课，是为了约他见面。没想到她妈突然回去了，那个男生情急之下跳窗走掉，周海燕担心早恋的事被父母发现，所以说了谎。我们只要找到这个人，让他说出他那天在周海燕房间里，江老师早就离开了，也一样可以证明江老师的清白。”

叶见春说出这些证据，本以为封粟会很激动，没想到他一脸平静地说：“这一切都是你们的猜测而已。跳窗的不一定是周海燕的男朋友。再者，穿四十四码鞋的人成千上万，一块钱一个的打火机更是到处都是。只能说明那天跳窗的可能是一个抽烟的人，可并不能证明那天周海燕是为了掩护他而诬陷我外公。”

“是我们的猜测，所以我想要找出那个人来验证。”

“怎么找？单凭一个鞋印和一个打火机？”封粟笑了，“你想得太简单了。大海捞针般地找一个人，还不确定这个人到底是不是周海燕男友。即便是，他又凭什么不帮自己前女友，要帮你们呢？”

叶见春的语气很坚定：“是不容易，可不做，怎么知道做不到呢？”

封粟沉默片刻。

“这件事过去了那么多年，一没有证据，二没有证人。算了吧。”

什么？

算了吧？

叶见春不敢相信自己的耳朵，像是被迎头泼了冰水，激动的情绪被冻结成堵在心口的一团冰。

她盯着封粟，难以置信地问了句：“你真的是江练吗？”

“我当然是。”封粟揶揄道，“怎么，你还要验明正身？”

叶见春没心情和他开玩笑，她正色道："如果你真是江练，怎么能说出'算了'这两个字？"

"正因为我是江练，所以我才能说出这两个字。章晓阳的事情了结后，外公要求我从此不再惹是生非，遵纪守法。他希望我平安康健，做个对社会有用的人。"封粟平静地倒了杯茶，"我答应他的事一定会做到。"

叶见春目不转睛地看着他的嘴唇，听着他一句一句说完。她确信她没有听漏掉一个字。

黄昏的庭院，光线越来越弱、越来越暗，他的模样也逐渐模糊。

眼前的江练陌生到让她生出愤怒。

"给江老师恢复名誉，怎么能叫惹是生非？你语文不好，可不至于连这个词的意思都不懂。"

"我是为你好。你为了这件事，放弃好好的一份工作，何必呢？时间会冲淡一切，过了这么多年，又有谁还记得江一峰是谁？"

叶见春无法控制地拔高了声调："我记得！李苔姐记得！那些被他资助过的人也记得！"

封粟轻轻嗤笑："你可能不知道吧，周海燕的事出来之后，城里风言风语，有人立马不承认被江一峰资助过，因为担心被别人说她得到外公的资助是付出了代价的。"

"所以我们更要给老师恢复名誉！"

"你的心意我领了。"封粟抬起手，示意她平静，"希望你不要再掺和这件事了。"

叶见春听着这些字句，身体里像是有什么东西被撕碎，无数针芒刺痛心口。

"这不是掺和，这也不是心意。这件事因我而起，如果不是因为你打了章晓阳那一拳，就不会有后来发生的一切。我不可能当作一切都没发生过。"

"你不用自责。章晓阳要找的是我爸。说来说去，事情的根源还是在我爸，和你没关系。"

叶见春盯着他："你还记得你当年说过的话吗？"

“什么话？”

“你说，‘谁敢欺负我外公，我就和他不共戴天’。”

她记得那么清楚，是因为她那时最渴望的就是亲人的守护和维护，可她的父母对她没有那样的态度，每当有事，她的父母永远都是站到她的对立面，挑她的毛病，指责她的过错，从来没有站在她的身前力挺她，维护她。

她念念不忘、羡慕至极的那种无条件的亲情，难道他只是说说而已吗？

封粟低眉看着茶杯：“年少无知的时候，总是会说一些狂妄的话，做一些冲动的事，为此，我也付出了代价。”

“代价”这个词，像一把剑，刺疼了叶见春。

她想，他用了这个词，心里应该是怨恨她的。他的的确确是该怨她，如果不是她和章晓阳起了冲突，他也不会去打章晓阳一拳。

谁都没想到，那一拳会有那么严重的后果。

“你知不知道我听晏校长说你回来了，有多激动。”

他撩起眼皮，用略带异样的目光看她：“激动什么？”

“我终于有机会向你道歉。还有，我以为你会和我们一起，让周海燕说出当年的真相，还江老师一个清白。可我没想到，”叶见春哽咽，“你告诉我算了。你怎么能算了呢？你怎么能让江老师背着污名离开，他那么爱你，他是为了你才……”

叶见春难过到无法自控，忍不住握着拳头，在茶桌上捶了一下。放在桌上的杯子，轻轻晃了晃。

封粟端起水壶，依旧是波澜不惊的神情：“别激动，喝杯茶平静一下。”

“我不喝。”

看着他心平气和的样子，叶见春真是说不出来地难过。

这不是她认识的江练。

他怎么能对江老师背负的污名如此无动于衷？

如果江一峰不是为了他的前途，就不会去做周海燕的钢琴家教，那江一峰现在还应该好端端地活着。这个因果关系她不忍心说出来，可她相信他心里有数。

“消消气吧。”

茶杯送到手边，她赌气抬手一挡，本想挡开杯子，没想到那杯热茶居然泼到了封粟的手背上。

封粟吃疼，一松手，“啪”的一声，杯子碎在了地上。

叶见春又惊又悔，连声说：“对不起对不起，我不是故意的。”

封粟一边疼得甩手，一边倒吸气。

幸好院子里就有水管，她扯着他的手腕，打开了水龙头。

封粟一动不动，任由她拿着他的手，让水流从他手背上冲过去。

“是不是很疼？”叶见春整个人都慌了，“我们去医院吧，附近有医院吗？”

“你会开车吗？”

“会。”

封粟关了水龙头，拿起桌上的车钥匙递给她。

车子就停在院门外，叶见春急慌慌打开车门。老巷里开车真是考验车技，只能倒车出去。她越着急越出错，倒车时“砰”地一下，貌似车尾撞到了墙。

叶见春“呀”了一声：“我好像撞到车子了。”

“不管车子，先去医院看手。”封粟冷静得仿佛烫到手的不是他，“出了巷子右拐，第三个路口右拐，有一家医院。”

叶见春拿到驾照已经有五年，但平时开车也不多，而封粟的车子，车型又大，短短一段距离，她开出一身的汗。

下了车，叶见春急匆匆地替他挂号看医生。还好，没有什么大碍，大夫开了一管烫伤膏，把他烫伤的地方处理一番。

从医院出来，叶见春这才有机会去看车尾，车灯旁被撞瘪了一块，还掉了漆，封粟倒也没有什么心疼的表现。

叶见春知道这车子很贵，硬着头皮说：“不好意思，修车钱我会赔给你。”

“不用你赔，有保险。”封粟打开车门，“上车吧。”

叶见春上了车，却没有立刻发动车子，握着方向盘的手，因为用力而微微凸出淡青色的血管。

“那年章晓阳指着我的鼻子，我就是这样抬手一挡，结果惹了祸，今天又是。”她侧过脸，难过地看着他，“我是不是和你命里犯冲，怎么老是给你惹麻烦？”

这么多年过去了，她沮丧的表情，还是一点儿没变。

封粟撤回视线，看着窗外：“可能，我看你还是离我远点吧。”

“你怨我也是应该的，我一点儿都不生气。真的。不管你怎么说，反正我心里认定事情是因我而起的，这些年我一直很愧疚。”

封粟偏过头：“如果你觉得很抱歉，那就做一件让我开心的事。”

“什么事？”

“辞掉周家的家教，重新找一份稳定安逸的工作，不再打听周海燕的一切。”

“这件事不行，换一件。”

封粟沉下脸：“江懿臻。”

“请叫我叶见春。”

“好，那也拜托你以后叫我封粟。我们今儿才认识，不熟。”他冷着脸把头转了回去，不再出声。

叶见春心里哼道：封粟就封粟。

江练才是她念念不忘的少年知己，眼前这个，是个冷漠的陌生男人。

两人一路沉默回到花满蹊。

封粟推门下车，也没找她要车钥匙。

叶见春叫了声“封粟”。

他站在桌边，停住步子，背对她。

她走过去，把车钥匙放在桌上，斩钉截铁地说：“我不会放弃。你不用劝我。”

“那好，换一件事吧。”封粟转过身，“在我手好之前，你住在这儿给我做饭吧。”

这样一件小事，叶见春没有不答应的道理。

“好的，只是我今天不能住这儿，包包在家，我明天再过来，把包包也带来。”

“那你回去吧。”封粟抬步进屋。

叶见春追了一句：“我还欠你一顿饭呢，今晚先请你出去吃饭好吗？”

他送包包给她的时候，她说过要请他吃饭。

封粟沉吟片刻，问道：“有一家叫盛春堂的饭店，你知道吗？”

“知道，就在A大家属院附近。”

“那走吧。”

盛春堂是一家老字号，A大附近知名的饭店，因为离家近，叶见春小时候跟父母去过好多次。

上车后，她忍不住问：“你是听江老师说过那家饭店吗？”

“第一次听到这个名字是从我爸嘴里。”提到那个人，封粟下意识地皱了皱眉，“他说和我妈就是在这个饭店认识的。我妈请同学吃饭忘了带钱，他上前替她们付了账，聊了几句发现竟是同乡，于是就这么认识了。”

叶见春心想，原来盛春堂是他父母的结缘之地，只可惜是孽缘。

“后来又听我外公提过盛春堂，说那里最有名的一道菜叫僧来破禅。他很喜欢，吃过几次后就回去琢磨怎么做。他一直自夸，说他做的比盛春堂的好吃。你等会儿记得点这道菜，我看看他是不是吹牛。”

“江老师没有吹牛，他做的菜超过所有饭店的菜。”

封粟“啧”了一声：“你又没有吃过所有饭店。”

“我没吃过，也敢这么肯定。”

在简城的那半年，每个周末她都在江家吃饭，江一峰给她做过无数次菜。她是真心认为，江一峰做的菜肴比她吃过的所有饭店的菜都要好吃。

封粟撇撇嘴：“你这滤镜有八十米厚。”

“错了，我对江老师的滤镜有一万米厚。”

封粟扭头问她：“那你对我有滤镜吗？”

“你需要吗？”叶见春反问。

封粟深深看她一眼，没有回答，转开视线看向窗外。

因为没有预订，两人到盛春堂的时候，大厅里已经坐满了人。

叶见春从服务生那里拿了个排号牌，和封粟一起坐在长条椅上等着叫号。

封粟偏头打量着这个老字号饭店，问身边人："你以前经常来？"

坐他身边的叶见春没回应。他回过脸，发现她正目不转睛地盯着前面等号的一家三口。

封粟顺着她的目光看过去。

那一家三口，父母戴着眼镜，看气质像是知识分子，普普通通的长相，女儿却长得特别好看，笑起来有两个酒窝，十分可爱。

小姑娘仰着头问："爸爸，我考了第一你奖励我什么？"

父亲回答："带你来这里吃饭，就是奖励。"

小姑娘失望地"哦"了一声："考第一就只是吃大餐吗？"

"只是考了班里第一名，没什么了不起的，下次继续努力，要拿全年级第一、全校第一、全市第一。"

小姑娘嘟着嘴："爸爸你可贪心了，考完全市第一，是不是还要全国第一、全世界第一。"

她妈插了话："你爸的要求一点儿不过分，他当年是A省的高考理科状元，你要超过爸爸知道吗？"

一直盯着一家三口的叶见春突然转过头，对封粟说："我们今天换个地方吃吧，我改天再请你来这里。"

"怎么了？"封粟不解地看着她。

叶见春没做解释，伸手扯着他的手腕，要把他从位置上拽起来，又猛又急。封粟心里一动，没有继续问，顺着她的力道站了起来，跟在她身后离开了饭店。

走出十几米远，叶见春才突然意识到自己一直抓着他的手腕，连忙松开。

"不好意思。"她低头捋了一下额头的碎发，表情低落。

"刚刚那个女孩是你妹妹？"

叶见春吃惊地抬头："你怎么知道？"

"我猜的。"

“你怎么猜到的？”

“他们的年纪，你妹妹的年纪，住在A大附近，加上他们的育儿方式。最关键的是，你不正常的反应。你很少会有情绪这么失控的时候，尤其是在公众场合。”

叶见春忍不住苦笑：“你太聪明了。”

封粟说：“过奖，只是刚好猜到了而已。”

太聪明是一个原因，更大的原因是他太了解她了。

“你和父母不联系？”

“对，三年没联系了。当年他们坚决反对我参加艺考，逼着我复读，我不肯。他们说如果我一意孤行，就和我断绝关系，大学期间不会给我一分钱的学费和生活费。我知道他们是为了逼我屈服，听他们的安排，但我还是坚持己见，考了音乐学院。他们也说到做到，没给我一分钱，还让我打了欠条，让我偿还这些年他们为我支付的补习费、择校费、生活费等，算是和我做个了断的意思。”

叶见春苦涩一笑：“反正他们终于有了一个优秀的符合他们心理预期的孩子，我这个不成器的废物就自生自灭好了。”

和她相差十几岁的妹妹一出生就重复她的童年生活，但是妹妹天资聪慧，并没有遭受到她曾经承受的种种打击和羞辱。这就越发给了父母口实：都是你太垃圾，给你最好的资源，你也是烂泥扶不上墙，你白白浪费了父母的心血和钱。

“那你大学怎么过的？”

“我自己打工养活自己。有时候实在手头紧，就找大姨帮忙，周毅哥哥也帮了我很多。”

“周毅是谁？”

“就是大姨的儿子。你不认识他吗？”

“我妈去世后我才搬到刘婶隔壁住，对她儿子没什么印象。”连刘锦绣都很少回老家，封粟也已经很多年没见过她。

“周毅哥哥挺厉害的，现在都是律所的合伙人了。”

封粟盯着她看了看："他结婚了吗？"

"没有。"

"有女朋友吗？"

叶见春忍不住笑："你怎么这么关心他？打算给他介绍对象？"

他没回答，继续问："有吗？"

叶见春笑："有了，是他同事。"

封粟说了一句莫名其妙的"那就好"。叶见春暗暗奇怪，周毅和他都不怎么认识，他干吗关心人家的婚恋问题？

"真不巧，改天再请你来这里吃饭吧，你还有没有别的想去的地方？"

封粟抬手指了指前面的街口："就那儿吧。"

她回头一看，是几个小吃摊，忍不住笑："这也太简单了吧。"

封粟气定神闲道："你这么穷，就请最便宜的吧。"

叶见春好气又好笑："再穷也请得起你吃一顿饭啊。"

封粟挑眉："小吃不是饭？你是看不起小吃吗？"

叶见春哼道："那倒不是，我觉得是你看不起我。"

"怎么敢，你是老师。"封粟半真半假道，"我最怕老师了。"

"你怕个鬼啊。"叶见春被逗笑了，"你还记得吗？你带我逃课去看电影，我们在小吃摊吃东西，第二天在班里被老赵拎起来臭骂，我还替你写检查。"

"没想到你记性这么好。"封粟偏头看看她，"奇怪的是，你见到我，怎么就一点儿没认出来？"

"你变化很大。"

"哪里变了？"

叶见春仔细看了看他："你好像戒烟了。"他身上没有一丝烟草味儿，手指也很白皙，没有被烟熏过的痕迹。

封粟淡淡道："在看守所里戒掉的。"

叶见春的脑子像是被重槌敲过一记，内心的震惊程度如同当年警察通知江一峰带他们俩去派出所做笔录一样。

他们根本没想到章晓阳被打一拳会报警，更没想到他会触及法律。

叶胜男接到刘锦绣的电话，第二天赶到简城，把叶见春痛骂一顿后带回A市，重新给她找了个私人一对一全封闭辅导机构让她备战中考。她对后续的事情一概不知，每次追问，父母都说对方鼻梁骨折赔偿了几万块医药费，对方同意和解就没事。

叛逆期小孩儿打个架不是很常见的事吗？她以为江练会和初一那次打架一样。直到三年后才知道，章家要了六十万的赔偿费才肯和解，江一峰后来卖掉了A市的老房子，送江练出国，为了挣钱，又去当钢琴家教。

她以为这就是全部。

可直到现在，她才知道封粟还进了看守所。

“他们不是同意和解了吗？你怎么会……去了看守所？”

她记得那天从派出所出来，江一峰带着他们去医院给章晓阳赔礼道歉，当时章家人虽然态度恶劣，但没有拒绝和解。

封粟在一次性杯子里倒上啤酒，补充她所不知道的后续。

“他们在医院没有拒绝和解，是因为伤情鉴定报告还没有出来。后来伤情鉴定报告出来是轻伤二级，够了量刑标准，他们的态度就变了，逼着我爸露面，拿一百万过来。”

“你爸去了吗？”

“没有。”封粟轻蔑地笑，“杀了他也掏不出一百万。章家不肯和解，一直拖到我被关进看守所。后来案件递交到检察院，检察院再次进行调解，章家才松口要六十万。”

以当时的物价，那是一笔巨款。

封粟看着杯口的啤酒浮沫：“外公借遍了亲朋同事，凑够了六十万，拿到章晓阳和他父亲出具的谅解书，最终我没有被起诉。”

叶见春不知道说什么好，心里的愧疚更重，沉甸甸的，压得她喘不上来气。

“对不起，我不知道这些，我……”

“未成年人受法律保护，我的事没几个人知道。”

“对不起，我……”

封粟端起啤酒杯，望着她：“知道这些，你是不是内疚感更重？”

叶见春咬着唇，心如被重石压着，答不出一个字。

“如果你觉得很内疚，那就听话，不要再把旧事翻起来，我不想回忆。”

叶见春眼眶发热：“对不起，我也不想让你再回忆那些，我只是不能忍受江老师被诬陷。什么事我都可以答应你，就这件事不行。”

“什么事都可以答应？”

叶见春点头。

封粟突然握住了她的手：“和我在一起也行？”

他的手心滚烫，盖在她的手背上。

叶见春轻抖了一下，但是她没有抽出手。她正色道：“我知道你是开玩笑的。”

“我如果没开玩笑呢？”封粟目光锋锐地盯着她，“我让你住在我家里，你不担心我会对你做什么？”

叶见春迎着他的凝视，毫无怯意：“不怕，因为我知道你是什么样的人。”

“人都是会变的，你有没有见过铁匠打铁？”

叶见春轻轻摇头。

封粟缓缓道：“铁匠把一块铁扔进炉子里烧红，然后一锤一锤地敲打。最终，那块铁被塑造成一根钉子、一把铁锹，还是一把刀，都不是那块铁能决定的。”

叶见春看着他的眼睛：“对。可它不管是钉子、是铁锹，还是刀，它还是铁。”

封粟回望着她：“你是太自信还是太幼稚，或是胆子太大？你知道我这些年经历过什么吗？你知道我现在是个什么样的人吗？你只凭当年和我半年的同桌情谊就这么信任我，你是不是傻？”

“都不是，我只是信任一个叫江练的朋友。”

“那如果我不是江练呢？”

叶见春如实回答：“如果你不是，我当然不会这么信任你。”

封粟定定看着她：“那么，你信任他，是因为他这个人，还是因为他是江一峰的外孙？”

叶见春有些讶异他这个问法，倒像是毫无关系的第三者替江练问出这个问题。

她想了想说：“两方面都有吧。”

刚刚他问她对他有没有滤镜，其实是有的。她在整个青春期封闭自我，压抑本性，除了纪策，几乎没有朋友，但不知道为什么，去了简城，她对陌生人江练几乎没有产生任何防备之心。也许爱屋及乌，因为他是江一峰的外孙，于是把对江一峰的那份信任延续到了他身上。

封粟听完她的回答，意味不明地笑了笑：“你太单纯了，你把人想得太好了。”

叶见春用澄澈干净的眼睛看着他：“这世上好人多，江老师也这么说过。”

“持有这种论调的好人，被诬陷，被人打，最后还被气死了。”

叶见春气道：“所以不能就这么算了啊！”

封粟眸色一沉：“你只是让周海燕澄清真相，这就够了吗？人死不能复生，这件事，永远都没有公道可言。”

叶见春被他的话噎住了。

封粟用杯子碰了下她的杯子：“不说了，来，喝一杯吧。”

叶见春被他一通话说得心里很闷，举起酒杯又想起自己还开着他的车，于是杯子停在唇边。

没等她开口，封粟先说：“没事，等会儿我叫个代驾。”

于是叶见春举杯一饮而尽。

封粟只喝了一口，诧异地看着她：“你这么能喝？”

叶见春摇头：“我不会喝酒，平时滴酒不沾的。”

封粟皱起眉头：“那你逞什么强？还一口闷？”

叶见春抹了下嘴唇，很义气地说：“就算我不会喝酒，今天也要舍命陪君子，我欠你很多，这杯酒聊表歉意。”

封粟白了她一眼：“可别。我不想一会儿还要背醉酒的女人上楼。我手疼，抱不动。”

叶见春忍俊不禁：“哎哟，看你这样，难怪……”

“难怪什么？”

“难怪没有女朋友啊。”

封粟傲娇地勾勾唇角：“没有，又不代表没人追。”

叶见春抿着笑，扫了一眼他放在桌上的手机：“封先生，这一晚上你手机响都不响，是空气在追你？”

“我调成了静音。”解释完，他立刻反唇相讥，“说得好像你今天晚上手机响了似的。你别告诉我，你也调了静音。”

叶见春笑嘻嘻道：“可能是手机坏了吧。”

封粟无语。

叶见春拿起酒瓶又倒满一杯：“来，我敬你一杯。”

话音落下，又是一杯到底。

封粟直接把她的杯子抢了过来倒扣在桌上：“够了。”

“好吧，我不喝了。”叶见春笑，“你放心啦，就喝两杯应该不会让你背着上楼的。”

“话别说太早。”

叶见春以为啤酒是没什么度数的，两杯下肚，她暂时感觉良好，只是觉得好撑，所以吃几口菜就放下了筷子。

封粟问她：“怎么不吃，不合口味？”

叶见春摸摸肚子：“喝饱了，吃不下。”

封粟扔来一个无语的眼神。

天气渐暖，出来吃夜宵的人渐渐多了起来，旁边的摊位很快坐满了人。

叶见春托着腮，想起了十年前的那条小吃街。

如果不是为了等期末考试成绩在简城多待了三天，如果考完试她就回A

市，那后来的事情就不会发生。

如果时光能倒流就好了。

她不知不觉就说出了口：“好想回到十年前啊。”

封粟毫无怀旧之意：“你自己回去吧，我一点儿也不想。”

“为什么？”

“因为穷。”

叶见春失笑：“你还真是一如既往的财迷。对了，我记得那年生日你许愿要早日发财，看来很灵验嘛！”

封粟挑眉：“我许过吗？”

“当然啊！你都忘了？”叶见春撇撇嘴，“看来把我的二十三层大蛋糕也忘了吧。”

“什么二十三层蛋糕？”

果然是忘得干干净净。叶见春“哼”了一声，不肯说。人家都忘了，再提好像是要东西似的，算了吧。

封粟也不追问，反而有点儿幸灾乐祸地调侃：“你二十三岁生日早过了，过了这村儿没这店儿。”

叶见春白了他一眼：“小气鬼。”

封粟呵呵笑道：“小气鬼会送你一只布偶猫？”

提到猫，叶见春想起了靓仔。想问又不敢问，她纠结了会儿才小心翼翼开口：“靓仔呢？”

“后来晏叔养着，寿终正寝了。”

“哦，那就好。”

两人有一搭没一搭地说着话，奇怪的是，十年的时间没有造成隔阂，两人之间依旧有一种诡异而无法解释的亲切感。大约他们天生就是一类人，有种无法解释的默契。

封粟扬手叫老板过来结账。

叶见春忙拦住他：“说好了是我请的。”

封粟一脸嫌弃：“算了吧，你那么穷。”

"我不穷。"

"负债累累。"

"没有，我快还清了。"

封粟不信："你父母那欠条至少有七位数吧，你工资有多高？上班几年就能还清？"

叶见春压低了声音，神秘兮兮地告诉他："工资是不高，不过我还有一份秘密的收入。"

封粟打量着她，心想，这是醉了吧？不然说话不会这么大胆活泛。

"什么秘密收入？"

叶见春欲言又止，微微咬着唇。

路灯的光照着她微醺的脸，红润娇美，眼睛水波潋滟，再加上情不自禁想嘚瑟又不好意思嘚瑟的表情，她整个人有一种无法描述的生动美好。

他看了半晌，才出声："你是不是醉了？"

"我没有啊。啤酒度数很低，两杯不会醉吧。"她把啤酒瓶拿起来，睁大眼睛去看上面的度数，看了半天，视线都没聚焦。

封粟把啤酒瓶从她手里抽出来："你喝啤酒的酒量就是一杯，记住了。"

"胡说，我明明喝了两杯，酒量至少是两、两杯。"

老板拿着收款二维码过来，她执意要付款请客，封粟也不和她抢，站在旁边。

扫完二维码输密码，她输了三遍。封粟几乎可以肯定她是醉了，转开脸，微微发笑。

代驾很快到了。

封粟报了叶见春家的地址。她瞪圆了眼睛盘问他："你怎么知道我住在哪儿？"封粟再次肯定她是醉了，把他上次送包包去她家的事情忘了个一干二净。

他打开副驾驶的门，正要上车，衣角被扯住。

"江练，你坐后面，我告诉你一个秘密。"她情不自禁地又叫了他以前的名字，随之而来的是一种奇怪的无理由的信任。

“刚刚本来想说的，可是小吃摊上人多，我不想让人听见。”

“什么秘密？”

“你刚刚不是问我收入的事吗？其实呢，我就是走了狗屎运，发了一笔小横财。”她不想被代驾听见，靠近了他，在他耳边小声说话。

温热的气息，吹在他耳畔，有一种被挠到心里的痒。

“我大学的时候为了挣钱，找了好几份兼职，宿舍有个姑娘在网站写小说，我也跟着写网文。大二暑假的时候，我去周毅哥哥的律所打工，经常听他们谈案子。我就把几个案子合在一起，写了一本小说，没想到那本小说居然被一家影视公司看中，买去要拍电视剧。”

封粟惊诧的同时却又觉得很正常。她理科很差，但语文成绩一向很好，尤其是作文，每次都得高分。所以，她会写小说也不奇怪。

“剧拍了吗？叫什么名？”

“没有。我没去问过，反正我拿到稿费，把欠父母的那笔钱还掉了。”她在他耳边咬着耳朵，小声地说，“你不要告诉别人啊。”

甜香的气息像是一张羽毛织就的陷阱，他的周身都被一种酥痒感所困。他可以往后缩，也可以往旁边让，可他没动，只是微微偏过头，问她：“为什么不能告诉别人？”

她不好意思地笑：“我写得不好，不想让人知道。再说，我的初心就不是为了追求文学梦，就是为了写文卖钱，说出去挺羞耻的。”

“挣钱有什么羞耻的？”

“反正目的不纯吧。”她认真地举例子，“比如你喜欢一个女孩，你是喜欢她这个人，还是喜欢她家的条件，或者是喜欢她这个人外加她家的条件，这三种情况肯定是不一样的，我觉得第一种最纯粹、最美好，也最坦荡。”

封粟垂眸看着近在咫尺的那双明亮如星海般的眼睛，澄澈干净得可以照见凝视者内心的尘埃。

他沉默片刻，低声问：“你笔名叫什么？”

“不由。”

“油腻的油？”

“呸，才不是。”

她气到了，扯过他的手。因为喝醉了，她自然也忘了他那只手刚刚被烫过。一阵刺疼入心，他忍着没动，任由她翻过他的手背，看着她纤细修长的手指，在他手心里行云流水般地写了一个“由”字。

“其实我是想取不优，虽然我叫优优，可是一点也不优秀，结果打字时第一个出来的词是不由，就索性用了。”

“优优。”

她醉意上涌，低低“嗯”了一声，应过声后，迷迷糊糊觉得不对，问他：“你干吗叫我小名？”

“我不能叫？”

“哦，我没说不能，就是不习惯而已。”

“为什么不习惯？”

“我挺怕听见这个名字，每次都觉得名不副实……名不副实，是一种压力……我特别累。”她声音越来越低，头也越来越低，最终垂到了他的肩上。

柔顺的长发落了下来，垂到了他的手背上，很痒。

他没有把手拿开，也没有拂开她的头发，反手轻轻握住发梢。柔滑的发丝带着淡淡的香气。他无意识地用指尖轻轻捻动她的发丝，再次问自己。

他选择今天和她相认，究竟是不是明智之举？

车子开到小区外，叶见春刚好醒了过来，一看自己几乎半个身体都依偎在封粟怀里，她整个人都不好了，赶紧东张西望，掩饰尴尬：“到了吗？”

“到了，我送你上去。”封粟推开车门，先下了车。

“不用了，我现在没事了。刚刚睡了一觉，好多了。”叶见春不好意思地摸着自己的脸，强行挽回颜面，“我这不算喝醉吧？”

封粟一如当年的毒舌：“怎么，醉得不尽兴？吐了才算？”

“你怎么还是不会好好说话？你这样子不会讨女孩儿喜欢的。”

他瞟了她一眼：“你是不是打工的时候在婚介所兼职过？懂得还挺多啊。”

叶见春又好气又好笑：“你有时候真的很讨厌啊。”

封粟懒懒地反问：“只是有时候？”

叶见春没脾气地笑：“怎么，你还想总是啊？”

封粟无所谓地挑挑眉头，抬脚上了台阶。

叶见春跟在他身后，进了电梯间。

“你不用送了，快回吧。”

封粟站在电梯口，正色道：“你的酒量这么浅，以后记得不要和男人喝酒。”

“除了你和周毅哥哥，还有纪策，我不会和别的男人喝酒的，你放心吧，我又不是傻子。”

封粟突然把她往怀里一带，单臂把她圈在了怀里。成熟男人炙热的身体像是一个火炉，闯入鼻端的是一种让人目眩心慌的陌生气息。

她仰脸看着他，整个人不知所措地呆住，只觉得心跳得快要离开胸腔。

“傻子。”

封粟放开她，转身下了台阶。

叶见春愣愣地看着他的背影，直到电梯到了，发出“叮咚”一声，她才回过神来。内心的小人后知后觉地发出尖叫，这家伙是故意逗她。

她羞恼地拿出手机，咬牙切齿地发了微信。

“你现在怎么变得这么讨厌！”

发完了，突然又想到他因为自己而遭遇的种种厄运，急忙又撤回那条消息。

可是晚了。

封粟回道：“我看见了。”

叶见春尴尬不已。

“钥匙在你口袋里。”

嗯？

叶见春一摸大衣口袋，果然在里面摸到了一串钥匙。

所以，刚刚他那一抱，顺手就把花满蹊的钥匙塞进了她的口袋。

Chapter 9

第九章 着迷

夜里淅淅沥沥下起了小雨。

晏随之进门便忍不住吐槽：“你放着好好的华岭山庄不住，住在这破巷子里是不是找虐？下个雨外面跟发大水似的。”

“那边装修完了散味儿，先在这儿对付一个月。”

晏随之翻了个白眼：“你也真是的，省钱省成这样，不能去住酒店？”

“酒店不方便练琴。”

“练琴？”晏随之愣了一下，低头一扫，这才瞅见封粟左手上缠着纱布，惊问，“手怎么回事？”

“没事，开水烫了一下。”

“你看，这就是老天让你不要练琴！”晏随之忍不住好奇，“我说，你好端端地怎么突然想起来要练琴？你小时候不是很烦弹琴吗？”

“人都是会变的。”封粟给了个万能笼统的回复，接着问，“你还记得周家那个钢琴老师吗？”

“你让我去查的那个叶见春？”

封粟点点头，停了片刻说：“她就是江懿臻。”

“江懿臻？！”晏随之瞪圆了眼睛，不确定地问，“就是你冲冠一怒为红颜的那个初中同桌？”

封粟皱眉：“别瞎扯。”

“难怪你让我去查她！你也太聪明了！她改了名字你都能看出来不对劲。”

封粟心说，如果她换个别的名字，他也许要很久之后才知道是她。

晏随之恍然大悟："所以她去当周小鸥的家教是为了接近周海燕？"

封粟点了点头。

晏随之赞道："她还算是有良心，还惦记着替三爷爷报仇，也不枉你当年替她出头惹了一身事。"

封粟淡淡道："你想多了，她只是要一个公道，不是要去报复。"

晏随之一愣："你怎么知道？"

"以我对她的了解。"

"你了解的是十年前的她，你怎么知道她现在的想法？你问过了？"

"不用问。"封粟的语气极为笃定，"她在周家已经做了三个月的家教了，很清楚周海燕迫不及待地想要嫁给叶怀章的心情。如果她想要报复周海燕，最快捷简单的方式就是去抢叶怀章，让周海燕失去她最想要的。她没有这么做，说明她不想报复周海燕，她只是想要一个公道、一个真相。"

晏随之觉得这分析有道理，却又有点儿不认可。

"叶见春长得是挺漂亮，不过你怎么就肯定叶怀章会上钩，能被她抢走？"

"因为叶怀章不仅是个花花公子，还很双标。自己风流成性，纵横花丛，但是找的女友一定要是良家少女，最好是纯洁如白纸，没有谈过恋爱。纯洁漂亮，懂琴棋书画，看上去不食人间烟火的女孩儿，是他最喜欢的类型。"

晏随之"扑哧"笑了："我怎么听出了一股情人眼里出西施的味道，你这不是在变相地夸她？"

封粟瞪他一眼："我在说正经的。"

"我也在说正经的啊，"晏随之笑嘻嘻看着他，"周海燕也算是个美人，可你话里话外都在暗示叶见春想要抢走叶怀章是轻而易举的事，这不是情人眼里出西施是什么？"

封粟沉下脸色："我只是基于对叶怀章的了解才这么说的，你想多了。"

晏随之嬉皮笑脸地问："你敢说你以前没喜欢过她？"

封粟抬起手指，指了指大门："再瞎扯一个字，就可以滚了。"

晏随之收起嬉皮笑脸，举手道："好好好，我来说正经的，周勇明已经上钩了。"

封粟丝毫也不意外，倒了一杯茶递给晏随之："人都是会变的，但是江山易改，本性难移这句话没错。"

第二天下班，叶见春回去收拾了几件换洗衣服和洗漱用品，带着包包去了风铃街。封粟还没回来，她先去厨房看了看，冰箱里居然满满的都是食材，倒像是特意备好的。几年的独立生活，她早就练就了做饭的本事，准备四菜一汤也毫不费劲。只是做好之后，也不知道他几点回来，正要发个微信问问，突然听见大门外有汽车的动静。

她抱起包包走到大门口，正巧看见封粟从车上下来。

开车送他回家的李文静没想到院子里有人，抬眸一看，只觉微微一震。一位年轻窈窕的女孩，怀里抱着一只小猫，静静无声地站在夕阳余光里，婷婷如画。样貌好看倒是其次，令人惊奇的是，她身上有一种和封粟极其相似的孤冷气质。

清澈的眸子，疏离而又动人。

李文静此刻还不知道这女孩是谁，只是条件反射地想到，能在这所老房子里等着封粟的人，必定和他极为亲近，于是便笑着点头打招呼。

封粟对叶见春简略介绍："是我公司同事。"

叶见春也不知如何称呼，颔首微笑，略显局促。

李文静见状便自我介绍："我叫李文静，封总这两天手不方便开车，我负责接送他。"

"李姐好，要不要一起吃饭？"叶见春不是很善于和人打交道，话问出口了又觉得有点儿不妥，邀约似乎没经过主人的同意，于是看向了封粟，用眼神征求他的意见。

"不了不了，我还要去参加公司聚餐。"李文静笑吟吟地打趣，"难怪封总不去聚餐，原来家里有人做饭啊。”

叶见春有点儿窘，猜测她肯定误会了自己和封粟的关系，偏偏封粟也不解释，对李文静说：“公司聚餐你不想去就别勉强，没人敢说三道四。”

“还是去吧，新来的同事得联络一下感情。”李文静一副“我不当电灯泡”的表情，笑嘻嘻地把封粟的车开走了。

叶见春略带好奇地关上大门：“你同事和你关系很好啊，一点儿也不怕你。”

“因为她是我外公的学生，在国外上学的时候就认识了，帮过我很多忙。”说完他又补了一句，“她比我大八岁。”

叶见春“哦”了一声：“难怪你们关系看着很好，一点儿也不像老板和员工。”

“不要多想。我喜欢比我小的女孩。”

叶见春莞尔：“你这就此地无银三百两了，我没有多想呀。”

封粟看她一眼：“那就好。”

好什么好？

叶见春心里微微咯噔一下，他好像话里有话，在暗示什么。

比如，喜欢比他小的。

比如，她没多想就好。

她本来是一点儿没多想的，却被他几句话搞得被动地多想起来……

封粟看着桌上的四菜一汤，惊异地问：“都是你做的？”

“不然呢，你以为我叫的外卖？”

“看上去不错。”

“尝尝再说呀。”

“等我洗个手。”

叶见春追到卫生间门口叮嘱他：“你那只手不能见水。”

封粟看着镜子里的她，顿了顿说：“我知道。”

叶见春顺势扫了一眼宽阔得有点儿过分的卫生间：“你一个人住这里，怎么不请个保姆？”

“怎么，让你过来做几天饭，你都不乐意是吧？”

叶见春忙说：“不是，我的意思是，这房子蛮大，楼上楼下打扫卫生也很辛苦，毕竟你上班那么忙。”

封粟拿起毛巾擦了擦手，淡淡道：“这房子是送人的。我在华岭山庄还有一套房子，装修好了要散味儿，我在这里暂住一段时间。”

叶见春心里“哎哟”一声，啧，送人一套带院子的房子，大手笔。虽然风铃街是老城区，可这毕竟是A市，再怎么说，这院子也值几百万。

一掷千金，可真大方。

“这胡同里没什么住户，弹琴倒是不怕吵到邻居。”封粟抬起被烫的左手，动了动手指，“这又耽误我练琴了。”

叶见春忙说：“年会还早呢，放心，我保证教会你，到时候迷翻全场。”

迷翻全场？

封粟笑了笑：“用不着，迷住一个人就行了。”

叶见春眼睛一亮，忍不住问：“谁呀？”

封粟瞟了她一眼：“八卦。”

叶见春笑嘻嘻问：“你在公司里有心仪的姑娘？你是不是想在年会上弹一曲对她告白？”

封粟一脸无可奉告。

他越是这样守口如瓶，她越是好奇。

“唉，你不要不好意思嘛，要真是这样，我可以帮你选一支曲子啊。”

封粟沉着脸打量着她，慢悠悠问：“你是真的在婚介所兼过职吧。”

叶见春撇撇嘴：“我关心一下嘛。”

“关心？”封粟挑了挑眉，“那好，我也来关心一下你，你是不是喜欢周毅？”

叶见春差点儿被饭呛住，连忙否认：“没有！”

“没有？”封粟略微靠近了她，“《光明海》里，男主周静岩的原型应该就是周毅吧？”

叶见春一听“光明海”三个字就窘了，那正是她写的小说。

“你还看了那本书？”

“我搜了一下你的笔名，顺便看了看。”

什么顺便，明明就是特意!

叶见春后悔不迭，真是不该酒后失言把这件事告诉他。

她气鼓鼓地踢了一下他的拖鞋：“哎哟，你真是！”

“真是什么？我看不得？也没什么见不得人的内容，不就是打官司顺便谈恋爱。”封粟风轻云淡地夹着菜，顺便点评她的小说，“你写的恋爱一点儿也不甜，两个人跟过了几十年的老夫老妻似的。”

叶见春整张脸都红了，敢情他还真的看了全部内容。

封粟瞟了她一眼：“周毅看过这本书吗？他会不会看出来原型就是他？”

“没有！”叶见春窘到脸上发烫，咬牙道，“你对周毅哥哥又没印象，凭什么断定原型是他？”

封粟撇撇嘴：“一口一个周毅哥哥，还说不喜欢他。”

“他比我大啊，不叫哥哥叫姐姐吗？”

“我也比你大，怎么没听你叫封粟哥哥。”

“你得了吧！说得我鸡皮疙瘩都起来了。”

“女主角是你吗？”

“当然不是啊！女主角又漂亮又能干，我是吗？”

“你怎么不是？”

“我既不漂亮也不能干。”

“不，”封粟放下筷子，看着她，“你只是不自信。”

叶见春莫名心跳加快，因为他锋锐而灼热的眼神。

“周毅在律所辛辛苦苦接案子，一年下来挣几个钱？你去打工几个月写出来那本书，挣了七位数，你怎么不能干？还有，你怎么知道你不漂亮？没人追你？”

叶见春不好意思地笑：“嗯……也有。”

封粟"哦"了一声，淡淡道："也有啊。我刚想说……"

"想说什么？"

"没人追你，我追你啊。"

叶见春突然不敢看他的眼睛，抽了一张餐巾纸，低下头假装擦嘴巴，心跳得很快。

不会是真的吧？以前只是好朋友，好像也没觉得他喜欢自己。一晃十年再见，难道还能一见钟情？还有，他说话的语气那么轻松，张口就来，应该……只是……玩笑吧……

她做了半天的心理建设，才敢重新抬起眼帘，飞快地看他一眼。

始作俑者一脸风轻云淡，吃完了饭准备离桌，显然刚才那句就是随口说说的玩笑话。

她暗暗松了口气，再一想又很气。

平白无故又被吓了一跳。

昨天晚上突然抱她是第一次，今天说要追她，这是第二次了。

她气不过，眼看他要走，踢了他后脚跟一下："你问了我半天，你还没回答我呢！这不公平。"

封粟回身，低头看着她："这世上哪有什么公平？"他点了一下她的额头，声音低沉，"你这个傻子。"

封粟的动作和语气都像是一位年长者在教导一个不谙世事的小孩儿。充其量，他就比她大几个月而已，但叶见春并没有不高兴，反而替他难过。她想到的是，这些年他究竟吃了多少苦，经历了多少不公，才会快速成熟如斯，才会有如此感喟。

而最大的不公，是章晓阳那件事。

她大学毕业后任职的学校，曾经组织过学生进行普法教育，她去过看守所，亲眼见到那里面是什么样的环境，关的都是什么人。江练在里面过了一段什么样的日子，有没有留下心理阴影，她不敢想象，甚至不敢问。

"对不起"三个字太浅薄，她在心里覆盖了层层叠叠无数个对不起，可是已经无法再说出口。

封粟仿佛知道她心里在想什么，轻轻一笑，抬手拍了下椅背：“你别多想，我指的不是章晓阳那件事，我经历的不公平，多了去了。”

不问是不是才是最好的选择？

叶见春在心里反问自己，最终选择沉默，收拾碗筷送到厨房。

洗碗的时候，客厅里传来钢琴声。曲子断断续续，因为弹得慢，生出一种忧郁动人的感觉，仿若对着夜色和月光倾诉衷肠。

她轻轻收好碗筷，走到厨房门口。

封粟左手搂着包包，单手敲键。

灯光清幽，照着他一边侧脸，高挺的鼻梁下有一道好看的阴影，睫毛上仿佛承接了一道暖光。他低垂眼帘的时候最好看，锐利的眼眸被长密的睫毛覆盖，面孔格外温柔俊美。

她忽然间想起来第一次和他见面。场景类似，只不过角色互换，他在厨房里洗碗，她在客厅里弹琴。

封粟余光扫见她，停下来，合上琴盖。

“这是什么曲子？”

“一首英文歌。”

封粟答得很含糊，抱着包包站起身：“你跟我上楼把房间收拾一下。”

叶见春跟着他上了二楼。

老房子的木楼梯踩上去很有年代感，一步步走上去，仿佛进入一部老电影。

二楼共有四间房，两两相对，中间隔着一条走廊。

三间房的房门都开着，唯有一间上了锁，而且是一把很少见的锁，叶见春只在电视剧里看见过类似的古老的长条锁。

她好奇地问：“这是古董吗？”

“这是同心锁。”封粟看着那把锁，轻描淡写地说：“简城郊外有个仙姑庙，据说求姻缘特别灵，有些情侣就去那里求一把同心锁，把自己的名字和伴侣的名字刻在一起，这样就能一辈子恩爱不离。”

“真的吗？”

封粟嗤笑："当然是假的。当真这么灵验，简城的离婚率就应该是零了。"

叶见春莞尔。

封粟走进屋内，指了指床边的衣柜："被子和床单在里面，麻烦你在对面那间将就两天吧。"

叶见春打开衣柜，看见封粟极少的几套衣物，还有几条领带。

他好像一直都不怎么注重自己的外表。幸运的是，他是天生衣服架子，穿什么都好看，尤其是成年后，肩膀越发宽阔，整个人显得挺拔俊朗。

奇怪的是，除了衣服和被子，衣柜里还放着一个镜框，嵌着一张封粟和一位中年男人的合影，背景明显是在国外。

叶见春忍不住问："这是你在大学的照片？"

"不是，这是我堂弟，大伯的儿子。"

叶见春惊讶地抬头："堂弟？他怎么和你长得一模一样。"

"可能是因为有血缘关系吧。"封粟指着旁边的中年男人，"这是我大伯。"

叶见春更加惊讶，如果说封粟和他大伯长得很像，那他堂弟和他很像，也算正常，可偏偏他大伯和他长得一点儿也不像。

"他只比我小几个月，我们俩经常被人错认。"

叶见春又看了看照片，惊叹道："太像了。如果你不说，我刚才真以为是你。"

封粟微微挑眉："是吗？那以后让他来冒充我，你会不会认出来？"

叶见春好奇："你为什么要让他冒充你？"

"不为什么，就想试试你能不能认出来我。"

叶见春脸上莫名微热，低声嘟囔："试这个干什么？"

"你说呢？"

封粟低眉看着她。

叶见春再次有种心跳加快的感觉，匆匆忙忙扭开脸，指着被子和床单问："就这套？"

“就这么一套，没多的。”

封粟转身过去逗弄包包。

叶见春抱着被子去了对面的房间。

二楼没有卫生间，下楼洗漱回来时，她路过那间锁上门的房间，一时好奇，忍不住拿起那把古老的锁。

锁有些年头了，但是被保管得很好，古朴精致，正面雕刻着“和合二仙”，她轻轻翻过来，想看看背面是什么。背面是一颗心，心里刻了两个名字——封成杨、李文丽。

叶见春没想到这是一把刻着名字的锁。

这两人是谁？

叶怀章早说过海音科技的招聘条件很高，纪周彤只是耳闻，今日聚餐才算是亲眼见到。

新同事几乎都是硕士，唯一的本科生来自本省最牛的一所985院校。无论是毕业学校还是学历，她都是最差的一个。新人之间那种隐隐的学历鄙视链，她在聚餐刚刚开始就感受到了，幸好李文静坐在她旁边，一直和她说说笑笑的，她才不至于觉得尴尬。

聚餐结束，李文静和她一起去取车，随口问她：“叶公子怎么没来接你？”

一直营造恩爱人设的纪周彤给自己找台阶下：“李姐您都说了公司聚餐不喝酒，就是新同事互相熟悉一下吃个饭。所以就不用麻烦他来接我。我没那么娇气，自己开车回去就行了，时间也不晚。”

李文静语重心长地笑：“哎哟，小姑娘，你不知道男人就喜欢作的吗？善解人意的，不折腾不闹人的，他们觉得闷，不好玩。你该麻烦他的时候可别客气。”

纪周彤乖巧点头：“我就谈了一个男朋友，还真是没那么多经验，以后李姐多教教我啊。”

“你钉紧点儿，叶公子可是很抢手的男人。听说……”李文静说到一半又打住了，抱歉地笑，“哎呀，年纪大了嘴巴碎，我不该多嘴的。”

她越是这样，纪周彤倒是越被勾起了好奇心，忙说：“没事的李姐，你听说什么？”

李文静温柔地拍了拍她的手背：“我是蛮喜欢你这个小姑娘的，又懂事又聪明，封总对你印象也很好，所以我就多一句嘴吧。有一次我和封总一起请客户吃饭，席间闲聊八卦，那人说叶公子有个发小的妹妹一直在追他，两家门当户对的，双方父母都挺乐见其成。”

纪周彤并不感觉意外，这种事在富二代之间太常见了，只不过叶怀章自诩家境好，受不了委屈，不乐意讨个不喜欢的老婆，还要看丈人家脸色，所以找女友反而要那种家境一般的，让女孩儿来讨好他。

“谢谢李姐提醒。”纪周彤有些许的尴尬和难堪，转开话题说，“李姐，你开的车和封总的一样啊。”

李文静“扑哧”笑了：“应该是一模一样才对，因为这就是他的车。”

纪周彤早就看出来李文静和封粟关系很好，但好到把几百万的车子给她开，这就让人费解了。

李文静主动解释：“他这两天手被烫伤了，开车不方便，我开车接送他。”

纪周彤忙问：“严重吗？”

李文静笑笑：“不严重，他说可以自己开车，我是为了安全起见，硬要接送他。”

硬要接送？封粟看上去很有主见，不易接近，怎么就乖乖同意了？

纪周彤越品越觉得两人关系不一般。可是李文静比封粟大七八岁，两人也不大可能是情侣，而且封粟自己也说他没有女朋友。

纪周彤忍不住打听：“你和封总关系这么好，是不是亲戚啊？”

“不是，当年他出国求学的时候，年纪还小，我看他是同乡，就把他当弟弟一样照顾了几年。后来他创业，请我来海音帮忙。”李文静笑道，“我学的是法律，对芯片一窍不通的，能帮什么忙？其实就是他顾念旧情，找个理由让我进公司，好给我一点儿股份。”

纪周彤听见“股份”两个字，真的惊呆了。这也太大方了。她足足愣了几秒才感慨出声：“封总人真好。”

“是啊，他面冷心热，对人很大方。要不是薪水高，我哪能买得起A市的房啊，这新区的房价扶摇直上，好一点的房子动辄千万。”说到这儿，李文静突然停住步子，有点儿不好意思地笑了笑，“对了，我有件事正想要请你帮个忙呢。”

纪周彤忙说：“李姐您别客气，我能帮忙的肯定帮。”

“我在新区看上了一个楼盘，叫汀兰苑，刚好是同程实业开发的。你能不能帮我去问问叶公子，看能否给个内部折扣价？”

纪周彤嫣然一笑：“肯定没问题，不看僧面看佛面，看在封总的面子上，他也会给的。”

“太好了，谢谢你啊，以后公司里有什么好事我都替你留心着。”

“嗯嗯，谢谢李姐，我回去就给他打电话，稍后给你回复。”

“好，你路上小心啊。”

李文静笑吟吟地挥挥手，驾车离开。

看着车子缓缓消失，纪周彤脸上的笑意也慢慢散了。

原来，人和人是不能比的。

李文静只是在国外的时候关照过封粟几年，他发达之后就对李文静这么大方。她和叶怀章谈了三年恋爱，一颗心全在他身上，想尽一切办法讨他喜欢，可得到了什么呢？

他也给她买了不少礼物，但比起封粟赠与李文静的股份，那些小礼物简直不值一提。同程实业开发了那么多房子，他从来都没有提过送她一套，哪怕是五十平方米的公寓都没提过。

她现在开的车是纪红梅给她买的，不到十万的一辆代步车。叶怀章甚至也没提过送她一辆车。

所以，她耗费了三年的青春和感情，得到了什么呢？以前总想着能嫁给他，所以很多东西她都刻意忽略。但忽略了并不等于不存在，原来全都闷在心里发酵。

此刻这些情绪翻涌上来，像是一瓶过期的料酒，散发一股令人作呕的味道。

她坐在车里，慢慢把那些不良的情绪全都压下去，这才拿出手机给叶怀章打电话。

电话通了，却没人接。她发了条微信，也没回复。

时针指向了晚上十点。纪周彤放下手机，开车回家。

疫情之后，快捷酒店的生意一落千丈，周勇明几乎整天都待在酒店里，很少在十二点之前回家，而且一回家就是长吁短叹，满面愁容。今天却很反常，他不仅早早回家，而且人很兴奋，红光满面。纪红梅盘腿坐在沙发上，同样也是一副很兴奋的表情。

纪周彤的第一反应是两人是不是中了彩票，因为自打疫情后，两人因为家里的经济状况就没个笑脸。

周勇明急匆匆招手："你过来，给你说个事。"

纪周彤换了拖鞋，走到沙发前问："什么事啊？"

周勇明不善言辞，让纪红梅说。

纪周彤瞅瞅两人的表情："你们是不是中彩票了？"

纪红梅激动地拍了一下巴掌："和中彩票也差不多！"

Chapter 10

第十章

上钩

很快，纪周彤就从纪红梅口中得知了所谓“中彩票”的来龙去脉。

清明节的时候，有个叫陈一凡的男人从B市回乡扫墓，住在周家快捷酒店的商务大床房，这也算周家酒店里最好的房间。

因为疫情的关系，酒店半年都没生意，为了节约开支，周勇明把前台辞了，自己亲自负责住客登记。

这个叫陈一凡的男人本来只订了一天，可是进了房间没多久就打电话给前台，说要再续一天，然后就匆匆出门，并且离开前特意交代周勇明，不许人去他房间，也不许去打扫卫生。傍晚时分，他从外面领了个朋友要进他房间。疫情期间酒店管得比较严，一般情况下不让访客进房，如果要进，必须要登记身份证，偏偏这人没带身份证。

周勇明不肯放行。陈一凡好说歹说，磨了半天，还塞了周勇明五百块钱的小费，非要把这位客人领进房间里。

周勇明看在钱的分上，让陈一凡把客人带进了房间。不过他总觉得不对劲，要谈事要叙旧，外面有的是地方，陈一凡为啥非要把这个朋友带进他房间里？可别在他酒店里做什么违法的事情吧。

周勇明悄悄地拿了房卡上楼，在门口听房间里的动静，隐隐听见里面两人在谈论什么拍卖行和签名。毕竟隔着房门，他也没听出来什么名堂。

过了一个小时，陈一凡送那个男人离开，回到前台，对周勇明说，他看上了床头挂的一幅油画，问他多少钱肯卖。

周勇明当时也没多想，开口说一万，还担心自己是不是要高了。毕竟当初这画买来才花了一千多块钱，挂了那么多年，早就旧了，能卖个原价都不错，没想到陈一凡当场就拿出手机付钱。这且不算什么，接着他又问店里还有多少幅这位画家的画，他全要了。

周勇明吃了一惊，立刻就问这画是谁的作品。

陈一凡意识到周勇明根本不知道这幅画的作者是谁，死活不肯说名字，只说也不是什么大画家，就是他个人很喜欢这个画家的画而已。

周勇明虽然嘴巴笨，但心眼不少，觉出不对劲，就对陈一凡说自己也不清楚到底手里还有几幅画，但绝对不止这一幅。他让陈一凡在酒店里多住两天，他再找找看。

稳住了陈一凡，他立刻给朋友黄伟打电话。

因为这幅画当初就是黄伟带着他去城南的花鸟市场买的。

在花鸟市场的西南角，有一个专门的字画装裱区，也有一些油画工作室。装修新房的还有酒店饭店装潢的人常去那里采购字画，价钱不贵。

当年快捷酒店开张的时候，黄伟的咖啡馆也在装修，因此他带着周勇明一起去买画装点店面。

黄伟也是个不懂艺术却喜欢装派头的人，专挑一些看不懂的抽象油画买。

周勇明问他原因。黄伟振振有词，我看不懂，别人也看不懂。看不懂的，才有格调，才耐看。那些一眼就能看明白什么玩意儿的画有什么意思？还不如挂一些风景照片。

周勇明想想也是这个道理，便跟着黄伟一起买了一批看不懂的抽象油画，便宜的几百，最贵的不到两千，后来在每个房间里都挂了一幅作为装饰。当时黄伟带着他进了好几家店，所以他酒店里挂的并不全是同一个画家的作品。不过，他有一点记得很清楚，其中三幅最贵的画是同一个画家的作品，因为要挂在房价最高的三间商务大床房里。

陈一凡看上并买走的就是其中之一。

周勇明打电话过去，先寒暄了一阵，然后问起当年买画的事。

黄伟“哎哟”了一声，感慨道：“我的老哥，这都快十年了，我哪儿记得？”

“那你记得那几幅最贵的画，是在哪个店铺买的吗？”

“最贵的……我想想。”黄伟回忆了半晌才说，“好像是个叫什么蝴蝶的工作室？真想不起来了，你问这干吗？”

“没事，我想再买点儿画。”

挂了电话，周勇明立刻去另外两个房间里，把挂在床头的油画给取了下来，拍了照片，拿到花鸟市场，在那几排工作室里挨个儿打听询问有没有蝴蝶工作室。

有人告诉他，原先这里是有一家叫庄生梦蝶的工作室，不过老板火了之后，就把工作室转让了，现在叫河岸工作室。

周勇明找到河岸工作室，现任老板一看他手机里的那两张照片，很肯定地告诉他，这是倪梦蝶的画。

周勇明忙问倪梦蝶是谁。

那老板鄙薄地瞅了他半天，才告诉他，倪梦蝶是最近很火的一位画家，以前就在这里卖画，然后顺手给了他一沓资料，还有几本拍卖行的册子，里面有倪梦蝶的作品资料。

周勇明真是又惊又喜。世事难料，就像一个寂寂无闻的作者突然得了诺贝尔文学奖，立刻身价大涨，书都卖脱销了。画家也一样，一夜成名就可以飞黄腾达。

纪周彤没想到这种事居然会落到自己家里，忙问周勇明：“他为什么肯定那是倪梦蝶的画？”

“因为他接的店就是以前倪梦蝶的工作室。倪梦蝶的签名很特别，他一眼就认出来了。”周勇明打开手机，指着一张照片的右下角。那里有个很特别的符号，有点儿像躺倒的阿拉伯数字8，中间一道波浪纹。

纪周彤小时候学画画，虽然只是皮毛，但这两年跟着叶怀章去看画展，对油画略微懂一点。画家的签名方式不固定，有的签中文名字，有的签英文字母缩写，还有的签笔名缩写，个人习惯不同。有人签名签在画布背面，有人签在画中某个不显眼的地方，不细看很难发现。有的画家更随意，觉得自己这辈子都不会成名，索性什么都不签。

纪红梅拿过一本拍卖行的册子，翻开给纪周彤看："他这幅画，拍卖会上卖了二十万！"

二十万这个数字让纪周彤吃惊了一下，她问周勇明："那剩下的两幅画你没答应卖吧？"

纪红梅白了她一眼："你以为你爸那么傻吗？那人出钱那么痛快，还全部都要，说明这画肯定不止一万。"

纪周彤心想还好父母做了很多年生意，都挺精明的。如果这三幅画的作者当真是倪梦蝶，那等于是天上掉馅饼，白捡了几十万。

周勇明问道："你觉得这幅画值多少钱？"

纪周彤也不确定："就算是同一个人的画，也不是统一的价，有尺寸大小之分，还要看艺术价值。"

纪红梅道："那至少不能低于二十万。"

纪周彤点点头："我们家还有多少幅倪梦蝶的画？"

纪红梅懊恼地捶了一下大腿："只有三幅！当初你爸图便宜，买三五百的画多。倪梦蝶的画贵，他没舍得多买，就在商务间里挂了三幅，还被那人买走了一幅，现在就剩下两幅了。"

周勇明道："虽然那个老板一口咬定是倪梦蝶的画，可我还是不大放心。叶公子不是懂油画吗？叫他看看剩下的两幅到底是不是。"

纪周彤撇撇嘴："叶怀章不过是喜欢油画，略懂一些，又不是专业做书画鉴定的，叫他去看就能看出来画家是谁？你们可真是外行。"

纪红梅笃定道："肯定是啊！陈一凡绝对是找了个内行去他房间里鉴定过，确定无疑是倪梦蝶的画才找你来开价。你开口一万，他连价都没还，忙不迭地就付钱，可不就是怕你反悔。"

纪红梅道："叫我说，压根不用找叶公子看，我明天就去找那个陈一凡，一口咬定就是倪梦蝶的画。要么他再付二十万，要么把画还给我，一万块想都别想把画买走。"

纪周彤点头："对，你比我爸能说，这事得你去处理。"

周勇明念了声"阿弥陀佛"："老天保佑，真是倪梦蝶的画，要是能卖六十万，我们也能喘口气了。”

家里突然多了笔意外之财，纪周彤满心欢喜，回到房间里忍不住和沈倩倩分享这事。沈倩倩也挺高兴，说她这两天就要回A市，约她周末见面，一起逛街吃饭。

纪周彤开开心心地挂了电话，正准备去洗澡，手机突然接到某个APP的信息提示。

看到那几行文字，纪周彤一晚上的好心情全都消失了。

她曾经送给叶怀章一个体重仪，不仅可以测体重，还可以测血压、体脂率、心率。她的手机上也装了这款机器的APP，偶尔叶怀章上去测体重，她手机上的APP会收到相关信息。

但是今天收到的这条信息，明显不属于叶怀章，因为显示体重只有九十斤。

是谁去了他家？还测了体重？

叶怀章从十点钟开始就没有接电话，也没回微信。

他在干什么？

或者说，他和他家里的那个人在干什么？

她忍不住胡思乱想起来，而恰在这时，叶怀章回复了她的微信。

“宝宝找我有事？”

“你怎么不回电话和微信？”

“我手机忘在公司了，和朋友吃完饭又拐回公司去拿手机。”

“那你现在在哪儿啊？”

“在家啊。”

纪周彤没有回复，默默咬了咬牙。

叶怀章仿佛知道她此刻心里的怀疑，随即拨过来视频通话。背景的的确确是在他家，而且是在书房，他穿着睡衣，头发刚刚洗过，台灯下，神情格外风流倜傥，脸上还有一丝丝春情。

“什么事啊，找我这么急？”

“有两件事。第一呢，我爸的快捷酒店里有几幅画，他想请你确认一下是不是某位画家的作品。”

叶怀章眉眼一弯，笑了起来：“叔叔真是高看我了，我又不是火眼金睛，哪能凭一双眼就去鉴定真伪？这事儿得交给专业人士。对了，晏随之你也认识的，就是上次我们一起去茶园的那位，他是拍卖行的经理，我把电话给你，你去找他。”

“晏随之啊。”纪周彤心念一动，“我有他微信。”

他和封粟关系很好的样子，应该是好友。

“他这人热心周到，办事也妥当，让他找人给你鉴定。”

纪周彤心不在焉地点点头，接着说：“还有件事，李文静看上了汀兰苑的房子，听说是同程实业开发的，想找你要个内部折扣价。”

叶怀章说：“行啊，我回头和售楼部的老秦交代一声，给她个最低折扣。”

“你对她这么大方？”

“我给她这个人情，也是为了你。李文静算是封粟的心腹，在封粟面前很说得上话。送她个人情，她以后会好好关照你。”

纪周彤嫣然一笑：“我知道了，谢谢你。”

“和我还客气什么。”

纪周彤轻轻一笑：“你洗过澡了，是不是打算睡觉？”

“嗯。”

“那你早点儿休息。”

叶怀章做了个亲吻的动作：“晚安乖宝。”

“晚安。”

纪周彤挂了电话，收起脸上的甜笑。

如果他的手机真的落在公司里，拿到手机的那一刻看到她的微信和电话，就应该立刻给她回过来，为什么要隔了那么久回到家才回复？还有，他穿着睡衣，为什么要在书房里给她打电话？而这个时候洗过澡又意味着什么？她很了解叶怀章的习惯，晚上洗澡，要么是有了云雨之欢，要么是睡觉前。现在这个时间点，明显还不到他的睡觉时间。

种种猜测在纪周彤心里疯长着，她最终决定不如破釜沉舟去亲眼验证一下。

叶怀章的住处她来过很多次，知道门禁的密码。

此刻，他的的确确是在家，卧室的落地窗上拉着白色纱帘，里面隐隐约约有两个人影，即便是站在室外，她也可以清晰无比地想象出房间里此刻是什么画面。

因为叶怀章家里的一切布置她都了如指掌，在卧室阳台上放着一个舒适宽大的懒人沙发，纪周彤经常和他窝在里面，柔情蜜意，海誓山盟。

此刻，窝在他怀里的是另外一个人。

纪周彤一动不动地看着白色纱帘，心里的火苗一点点暗下去。

三年的时间，不管她是否目的纯粹，她对叶怀章是全心全意付出了感情，没有二心，只想快点儿嫁给他。所以，即便他说不会和她结婚，她也一时半会儿舍不得分手。

而在这一刻，她终于下定了决心。

她举起手机，拍了几张照片，转身离开。

第二天一早，纪红梅就和周勇明一起去了酒店。陈一凡刚刚起床，还没吃上早饭就被夫妻俩叫开了房门。

纪红梅开门见山地自我介绍："我是老周的老婆。"

陈一凡生着一副八面玲珑的长相，未语先笑："周太太有什么事吗？"

"当然是有事。"纪红梅端着架子，皮笑肉不笑地"哼"了一声，"陈先生，老周是个实在人、土包子，不懂艺术，幸好我家里有人懂。"

陈一凡笑吟吟地把两人迎进房间："周太太这话是什么意思？"

纪红梅大剌剌地坐到房间里的沙发上："咱就不绕圈子了。那幅画是倪梦蝶的大作，别说一万，十万我都不卖。陈先生这是欺负老周不识货，想要低买高卖。"

"这，周太太，"陈一凡脸色微微一红，笑吟吟道，"你说得没错，画的确是倪梦蝶的画，但我可没欺负人。我先让周先生开价，他自己开的一万，这可不是我逼着他出的价。”

纪红梅哼道：“你就是欺负他不懂。现在要么你补齐了钱，要么把画还给我，我把钱退你，这生意没法儿做。”

陈一凡急了：“周太太，买卖已经成交，哪有反悔的道理？我可没有强买强卖，是周先生自愿。”说着，他扭脸问周勇明，“周先生，你摸着良心说句公道话，我是不是没有逼你卖？我是不是问你开价多少？”

周勇明尴尬地“嗯嗯”。

纪红梅打断道：“家里是我当家，我说了算，他答应的事不作数。再说了，这酒店里的一条毛巾一个茶杯，都是夫妻共同财产，我没点头同意，他就不能私自做主。”

陈一凡搓着手心：“周太太，我们要讲理。”

“是你不讲理，你欺负老周不懂，想占他便宜。”

“这，周太太，我要是想欺负人，就不会让他报价了。我直接开口两千，周先生也卖。”

纪红梅道：“啧啧，你让他报价，不就是试探他知不知道这是倪梦蝶的画吗？”

陈一凡尴尬地摸了摸鼻子：“不管怎么说吧，周先生同意卖的，钱也收了，没有反悔的道理。”

纪红梅冷笑：“送给小三的东西，原配都能追回来，酒店里的东西都是夫妻共同财产，我不同意就不算数。你要是不退，回头我找律师，咱们打官司。我老公不识货，但是我女儿女婿都懂艺术，倪梦蝶的画，至少也值二十万，你少来糊弄我。”

陈一凡一听打官司，忙道：“周太太，你看这样行不行。这幅画我再补给你十七万。你店里还有多少倪老师的画，都卖给我。”

“十八万？这不行，必须得二十万。”

“周太太，实话说了吧，我也不是收藏家，只是个生意人，你也得让我有钱赚才行啊。”

周勇明忙碰碰纪红梅的胳膊：“十八万也可以。”

酒店的资金周转已经捉襟见肘，马上就要开不出工资了，急缺钱用。

纪红梅拿捏了一会儿，眼看实在榨不出来更多的油水，这才不情不愿地答应了。

陈一凡松口气，忙说：“周太太，这一次咱们得签个合同，免得你过几天又反悔，嚷嚷卖便宜了，再来给我继续加价。”

纪红梅道：“那行，咱们签合同。”

“你稍等片刻，我叫公司的秘书去拟个合同，一会儿给我发过来，你看着没问题了，咱们一手签合同，一手补齐剩下的钱。”

“我现在还有两幅，也按照十八万的价格卖给你。一手交钱，一手交货。”

陈一凡道：“剩下的两幅我得先找朋友过来辨认一下真伪。而且，也不一定值十八万，这得先看画才能说价钱。”

“那行，你叫人过来，我把画拿过来给他看看。”

陈一凡这边吩咐人去拟合同，那边又打电话请一位莫先生来。

大约过了半小时，有一个文质彬彬的中年人手提着一只小箱包来到陈一凡的房间。

周勇明一看，就是昨天陈一凡请到酒店的那位朋友，便把另外两幅画也拿了过来。

莫先生对着两幅画翻来覆去研究了半个小时，又把陈一凡叫到卫生间关上门嘀咕了一会儿，陈一凡出来后，最终决定买下这两幅画，只不过一幅画只肯给十五万。

纪红梅不乐意了：“为啥这两幅便宜？”

“这两幅有瑕疵。”莫先生指着油画上的两处地方，给纪红梅解释了一番。

纪红梅听得不耐烦，也听不懂，她只关心价钱，最终和陈一凡磨了半天，以每幅十六万的价格成交。

陈一凡公司那边传了一份买卖合同过来。

周勇明叫人打印出来，拿给纪红梅，两人一起看了之后觉得没什么问题，便签了合同。

陈一凡也是说到做到，当即通过电子银行把钱汇到了周勇明账户上。

一夜之间天降横财，白捡了几十万。

纪红梅喜不自胜，眉眼都带着笑。

周勇明也同样松了口气，心头一块巨石落地。困扰了他们半年之久的经济问题终于迎刃而解。眼下疫情控制住了，酒店生意慢慢在恢复，又有了这笔钱，至少还可以撑个半年。

事情办完，周勇明正要走，纪红梅突然心里闪过一个念头，停步看着陈一凡："对了，我家里还有一些倪梦蝶的画，不过放在老家，你如果要的话，我过一段时间给你。"

周勇明一头雾水地看着纪红梅。

纪红梅对他使了个眼色，示意他别说话。

陈一凡又惊又喜，忙问："你还有几幅？"

纪红梅装模作样地说："这个我还真不清楚，还有个七八幅吧，我得回老家一趟看看，那些画还在不在。"

"那行，你赶紧给我个回话。只要是真品，我全都要。"

"那好，我回去找找，尽快给你回复。"纪红梅指着油画右下角的那个符号，"对了，这个签名是啥意思？"

莫先生笑了笑："周太太你仔细看看，这像不像一只蝴蝶？"

纪红梅恍然大悟："哦，我明白了，他名字叫倪梦蝶。"

莫先生点头。

陈一凡道："我就是看到这个签名，才在酒店里捡了个漏。"

莫先生扶了扶眼镜："倪梦蝶是土生土长的本市人，原先就在花鸟市场卖画，据说画都卖不动，人家看不懂，他又端着一副爱买不买的架子。我有个朋友，前几年还买过他的画，挂几年看烦了又换了新的，老画也没地方放，直接都扔垃圾桶了。"

陈一凡感叹："还好，这两年他算是熬出来了。"

纪红梅听到这些，心里越发有谱，拉着周勇明离开了客房。

眼看四周没人，周勇明压低了声音问：“你刚刚说老家还有画是啥意思？想把别的画拿来加个蝴蝶签名冒充？”

纪红梅瞪了他一眼：“你傻啊，那个莫先生肯定能认出来是冒充的。你忘了黄伟也买了倪梦蝶的画？他也是个土包子，不识货，你去把他的买下来，卖给陈一凡，我们不就大赚一笔了？”

周勇明点点头：“不知道黄伟肯不肯卖。”

“他也是土包子，什么都不懂。要不是陈一凡来买画，我们能知道倪梦蝶是老几？更不知道他现在身价这么高。”

“那怎么找他说这事呢？”

“我们肯定不能说画家是谁，万一他去网上一查，这事就办不成了。”纪红梅想了想，“你就说咱们酒店里的画发了霉，想要换一批，但现在咱们手头紧没钱买新的，就买他的旧画，八百一幅。”

周勇明吃惊道：“八百？”

纪红梅翻了个白眼：“你傻啊，陈一凡不就是给你一万一幅你才起了疑心？这画你给的价格越便宜，他才越觉得没问题，你给的价格越高，他越疑心。”

周勇明点头：“对，你说得有道理。”

“疫情来了谁也跑不掉，他那个破咖啡厅，肯定也是半年没生意，说不定正要关门大吉，你能买他店里的几幅破画，他求之不得呢。”

周勇明点头:“我现在就担心他店里的那些画还在不在。”

“事不宜迟，我们现在就去找他。”

两人生怕夜长梦多，迫不及待地直奔黄伟的咖啡馆。

咖啡馆的情况果然如纪红梅猜测的那样，门庭冷落，一个客人都没有，生意比快捷酒店还惨淡，更让他们想不到的是，门口居然贴了一个转让的告示。

两人进了门，只见黄伟抱着一个紫砂壶，坐在收银台附近，百无聊赖地喝着茶，几个月没见，人瘦了一大圈。

周勇明取下口罩，喊了声黄伟。

“哎哟稀客，你们两口子怎么来了？”黄伟一惊一乍地站起身来，赶紧招呼两人落座。

纪红梅来时在路上已经和周勇明商量好了说辞，顺顺畅畅地张口就道："我们去建材市场买酒店的壁纸，顺路来看看你。"

黄伟先是一愣，紧接着"哎哟"一声："你们行啊，这一波疫情之后还有钱重新装修。"

纪红梅立刻诉苦："哪有钱重新装修啊？都快撑不下去了！越是没钱越是要花钱。有个卫生间漏水，连累着楼下几个房间的壁纸和油画都发了霉，得重新换一拨。"

黄伟"啧啧"："这雪上加霜啊。"

"是啊，你这店里生意咋样？"

黄伟苦笑："你们不是瞧见了，我门口贴了转让告示。"

纪红梅从进了黄伟的店，就一直在看墙上挂的几幅画，几乎可以确定那就是倪梦蝶的作品，因为那右下角的签名和她酒店里的画的签名一模一样。

店铺都要转让了，那买画的事就更有希望了。纪红梅心里一喜，忍不住和周勇明交换了一下眼色。

"唉，当初开店的时候多风光，那会儿老周还来店里道贺，一眨眼都要倒闭了。"黄伟一边感叹，一边从茶桌底下抽出来几张老照片怀旧。

纪红梅一看是当初咖啡馆开业的照片，心里暗喜，赶紧接过照片，去看当时墙上挂的油画。咖啡馆的布局是一点儿没变，那几幅画连位置都没变过，可见就是当年和周勇明一起买回来的那几幅，她顿时吃了一颗定心丸。

说到倒闭，周勇明也是心有戚戚，左顾右盼着问："店里东西全部都转？"

"嗯，店里的东西一起转了，我要这些也没用。"

这真应了一句俗语，瞌睡来了有人递枕头。

纪红梅连忙接话："那不如这样吧，我正要买几幅画，你店里的画不如就卖给我，我也省点儿钱。"

黄伟扭脸看了看自己店铺里挂的几幅画："这都挂了七八年的旧画，卖给你不合适吧。"

“没事，我那酒店里的画还是和你一起买的。现在手头正紧，我不嫌旧，你看看多少钱给我合适。”

黄伟爽快地挥挥手：“你随便给点儿吧。”

周勇明实在不好意思说八百，自作主张地加了两百块，说：“一千？”

“一千就一千吧。不过我正和人谈转让，说好了店里的东西都送，这画我得给他打声招呼。”

纪红梅恨不得马上就买下来，听他这么一说略有点儿急躁：“你能不能现在就和他联系？”

黄伟拨打那人的电话，对方关机，和夫妻俩聊了会儿天继续再拨，对方还是关机。

“我看等明天再说吧。”

周勇明点头：“那明天我再过来，我先把钱给你。”

黄伟挥挥手：“不急不急，明天你来取画的时候再给。”

纪红梅掏出手机：“我来拍几张照片，回去看看摆在哪个房间合适。”

黄伟端着紫砂壶，一副传道授业的架势：“这种压根儿看不出来名堂的抽象油画，就是百搭款，挂哪儿都行，挂哪儿都好看，还忒有格调。谁也看不懂画的是啥玩意儿，也不敢贸然吭气问，怕露怯丢人。”

周勇明和纪红梅回去之后便立刻和陈一凡联系，说自己手里还有八幅画，问他是不是确定全要。陈一凡一口咬定自己全要，只要是真品。

周勇明信誓旦旦地保证是真品，把照片发给陈一凡看，陈一凡估计是找了人看，足足隔了三个小时才回复，这几幅如果是真品，他愿意出二百五十万全都要了。

纪红梅一听就急了，马上打电话质问陈一凡，为何这几幅比她那三幅价钱贵？

陈一凡耐着性子解释，就算同一个作者的画，也没个固定标价的，这几幅画的尺寸本身就大，再加上艺术价值也比那三幅更高。

纪红梅不服，本想争执，转念再一想，只要明天去把黄伟的画买下来，一进一出就能赚二百多万。这点儿小钱也没必要再斤斤计较，万一得罪了陈一凡，他不肯做这笔生意，可就得不偿失了。

夫妻俩因为这笔生意，一晚上都没睡好，生怕夜长梦多。大清早纪红梅就催着周勇明给黄伟打电话。

黄伟那边也不知道怎么回事，一直不接电话，直到中午时分，他才回了个电话过来。

周勇明开了免提，让纪红梅在旁边听着。

“老周啊，我把你当朋友，没想到你是这种人！”黄伟开门见山先是一句质问，显得很生气。

周勇明立刻就有点儿心虚，和纪红梅对视一眼，问：“老黄你这是什么意思？”

黄伟“呵呵”冷笑：“我什么意思你心里没数？你突然来买我店里的那些旧画，打着什么主意你自己不清楚？”

周勇明老脸发热，吭吭哧哧的不知道怎么解释才好。纪红梅也没想到黄伟突然发现了不对劲，心里还在琢磨到底哪里露了馅。

“幸好我给转让店铺的人打招呼，人家好心提醒了我一句，说这事有点蹊跷，你店里的别是什么名人字画。我今天上午去了一趟花鸟市场，啧啧……”黄伟冷笑，“才知道你们两口子打的什么主意，要不要脸啊你们？”

周勇明被骂得满脸通红，忙把手机递给纪红梅。

黄伟发脾气：“倪梦蝶的画再便宜也不会是一千一幅吧！亏我还把你们当朋友！”

纪红梅连忙小声地赔礼道歉：“老哥，这事是我们做得不对，但是我们也确实很困难，急需要钱。现在你也知道了，我们干脆各让一步，一起发财。”

黄伟冷笑：“拉倒吧，就凭你们做的这恶心事，我还要和你们一起发财？”

纪红梅连忙赔笑：“黄哥你别生气，先听我说。我们现在也是刚好认识了一个朋友，他正好要买画。你自己不认识人，没有路子，你拿着那批画卖给谁？你空口白牙地说是倪梦蝶的画，人家也不一定信。”

“呵呵，那我不卖成不成？”

纪红梅“呵呵”赔笑：“黄哥，你看我们现在手头都紧张，有了这样的机会，干吗放弃呢？”

黄伟冷笑：“我宁愿放弃也不想被人宰。”

“昨天是我们做错了事，现在你都知道了，我们肯定不会让你吃亏的。”

纪红梅理亏，一个劲儿地赔礼道歉说好话，哄得黄伟慢慢消了气，最终松口打算出手。

周勇明在旁边急出一头汗，听见他肯卖，才小心翼翼地插了句话：“那你打算多少钱卖？”

“没有十五万一幅想都别想！”

十五万。

纪红梅听见这价钱倒是松了口气，还好，还有利润空间。

她飞快地在心里算了账，就算十五万买下来再卖给陈一凡，也能赚一百多万。

只是黄伟突然把价钱提到这么高，他们手头压根没钱买。

“黄哥，要不我们先预付一部分，剩下的……”

话没说完，就被黄伟打断了：“那不行，必须全款买，你们骗我在先，我现在对你们也没信任了，一手交钱一手交货。没钱就算了，我自己拿着，慢慢找买家，倪梦蝶的画我不信卖不出去，十五万不成，十万一幅总有人要吧？”

纪红梅一听，忙说：“黄哥，我们绝对不会再骗你，只是我们现在可没这么多钱啊。因为疫情，酒店半年没生意你也知道的。”

“你自己想想办法吧，我这可是仁至义尽了。你愿意买就拿钱过来，没钱就算了，也不用再和我联系。”

“那行，我考虑考虑再给你回复。”

黄伟干脆利索地挂了电话，完全没有一点儿犹豫。显然他是打定了主意，不见兔子不撒鹰。

周勇明问纪红梅：“现在怎么办？”

“我们手里有四十多万，剩下的让陈一凡垫付，就当是预付款。”

周勇明摇头："我看他未必肯。这东西不像是别的，要亲眼见到，还要鉴定真伪，他才肯付钱。要不，让海燕去找叶怀章借一百万，用两天就还他。"

纪红梅眼睛一瞪："不行，还没结婚就找男朋友借钱，这不是掉咱们女儿的价吗？哪怕借高利贷也不能找叶公子借。咱不能让叶家看轻了海燕。"

周勇明叹气："你呀，死要面子活受罪。"

"我不能叫人瞧不起我姑娘，等结婚的时候，也要有排场地嫁人，让她在婆家有面儿。"

周勇明又叹了口气："没钱撑个什么面儿？要不是卖了三幅画，下个月都要去借钱发工资了。"

"这不是运气来了吗？天上掉馅饼一样的好事，我们要是再抓不住机会，简直天理不容。咱们去找陈一凡，看看他肯不肯垫付。"

果然如周勇明猜测的那般，陈一凡不肯预付全款，拒绝得客客气气，有理有据："我总不能还没见到东西就先付款，何况你把画拿来，我还得要验真伪。万一是假画，我岂不是赔大了？"

纪红梅再三保证不是假的。

陈一凡笑了："周太太，恕我直言，你是不是找别人买画？不是自己的？"

纪红梅拍着胸脯，信誓旦旦地说："画是我自家的。"

"既然是你自己的画，你还担心什么呢？就像那三幅画一样，你拿过来，我找人鉴定真伪，是真画，我当场付款，一手交钱一手交画。何必还要付预付款？"

纪红梅被问得哑口无言。

周勇明也解释不出来个子丑寅卯。

陈一凡慢悠悠地笑："周太太肯定也和我一样，是从别人那儿买的。但是你又担心买过来我不肯要，你闷在手里赔钱。"

纪红梅脸上一热，但死不承认。

"周太太你放心，只要是真品我肯定要。这样吧，你要是不信我，咱们先签个合同，我可以先付你定金。"

“五十万定金。”

陈一凡“扑哧”笑了：“周太太，你这要求太高了，五十万定金，你当我印钞票的啊。我只能付五万定金，多了不行。如果你不同意的话，那这笔交易就算了。”

纪红梅和周勇明交换了一下眼色，都觉得这定金太少，可是不论如何磨他，陈一凡就是不肯松口，只肯给这么多。

纪红梅在心里盘算，就算拿到五万定金，还有一百多万的缺口，势必要去借钱。

找谁借？

周围亲戚朋友谁也没有这个能力，唯一有实力的就是叶怀章，可是找他开口，纪红梅又死活不肯。

陈一凡见状，微笑道：“两位是不是手头没那么多现金？”

纪红梅干笑，不肯承认。

“周太太不妨去找财务公司借，周转半天就成了，利息能有几个钱？你这酒店，就算生意好的时候，一年也挣不了一百万吧？”

纪红梅和周勇明对视了一眼，心里都知道这主意不错，但终归是有点儿风险。

陈一凡也不再劝，点到为止。

“我还有事要在本市待三天，你们再考虑考虑。别等我离开本市了再后悔，到那时候我还要不要也难说了，毕竟我也不是收藏家。”

周勇明和纪红梅回去之后又商议了半天，最终还是拿不定主意，等纪周彤下班后，询问她的主意。

纪周彤毕竟年轻，张口就说：“你们垫点儿钱不就行了？”

“一是我们没有钱去垫，二是我们担心画买过来陈一凡突然变卦不要了。”

“那你先和陈一凡签个合同，让他付一部分定金。”

“这个当然想到了，可是定金他只肯给五万。万一他撕毁合同呢？”

纪周彤被他们优柔寡断的态度搞烦了：“你们前怕狼后怕虎的，做生意都有风险。以前我爸开第一家饭店，不也是借了钱，开第二家还去银行贷了款。”

“以前年轻，拼得动，大不了从头再来。现在我们岁数大了，胆子也小了。”

纪周彤安慰道：“你们要是不想冒险，就别惦记黄伟那批画了，当没这回事。”

纪红梅叹气：“眼睁睁看着一两百万就在手边上不去挣，心疼啊。”

周勇明也在纠结：“是啊，眼前这形势，辛辛苦苦干几年都不知道能不能挣一百万，要是放弃太可惜了。”

纪周彤心不在焉地听着两人唠叨，突然想起来晏随之说过这周末有画展，约了封粟一起去，当时也邀请了她。几天过去也没见他提，该不会是忘了吧？

她主动去问好像不大妥当，刚好眼下倪梦蝶的画可以做个幌子，于是翻出来晏随之的微信。

“晏经理，你现在方便吗？我有件事想要请教你。”

“纪小姐找我，我随时都方便啊。”晏随之回微信也是一贯的嬉皮风格，没个正经。

“你知道一位叫倪梦蝶的画家吗？”

“知道啊，他的大作在我们拍卖行上过。”

“好卖吗？”

“很抢手。”晏随之说完又补了一句，“周末的画展，就有他的作品。”

纪周彤心里暗喜，顺势问道：“就是你上次说的，要请我和封总一起去看的画展？”

晏随之回复道：“对，我把画展的地址发给你。我和封总约了下午两点过去。”

“好啊。”

纪周彤看着封总两个字，微微一笑。

Chapter 11

第十一章

封成杨

叶见春在盛春堂订好了位子，问封粟几点回来。

封粟回复七点钟之前。

叶见春知道他是个极为守时的人，所以七点差五分的时候有人敲门，她以为是封粟忘了带钥匙。

打开院门，却见到门外站着一个陌生男人。

男人的年龄介于四十到五十岁之间，身材保持得极好，英俊清瘦，风度翩翩，有一种明星般的风采。明明是素不相识的陌生人，叶见春却有一种似曾相识，却又记不起来在哪里见过的奇怪感觉。

叶见春客气地问："请问你找谁？"

"我找封粟。"

"他还没下班。"

交谈之际，叶见春细看男人的五官，竟然和封粟极为相似。她心里闪过一个荒唐的念头，难道他是……几乎是在她闪过念头的同时，男人验证了她的猜测。

"那我进去等他。我是他爸。"

叶见春听到他自报身份，用一种奇怪的目光盯着他。

封成杨有着无可挑剔的皮相，又有着舌灿莲花的本事，异性缘一向好到让人咂舌，一把年纪也照样迷倒一群小姑娘。他以为叶见春是被他的外表风度迷住，眼睛看呆了，才会有这样的表情，英俊的脸上浮起了一丝笑意。

"小姑娘你是谁啊？"封成杨微笑着打量着叶见春，"我没听封粟说他有女朋友啊。”

这是叶见春第一次见到封成杨，虽然不知道他的名字，但是从江一峰，从李苔，从江练的口中，她已经陆陆续续听到过无数次这个人的事迹。

此刻见到本人，自然是条件反射般地生出一股厌恶感，也根本不打算把他让进屋子里，只是出于涵养，她才没有翻脸：“我是他的钢琴老师。请问你找他有什么事？”

封成杨当然想不到一个初次见面的小姑娘此刻正努力压抑着对他的厌恶之情，依旧一脸笑意地说：“我听说他手被烫伤了，过来瞧瞧他。对了，你怎么在这儿？你有他家钥匙？”

叶见春懒得和他多说，正打算让他离开，封粟的车子开进了巷子。

封成杨听见动静，笑吟吟说：“封粟回来了。”

叶见春气鼓鼓地咬牙，真是不巧。他再晚回来一会儿，就碰不上了。

今天李文静没有送他，封粟是自己开车回来的。

他下车见到封成杨，淡淡地叫了声：“爸。”

即便是如此冷淡的一声称呼，叶见春也已经震惊到无法形容自己的心情。她以为封粟见到他爸会像仇人一样，叫他滚。可是他竟能若无其事地叫他一声爸。

这个混蛋把他们母子害得那么惨，尤其是发生了章晓阳那件事，都是他埋下的祸根。封粟他怎么还能对这位根本不配做父亲的人，心平气和地叫一声“爸”？

“我去公司找你怕你不方便，所以过来看看。手怎么样了？”

封粟平静地回答：“没事，已经好了。”只是手背上还留着一大片红印。

“去医院了吗？千万别不当回事。”封成杨一脸关切之色，居然还伸手托起封粟的左手。

叶见春只觉得他此时此刻的关心做作且恶心，可封粟居然没有甩开他那双虚情假意的手，反而请他进屋坐。

叶见春气得脑子嗡嗡直响，可是封粟没有翻脸，她身为客人和外人更没有资格去撕这个渣男渣爹，只好气鼓鼓地关上院门，因为带着脾气，动作幅度有点儿大，“砰”的一声。

封粟回眸道：“震坏了要赔的。”

叶见春气哼哼瞪他：“就不赔。”

封成杨一开始就猜测这女孩儿和封粟关系不一般，这会儿更是确定两人是小情侣，低声笑道：“小姑娘看着很乖，脾气不小啊。”

封粟只是笑笑，并不做解释，反而带着一股纵容的味道。

封成杨越发确信自己猜得没错，笑道：“不高兴我来当电灯泡？我待一会儿就走。”

叶见春想要解释，可是又不想搭理封成杨，便瞪了一眼封粟。

封粟装没看见。

封成杨四处打量了一番，说：“这院子挺大的，就是地方有些偏，不方便停车，你现在也不缺钱，怎么不买新区的别墅？”

“这地方很快就要拆迁了，买了等拆迁。”

“拆迁？”封成杨眼睛一亮，“确定吗？”

“消息很可靠，你不要外传。”

封成杨两眼放光：“那这楼上楼下再加上院子，面积这么大，补偿金可不得了。可惜我没钱，不然我也赶紧买几套院子等着发大财。”

“你不用买了，这套就是给你买的，回头转你名下。”

封成杨愣了。

叶见春也愣了，难以置信地看着封粟，原先他说过这房子打算送人，竟然是送给他爸？

两人进了客厅。

封粟倒了杯白开水，放在封成杨面前的茶几上。

“公司成立后你好歹也是老板，总不能还租房子住，让员工知道像什么话。”

封成杨露出欣喜若狂的表情：“你给我开公司，还替我买房子，叫我怎么谢你。”

封粟淡淡道："不用谢我，我只当是还伯父的人情。再者，祖父临终前交代我不要记恨你，说你毕竟是我亲生父亲，血浓于水。"

封成杨讪讪地沉默片刻，低声道："我对不起你和你妈。"

封粟勾了下嘴角，语气淡漠而嘲讽："你又对得起谁呢？"

封成杨尴尬地低了头，脸上的表情很沉重，也不知道是在演戏还是发自内心地感到愧疚。

"生意没做成，还拖累了你妈，我心里也很内疚。可我初心是好的，我想让你们母子过上最好的生活。后来我一直没有联系你，也是为了你好。如果别人知道我和你联系，肯定会缠上你，骚扰你，甚至还要逼着你拿钱，父债子偿嘛。"

叶见春听到这种无耻的论调简直快要气笑了。

敢情对儿子不闻不问，儿子出了事消失不见，一毛不拔，都是一片好心为了他好！

这世上怎么会有这么无耻的人。

她真的很想看到封粟摔掉他面前的水杯，指着他的鼻子把他痛骂一顿。

可封粟什么都没做，平静地听完这段无耻辩白，用一种无波无澜的语气说："过去的事就别提了。以后只要你别瞎折腾，公司的收入，足够你养老，过体面日子。"

封成杨立刻眼睛放光："你放心，我肯定尽全力把公司干好。"

"我指派两个可靠的人过去帮你。一个是业务上的，一个是财务上的，你自己也钉着点儿。"

封成杨连连点头："好好，没问题。"

封粟看了眼叶见春："我和优优还有事，回头再联系吧。"

封成杨很识趣地站起来："那你好好休息，我先回去了。"

封粟淡漠而不失客气地点点头，起身去送他。

叶见春全程旁观这一切，又生气又郁闷。她实在想不通，封粟怎么可能会这样对待他爸。

他明明是个记仇的人，恩怨极度分明。他怎么可能给他爸买房子开公司，关照有加？

她和他同桌那会儿，他从未在她面前掩饰过对他爸的恨意，甚至因为自己长得很像他而不喜欢照镜子，别人夸他长得帅，他冷漠无感，甚至排斥。

经历章晓阳那件事后，他对他爸的恨意肯定更深，现在怎么能如此心平气和地和解？

这不是江练的做派，绝对不是。

愤懑和不解让她脑子里乱成一团，一个念头鬼使神差地浮现在脑海中，理智拼命告诉自己不可能，但她还是忍不住给李苔拨了电话。

“李苔姐，你知道江练原名叫什么吗？”

“叫封粟，怎么了？”

叶见春一时不知从哪儿说起，有点儿语无伦次：“他曾经对我说过，他妈的病都是他爸给气出来的，如果不是他爸负债累累后跑掉，他妈也不会心力交瘁到得了乳腺癌。后来发生章晓阳那件事，他爸作为监护人不肯出面，所有的事情都是江老师去处理善后，赔款也是江老师到处借钱凑起来的。按道理来说，他应该很痛恨他爸，可他现在又改回原名。”

“他改名是江老师不想以后被人扒出来他和章晓阳的那个案子。”

“就算是这样，那他对他爸的态度也很奇怪。”

李苔声音一惊：“他见到他爸了？”

“对，今天他爸来找他，我以为封粟会把他赶出去。结果他不仅要把风铃街的房子送给他爸，还开了一家公司给他养老。”

李苔震惊不已：“怎么会这样？”

“对啊，我完全不能理解！”

叶见春越发激动：“他以前是个爱憎分明的人。那时，班长章飞宇因为偏袒了章晓阳，替章晓阳撒了谎，他三年都没搭理章飞宇。江练是个记性很好的人，而且他记仇。我不信他可以放下仇恨，给他爸开公司，送他爸房子。”

李苔也道：“对啊！这怎么可能？”

“还有一件事，也说不通，他让我们算了。”

“什么算了？”

“就是给江老师洗清冤屈这件事。”

“什么？”

李苔是个急脾气：“这不行，我得回A市找他去！江老师要不是因为他，就不会去给周海燕当家教！他怎么能算了！他还有没有良心！”

“你知道吗，他有个堂弟，和他长得几乎一模一样。我甚至怀疑……现在的封粟不是江练，我了解的江练不会这么做。”

“不会吧。”

“我见过照片，两人真是很像。”

李苔吃惊道：“你怀疑现在的江练是他堂弟？”

叶见春心乱如麻地按着眉心：“我这会儿脑子很乱，我可能是想多了，他堂弟也没什么理由要来冒充他吧？”

“你怀疑我不是我？”

身后传来封粟的声音。

叶见春没想到他已经回来，连忙挂了李苔的电话。

封粟走到她跟前：“抱歉，我不是存心偷听。”

叶见春心想我也没做什么亏心事，不怕他听见，索性就直接开问：“我记得你以前特别恨他，你现在怎么会给他买房子，还给他开公司？”

“因为我的伯父。”

“这和你伯父有什么关系？”

封粟把封成杨用过的玻璃杯直接扔进了垃圾桶。这个动作让叶见春稍稍解了点儿气，虽然那玻璃杯很漂亮也很贵。

“我祖父生了两个儿子。老天还挺公平，给了我爸一个好皮囊，给了伯父一个睿智的头脑。伯父名校毕业，留学国外，事业有成，我爸却是个败家子，除了一张脸和哄女人的本事，一事无成。伯父看在一母同胞的分上，给他收拾烂摊子，费了不少钱，后来发现这是个无底洞，索性把祖父接到国外，和他彻底断了关系。后来我出了事，在国内也没什么前途，外公不得已，辗转联系上伯父，把我弄到了国外。伯父给我找了学校读书，支持我创业，我才有了现在的一切。

“不管怎么说，在国外那些年，伯父对我很关照。祖父去世前，又特意叮嘱我，不要和我父亲过不去，我父亲再怎么不争气，那也是他的儿子，心里还是向着我父亲。”

叶见春目不转睛地看着他：“所以你就这么轻易原谅他？”

“我不会原谅他。”封粟淡淡道，“我心里不认为他是我父亲，只当是我伯父的一个朋友，给他点儿好处，就当是还我伯父的人情。仅此而已。”

“我还是无法理解，也无法接受。我觉得这不是你的做事风格。”

“人都是会变的，比如你以前从不撒谎，可是后来我问你，叶见春是你父母取的名字吗？你说是的。”封粟调侃道，“难道我就认为你不是江懿臻？”

叶见春“哼”了一声，想了想又问：“你还记得你第一次请我看电影，是什么电影吗？”

封粟忍不住笑了：“你是在考我？你真的怀疑我是我堂弟？”

叶见春盯着他的眼睛，第六感告诉她，这世上不可能还有人有如江练一般的眼神，可是他如果真的是江练，为何会有那么多解释不通的地方？

“我实在想不通你的所作所为，就算还你伯父的人情，这人情也太大了。我真不信你能这么大度。”

封粟没做任何解释，拿出手机拨了几下，然后走到叶见春身后。

她不明所以地看着他把手机递到自己面前，视频电话的那一端，是一个和封粟长得几乎一样的年轻男人。

封粟偏头看看叶见春：“这是我堂弟封余。”

“嗨！”

封余一开口说话，叶见春立刻就觉察出了两人的不同之处。

他虽然相貌、身材都和封粟极其相像，但当他说话的时候，差别就很容易看出来。可能是从小就在国外生活的缘故，他的肢体语言比封粟丰富，表情也比封粟生动。

“封余，我给你介绍一位朋友。她叫叶见春，是我初中同学。”

封余挤挤眼睛：“未来的嫂子？”

叶见春忙说不是。

封粟不动声色地观察了一下她的反应，才说："别乱说。"

封余笑嘻嘻道："别不好意思承认了，我可从来没见你介绍女生给我们认识，这是第一次。还特意介绍给我，肯定不是一般朋友。请叫我福尔摩斯封，谢谢。"

真是和封粟完全相反的个性，话多健谈，自来熟，但是因为他长得实在英俊，一点儿也不让人反感。

叶见春往后缩了缩，可是封粟就在她身后，她往后一缩，反而像是缩进了他怀里。

封余见状又挤着眼睛笑了，一副"我猜中了"的表情。

叶见春以为封粟一定会收回双臂，可他貌似没觉察出其中的不对劲，毫无知觉地问对面的封余："伯父最近好吗？"

"挺好，昨天还一起打网球。小姨好吗？"

小姨是谁？叶见春记得江一峰只有一个女儿，封粟哪来的小姨？是封余的小姨？

"挺好的，下次再聊啊，我先挂了。"

封粟关掉了视频电话，却没有拿走手机，依旧将双臂环绕在她肩头两侧。

"现在你觉得我们哪个更像是江练？"成熟男性的气息轻飘飘地绕着她的后颈，一股热流从后颈往全身蔓延，叶见春后知后觉，才发现自己像是被他圈在怀里。

她飞快地瞟了他一眼："你啊。"

"这下确定吗？"

那双映着她自己的眼眸近在咫尺，深色的瞳孔里有让人心跳加速的波澜起伏。

她面色微红，吐出两个字："确定。"

封粟这才收回手臂和手机，问："那我们去吃饭吧。你订了位子吗？"

"订了。"

“是包间吗？我怕万一再碰见你不想见的人。”

叶见春心想没那么巧吧，就算盛春堂在A大附近，她父母也不会天天去。结果，这一次两人的确是没有碰见她家人，却很意外地碰见了纪策和他爸妈。

纪策个子高，老远就看见叶见春，手臂一抬，喊了一声“优优”。

叶见春听见纪策的声音，一扭脸看见他爸妈也在，忙上前打招呼。

“叔叔阿姨，你们也来吃饭啊。”

“今天懒得做饭了，你纪叔叔说出来吃。”张艺敏笑吟吟地看着封粟，问，“你朋友啊？”

“他是我初中同学封粟。”叶见春又介绍纪策一家，“这是我小时候的邻居纪策，这是纪叔叔、张阿姨。”

封粟向一家人问好，最后目光在纪策脸上停留了几秒。

纪策同样从看见封粟的那一刻起，就将他全身上下打量了一遍，心想，这男的长得不错，是不是在追优优？

叶见春介绍完了，突然想起来封粟的另外一层身份，又补充道：“对了阿姨，封粟是江老师的外孙。”

“哪个江老师？”

“小时候教我和纪策弹钢琴的江老师。”

纪策爸和江一峰曾经是同事，忙问封粟：“江老师很多年都没有消息了。他老人家身体好吗？”

封粟道：“他去世好多年了。”

张艺敏吃了一惊，“唉，没想到他都过世了。”

纪策爸遗憾道：“江老师是个好人，同事的孩子去学琴也不收费，可惜纪策淘气，没学出个名堂，还是优优有天赋。”

张艺敏素来热情，一听封粟是江一峰的外孙，更是想起以往江一峰教纪策弹琴的事，拉着封粟便说：“今天阿姨请客，咱们坐一起吧。”

于是五个人凑到一桌，就在叶见春订好的小包间里。

她订包间的时候，只说了两人，这包间的圆桌也比较小。封粟很自然地和叶见春坐在一起，特意把座位往她身边拉了拉，和她挨得比较近。

纪策忍不住多看了几眼，表情有点儿酸溜溜的，心想我和优优认识二十多年了，你是哪根葱啊，离优优那么近。

因为江一峰的关系，张艺敏对封粟格外热情亲切，问了一堆问题。

封粟也没什么可隐瞒的，实话实说自己高中时出国，考入名校，和同学一起创业，被某风投公司青睐，很顺利地把公司发展成今日的海音科技。

纪策从小就是学霸，以为自己已经很优秀了，可是听到封粟的这些经历，顿时头顶的光环越来越淡，淡得快要没有一点儿光芒了，赶紧打断他妈："妈，你别问了，搞得像是在查户口。"

张艺敏忙笑着解释："阿姨就是关心一下，没别的意思。"

封粟笑笑说没事。

叶见春第一次听到他说起两人分离后十年他的经历，当年江一峰的选择很对。封粟文科糟糕透顶，去国外读书专攻他的强项，另辟蹊径，反而取得了成功。她也一样，如果听父母的建议读理科，恐怕现在还在复读，或者已经被逼得跳楼了。

跑神的工夫，纪策在桌子底下踢了一下她的脚："你最近也不和我联系，忙什么呢？"

还没等她回答，封粟抢先说："她最近忙着照顾我。"

纪策立刻瞪圆了眼睛。

叶见春忙不迭地解释："我把他的手烫伤了，这几天去给他当保姆侍候他，给他赔罪。"说着，在桌子底下狠狠踩了封粟一脚。

封粟瞟她一眼："你踩我干吗，我说的是实话，你不就是住在我那儿照顾我吗？"

叶见春脸上瞬间飞起红晕。

纪策放下筷子，对叶见春招了招手："你出来一下，我有事和你说。"

离开包间，纪策把门一关，手指头就直接戳到她脑门儿上："你这个傻子，小心被骗。"

叶见春拍开他的手："什么被骗？"

“被男人骗啊！一个大男人，手背烫了一下又没有残废。再说，一个老板请不起保姆啊，请不起钟点工啊，叫不起外卖啊！要你去照顾他！他就是居心不良！你还住到他家里，你是不是傻？”

叶见春翻了个白眼：“你是抓坏人抓多了，看谁都怀疑人家有坏心眼儿。”

纪策叉着腰开始职业性地盘问：“他家在哪儿？几室几厅？”

叶见春好笑：“南城风铃街的两层小楼，有四个卧室，我们不是同居，请你不要想歪了好吗？”

“风铃街？”纪策不可思议地看着她，“你住风铃街？”

“对啊。”

纪策说了句粗话：“你胆子真够肥的。你知道风铃街前几年发生了一起灭门案吗？那条胡同的人几乎都搬走了。”

叶见春吓了一跳：“灭门案？”

“对啊！你居然还敢在那儿住！”

“我不知道啊！封粟肯定也不知道。”

“他不是很有钱吗，为啥买到那条街上？”

“他听说要拆迁，就给他爸买了一套。他自己有房子，装修完了在散味儿，暂时先住风铃街那儿。”

“我怀疑他被人忽悠了。”纪策摸着下巴，“凶宅卖不掉，所以打着拆迁的幌子，欺负他外地人不知情。”

“那现在怎么办？”

“要是真拆迁还好……不拆迁就自认倒霉呗，反正他有钱。”

叶见春语塞。

纪策“嘿嘿”一笑：“你赶紧搬回自己的狗窝吧，小心晚上闹鬼。”

“喂喂喂，这是你一个警察同志该说的话吗？”

纪策揉了一下她的脑门儿：“听话，傻妞。”

虽然她是个无神论者，可是纪策透露出的这个消息，还真的让她心里有点儿发毛。

回去的路上，她忍不住问封粟：“你知道风铃街发生过凶杀案吗？”

“凶杀案？”封粟愣了一下。

叶见春一看他这表情就忍不住叹气了：“我估计你是被房东或者中介忽悠了。”

“怎么回事？”

“纪策刚刚告诉我，风铃街发生过一起灭门案，那条胡同的人都吓得搬走了。他怀疑那个房东是因为胡同里有凶宅不好卖，所以骗你要拆迁。拆迁的消息你是从哪儿听到的？”

“中介，还有别的渠道。”

“你怕不怕？”

“怕什么，我住的这一套又不是凶宅。你要是害怕，明天就回去吧。”

“你一个人住不怕？”

封粟失笑：“好吧，我过几天也搬。”他话题一转，“这个纪策，就是你的青梅竹马？”

“发小。”

“他是不是喜欢你？”

“别胡说。”

“他好像对我有莫名的敌意。”

叶见春窘迫地看着窗外，如实说：“他对我应该是有好感的，但是还不至于是多深的喜欢。他可能是出于一种很务实的想法，觉得毕业后也该考虑结婚的事，刚好我回到了本市，他就冒出了这种想法，再说他爸妈也喜欢我。”

“那你喜欢他吗？”

叶见春尴尬地摸了下头发：“是……朋友的一种喜欢吧。”

“我问的是异性。”

“不是。”

“那就好。”

又是一句“那就好”。

好什么好？

她心里乱纷纷的，想追问一句，又担心万一是自己想多了呢？

封粟打开了音响。一首钢琴曲悠悠响起，正是1900弹奏的那首电影插曲。

她正听得入神。

封粟突然开口："你觉得这首曲子用来表白合适吗？"

这个问题为什么要问她？

她飞快地瞟了眼旁边的人，可也没发现他脸上有什么暧昧的表情，于是回答："你觉得合适就行。"

"我想问问你的看法。"

"她知道这首曲子的来历吗？"

"她知道。"

他说的人怎么好像是她？

"那可以吧。"

叶见春慌乱地把视线投向窗外，心里乱七八糟的小念头像是发芽的种子，直往外冒头。

幸好有一个电话打进来，打破了这有点儿暧昧又有点儿尴尬的局面。

因为车内太安静，叶见春听见电话里传来一句："还真是被你料到了，两人贪得很……"

很奇怪的话语，有点儿没头没尾。

封粟说："我这会儿不方便，回头再打给你。"

一曲结束，刚好开回到风铃街。

叶见春回去首先招呼包包，找了一圈，却发现小奶猫不见了。

临走前门窗都关得好好的，也不可能跑丢。两人楼上楼下找了半天，终于听见包包从二楼的房间里发出一声娇声娇气的"喵喵"。嗬，这淘气包居然跑进了上锁的那个屋子里。

叶见春好奇："它怎么进去的？"

"从门缝钻进去的，以前就干过几次。"

房子老旧，门下面的地板压条早就没了，于是就留出来一条大门缝，包包体形瘦小，就钻了进去。

“这房子不适合养猫，所以我才要把它送给你。”封粟打开自己的房门，“我得从窗户过去。”

叶见春愣了：“你没有钥匙吗？”

“有，但是打不开。”

叶见春好笑又好气：“既然打不开，那你干吗要用这个锁锁门？”

“房间里有一些贵重东西，还有保险箱。反正过一段时间我也不在这儿住了，到时候把锁撬了。”

封粟走到窗前，推开了窗户。

叶见春急忙跟过去：“你要跳窗过去？”

“嗯，两个窗户挨得很近，一脚就跨过去了。”

叶见春走近一看，两个窗户果然很近，只隔了一道墙。老式窗户，年久失修，窗框已经发黑，从窗台处，伸出去一块很窄的松木板，明显是新钉上去的，也没有刷漆。

扒着窗框，踩着木板翻到隔壁去是没问题，但这是二楼，万一失手掉下去肯定会出事，因为院子是水泥地面。

叶见春摇头：“不行，这样太危险了。”

“危险什么，我上学时候翻的墙比这高多了。二楼而已，就算掉下去也摔不死。”封粟说着一脚就踩上了窗台，“我翻过好几次去找包包，没事的。”

叶见春情急之下，扯住了他的衣服：“不行，你不能冒险。”

封粟停下动作，垂眸静静地看了她几秒：“你怕我死啊？”他语气轻飘飘的，却裹着一缕说不清道不明的温柔缱绻，逆着光，那双眼睛深邃如海。

叶见春的心莫名地跳，不敢直视他那双眼睛。

她低头，紧紧拽着他的衣服，坚决不肯让他跳窗户。

封粟笑了：“那你说怎么办？”

叶见春灵机一动：“我在门缝里放小鱼干，把包包勾引出来。”

封粟“哦”了一声，慢慢说：“勾引啊，那好，我看你怎么勾引。”

也不知道怎么回事，这句话被他说得极其暧昧，像是一句调情的话。

叶见春被他的语调搞得很是羞臊，用力把他往下一扯：“你快下来。”

封粟也没再坚持，去找小鱼干。

叶见春撅着屁股趴在房门口，把小鱼干伸到门底下，跟哄孩子似的：“包包，好吃的来了，快来吃你最喜欢的小鱼干呀。”

“包包，小鱼干好香哦，你快来尝尝。”

小淘气包一开始无动于衷，后来终于跑到门边，却伸出一只小爪子来钩小鱼干，就是不肯出来。

封粟双手抱臂，倚在门框上，好整以暇地看热闹。

叶见春弄了十几分钟，也没把小东西勾引出来，气急败坏地从地上爬起来，一抬头就看见封粟似笑非笑地看着她：“你这勾引的技术好差啊。”

“你行你上啊。”叶见春恼羞成怒地翻白眼。

封粟笑：“对啊，我行我上，是你不让。”

叶见春想想实在也没有别的办法，只好说：“那你得系个安全绳。”

“大姐，我家里没有安全绳。”

叶见春去找了晾衣服的绳子，让封粟系在腰上，她拿着绳子另一头。

“你能拉得住我？”

封粟出其不意地拉着绳子伸手一拽，叶见春没控制住，直愣愣地扑进他怀里，头顶上响起低笑：“就你这点儿小力气，还想救我性命呢？”

叶见春撑着他的胸口往后退了两步，红着脸道：“那我把绳子系在床腿上总行了吧。”

封粟说：“行吧，走个过场，不让你担心我。”

谁担心你啊。

叶见春把绳子系到床腿上，然后紧张兮兮地拉着绳子，看见封粟从窗台翻过去，眼看他踩上窄窄的松木板，她忍不住问：“这木板结实吗？”

“新做的怎么不结实？就是为了抓包包才钉上去的。”

封粟一手扒着窗框，抬脚一步跨进了隔壁房间。

两扇窗户非常近，也就是一个跨步的距离。

即便如此，叶见春也是紧张得心直抽抽。看见封粟轻轻松松进了隔壁房间，她才松了口气。

隔壁房间里一阵鸡飞狗跳的动静，封粟终于抓住了小淘气包。他先把包包递给叶见春，然后跳回到他的卧室。

“你这个小混蛋。”叶见春佯作生气地拍了拍小包包的屁股，“再有下次，罚你……对了，没有下次！”她扭头问封粟，“你帮我找两本杂志，堵上那个门缝。”

“杂志不行，它会扒开。”

“那它下次再钻进去怎么办？”

“没事，反正你很快就要带它走了。这里不适合养猫。”

叶见春想了想：“你还有木板吗？就是窗台上那种薄木板，堵上门缝吧。”

“我去找找。”

叶见春跟着封粟下楼，窗下靠墙的地方，一直放着那个木工箱。

叶见春好奇地问：“这箱子不是你的吧？”

“前户主是个木匠，他留下来的。”

封粟把箱子打开，里面的老式木工工具，叶见春第一次来的时候见过。除此之外，还有几把种花的尖头铲。

箱子里有一块薄木板，看着貌似合适，叶见春正要拿起来，封粟握住了她的手腕，说：“这是上次我钉窗台木板报废的板子。背面有钉子不能用。”

“对了，你怎么会做木工活？”

“在国外打工的时候干过很多工作，水管我也会修。”

叶见春心里微沉，不自觉地咬住了下唇。

关于过去，她甚至不敢去问，直觉过去这十年的时光，他肯定吃过很多苦，也经历过很多磨难。这个伤疤与她有关，她没有勇气去揭开。

封粟把那块钉有长钉的木板挪开，从下面找出两块薄板，用手指大致比画了一下厚度。

叶见春站在他身后，忽然想起第一次来到这个院子，他让她在类似的一块松木板上写下“花满蹊”三个字。

所以那时候，他其实是在试探她是不是江懿臻？难道时隔那么多年，他还记得她的字？

不然他为什么要问她是不是练过庞中华字帖？

封粟关上木箱，站起来，发现叶见春在发愣。

“你怎么了？”

“没什么，想起我第一次来这里，你问我的一些话。你那会儿是不是没有认出来我？”

“不，我第一眼就认出来你了。”他低眉看着她，“不论隔了多少年，我都认得你。”

她心里怦然，一抹甜味儿慢慢从心底涌上来。

回到楼上，他拿着那块薄木板塞进去，刚好把门缝堵上。

“你明天回去吧，下了班我送你。”

“好。”

也许是知道了风铃街发生过凶杀案，叶见春在这里住了好几天，第一次感觉到这老宅里的阴森气氛。她洗漱回来，上楼的时候，走过楼梯拐角，突然感觉到肩头被人轻轻拍了一下。

她吓出一声尖叫，小兔子一般就往旁边跳，撞到一个人的怀里。

封粟搂住她，闷笑。

“没吓到你吧？”他略微弯腰看着她，笑得很有恶趣味。

叶见春气鼓鼓地瞪着他。

“你要是害怕，晚上不要关门。”他指了指自己的房间和她的房间，“这样和我住一间屋差不多。”

叶见春瞪他：“我不怕。”

“真不怕啊？”

“那……还是开着门吧。”

那一晚，她和他隔着一道走廊，躺在各自的床上聊着天，不知不觉就那么睡了过去。

Chapter 12

第十二章 真相

午休的时候，李文静把纪周彤叫到了自己的休息间，笑吟吟道："小纪，房子的事多亏了你，我昨天去签了合同，省了几十万。"

纪周彤甜甜一笑："恭喜李姐有大房子了。"

"我这几天忙着封总他爸公司的事，一直没空请你吃饭，你可别生气。"

"李姐你客气了。"

李文静笑着把一个纸袋递给纪周彤："这是我的一点儿心意，你也别和我客气。"

纪周彤一看那纸袋上的标识，心里就惊了一下，打开一看，是某奢侈品牌的腋下包。这款包不仅贵，而且难买。

纪周彤有些受宠若惊，连忙婉谢。

李文静笑吟吟道："比起你给我省掉的钱，这算什么？你不肯要，难道我自己背啊？我这个年纪背这个，不被人笑话我装嫩，老黄瓜刷绿漆？"

纪周彤半推半就地收下了。

李文静给她倒了杯茶："你帮了我这么大一个忙，我得好好谢谢你。眼下就有个很好的机会，不知道你肯不肯去。"

"什么机会？"

"你知道封总的家庭吗？"

纪周彤一听封粟，立刻心里就活络起来："不知道。"

"他是独生子，母亲去世得早，除了他爸和伯父也没别的亲人。他现在有了经济实力，自然也想让他父亲过得好一点儿。”

纪周彤点头：“那肯定是。”

封粟对李文静都能这样大方，对他父亲自然更是不在话下。

“封总原本想给他爸在海音科技安个职位，被我劝阻了。毕竟公司还有其他股东，也不是他一个人的公司，一旦他这么做了，以后别人也提类似要求，他就不便拒绝。所以，封总就以他爸的名义单独注册了一个公司，把公司的一部分产品交给他爸去做二级代理，说白了就是想让他爸赚钱。”

纪周彤笑：“这样挺好的，封总父亲有了身份又有了收入，比封总直接每个月打钱孝敬还要体面。”

李文静笑了：“对，你懂的，男人都要个面子，自己当老板，可比儿子给养老钱体面。但是他爸没有管理公司的经验，对海音的产品也不熟悉，所以封总要从公司里找两个可靠的人去他爸的公司帮忙，一个负责业务，一个管财务。我心里首选就是你。”

纪周彤受宠若惊，下意识地说：“谢谢李姐高看我，不过我担心自己不能胜任。”

李文静笑了：“哎哟！你看你，对自己没有一点儿自信。会计出纳这些具体的活儿都有人做，有些不便于被外人知道的业务，得找个可靠的人。”她压低了声音小声道，“比如一些不方便入账的支出。”

纪周彤心里一动，海音科技的产品大多用于医疗行业，和医院打交道很多。莫非海音也暗藏一些内幕交易？

李文静道：“在海音科技财务部，你是资历最弱的，想混到财务总监怕要到猴年马月。但封总他爸那边，你去了就是公司元老，以后无论升职加薪都少不了你的。再说，公司刚设立，需要置办各种办公用品，采购报销这些，你是做财务的，不用我细说。封粟派过去的人，他爸肯定很信任，也不会多心。”

纪周彤没想到李文静说得这么透彻，不好意思地笑了笑。

李文静又说：“封总他爸我也认识，人蛮不错的，说话很有趣，一把年纪了还能吸引小姑娘往上扑。哎哟，封总要是能有他爸那个手段，也不至于现在还单身。”

纪周彤飞快地在脑子里计算利弊得失，不得不说，李文静说的这些条件对她来说，有无比强烈的吸引力和巨大的诱惑力。单凭老板是封粟他爸这一条就很有利。

在海音科技，虽然是在封粟的公司，但私下里能接触到他的机会并不多。公司太大，人员众多。她又不是秘书，只是财务人员。如果去了他爸的公司，反而能更多地接触到封粟。

她心里早已放弃了叶怀章，封粟是她眼下最合心意的人选。

李文静见她沉默不语，还以为她不想去，便笑了笑说：“没关系的，你要是不想去，我下午就去找小惠谈谈。她在海音干了三年多，能力不错，人也可靠。”

“李姐，我愿意去。”

“那好，我这就告诉封总。”

纪周彤甜甜一笑：“谢谢李姐。”

“不用客气。”李文静笑吟吟地拍拍她的手背，“你帮了我的大忙，我有什么好事自然也要想着你。晚上你有没有空？我叫上封总和他爸，大家一起吃个饭先熟悉熟悉。”

封粟要去，纪周彤当然有空。

下班之前，她去卫生间补了个妆。

精心描画过的脸蛋越发明艳动人，她看着自己下巴承浆处的小痣，有一种强烈的预感，她离自己想要的越来越近了。

李文静订的饭店很高端，人均消费贵得离谱。叶怀章在一开始和她恋爱的时候带她来过，后来她为了彰显自己贤惠，主动说约会不必来这种高端饭店，太浪费钱。叶怀章从善如流，也就没有再带她来过。

一起吃饭的除了封粟和李文静，还有一位海音科技的同事张立轴，这次和纪周彤一起去封成杨的公司。

李文静刚点完菜，就接了个电话。貌似不是什么好事，她挂了电话紧张地告诉封粟，楼上邻居忘了关水龙头，水漫到房间里了，她得赶紧回家一趟。

封粟说："你赶紧回去处理吧。"

"那我先走了。"李文静急匆匆走到门口，突然又停步看着纪周彤，"对了，小纪你今天开车了吗？没开车就让封总送你。"

"没有。"

纪周彤万分庆幸自己今天来的时候没有开车，蹭李文静的车来的饭店。

李文静离开之后，她本来担心冷场，最终发现自己的担心完全多余，张立轴一直在和封粟聊公司的业务，不愧是业务骨干，口才好得让人咂舌。

和封粟几次打交道，纪周彤发现他不是很健谈，喜欢端详别人，听别人说话，但整个人因为相貌出众，生了一双好看又锋锐的眼睛，静默不语时，有一种勾人心动的神秘感。

封成杨故意晚到了半个小时，见到封粟，一脸歉意地解释因为下班高峰，半天打不到车。

这种打车难的抱怨他已经对封粟提了好几次，今天当着封粟下属的面再提，他琢磨着这个当儿子的要是再无动于衷，面子可能会挂不住。堂堂一个公司老板都不舍得给老爸买一辆车？

果然，封粟听完就说："你过几天去逛逛4S店，买一辆好点儿的车。"

封成杨高兴得心花怒放，嘴上却还假惺惺地推辞："没事的，我打车也行，或者你有不开的旧车给我一辆。"

"你买辆新的吧。"

封成杨再次假惺惺道："一般的车就行了，没必要买好的。"

张立轴笑道："好车也是公司的脸面，一般的可不行。"

封成杨立刻问道："那你觉得买啥车比较好？"

张立轴建议："您这个岁数的开奥迪和奔驰都合适。"

封成杨就势点头，看向封粟："那要不，奔驰吧？"

封粟没反对，望着他笑了笑。

封成杨莫名觉得心里一个咯噔，心想自己是不是有点儿贪了，正要改口说丰田。

封粟说：“车子颜色选沉稳一点儿。”

封成杨暗暗松口气，忙说：“放心，我选好了先让你过目。”

“好，你去店里选好了，给我打电话，需要多少钱我给你转过去。”

封成杨乐滋滋地点头说好。

纪周彤旁观这一幕，在感慨封粟大方的同时，心里难免再次想到叶怀章。他也送过她包，但没有一个超过三万元的。

以前没觉得他小气，因为她想着只要能和他结婚，这些眼前的小钱小利她也不在乎，可此刻一对比封粟的做派，她心里酸溜溜的很不是滋味。钱不代表一切，但是不舍得给她花钱，那就是不够爱她。

比如纪红梅毒舌又刻薄，但是她在孩子身上花钱，从来不吝啬。即便是天天喊着要破产了，也没有停掉周小鸥的一些补习班，其实那些补习班是可以退费的。

她正在跑神，突然手机上收到李文静的微信。

“真巧，我刚刚在停车场看见了叶公子。”

下面还发了一张照片，果然是叶怀章，牵着一个女孩儿，笑意盈盈地走向电梯。

女孩儿背对镜头，虽然没看见脸，可是身材极好，一条桑蚕丝长裙，衬得人又美又仙，是叶怀章一贯最喜欢的类型。

纪周彤看着这微信，甚至不知道该怎么回复，只觉如鲠在喉，除了气恼，还有一种难以言喻的难堪。

“你怎么不吃，不合口味？”封粟问她。

纪周彤忙笑笑说没事，心不在焉地坐了一会儿，借口去洗手间，离开了房间。

回廊下有一排幽静的单间，她甚至有种冲动想要一间间地去敲门，把叶怀章当场抓个正着。可思前想后，她最终还是忍住了，只是给叶怀章发了个微信。

“你在哪儿呢？晚上要不要一起吃饭？”

“我今天有应酬，明天吧。”

“应酬要喝酒吗？我一会儿去接你好不好？”

“不用，我找个代驾就行了。”

纪周彤冷笑着把那张照片点了保存。

这男人真是双标，自己满口谎言，却要求另一半对他绝对坦诚！

纪周彤忍不住在心里骂了一句脏话。

饭局结束，封粟开车送她回去，见她无精打采的样子，开口问她怎么了，是不是有什么事。

纪周彤的郁郁寡欢有几分是真的，也有几分是演的，她毫无掩饰地把不快乐写在脸上，其实就想等封粟开口来问她。

“李姐走的时候，在停车场看见了叶怀章。”

“他也在这儿吃饭？早知道叫他一起。”

“他和一个女孩儿。”

封粟看了她一眼，说了句明显是安慰的话：“也许是朋友。”

纪周彤苦笑：“如果是朋友就没必要撒谎。”

封粟看着她：“你有没有撒过谎？”

“没有。”纪周彤几乎毫无迟疑地给出了回答。

封粟微微眯起眼睛，望着她，唇角动了动。

纪周彤以为他会说点儿什么，他却一言不发，转回目光，盯着前方的路面。红灯转绿，车子突然提速，驰进浓浓的夜色中。

包包窝在叶见春的脚背上，一动不动地睡了半个小时，轻轻打着小呼噜，她舍不得闹醒它，就盘腿坐在那里。

封粟开门进屋，她竖起手指放在唇边做了个嘘声的动作，到底还是惊醒了包包。

小猫慵懒地伸了个懒腰，叶见春抱着它刚要起身，才发现被包包压着的整条腿都麻了，动弹不得，针扎似的。

“腿麻了？”

封粟单手搂住了她的腰，将她扶住，说：“你跺一下脚。”

这动作太亲昵，叶见春有些羞涩，低头说：“好了，不用扶我。”

他没有松手，搂着她的腰，低声问：“你脸红什么？”

“脸红了吗？”叶见春眼神慌乱地避开他的视线，然后摸了摸自己的脸，“可能是太热了，包包的东西我都收拾好了。”

封粟松开她，拎起地上的提包。叶见春把钥匙放在桌子上，钥匙上的小铃铛轻轻响了一下。

封粟瞟了一眼钥匙：“你抽空教我弹那首曲子。”

“*Paying Love*？”

“对，我要在她生日之前练熟。”

“她什么时候生日？”问完，她就开始紧张，万一她想多了呢？万一是别人呢？

“十月九号。”

她的生日就是那一天。没有那么巧，刚好还有一个女孩和她同一天生日。所以，他说的人，就是她吗？她心如擂鼓地看着他，可是他出奇地平静淡然，而且他说话的时候，也没看她，低头摸着包包的小圆脑袋。

看着他平静的侧颜，她又不确定了。

周六上午，纪周彤约了沈倩倩去逛街，因为明天要去看画展，她打算买一套新衣服。

沈倩倩比之前又憔悴许多，两人是同岁，可是站在一起，沈倩倩看着要比纪周彤大五岁。

纪周彤对纪红梅发自内心地厌烦，恨不得分分钟就离开那个环境。可是每次见到沈倩倩，她又觉得自己的父母还没有那么不堪，只是粗鄙贪婪没有文化，但是至少对孩子还不错。

沈倩倩的父母就是吸血鬼，是简城重男轻女的那一部分人中的“典范”。对这种家庭来说，女儿一出生就是一个工具。

沈倩倩的父母早就打好主意，等她初中一毕业就把她送到厂里，做几年工给家里攒钱，然后嫁人再收一笔彩礼，刚好给她哥盖房子娶媳妇。沈倩倩学习好，不肯认命，坚持要读完高中考大学，于是中考前一天，她被父母锁到家里，不想让她参加中考。

沈倩倩半夜趁着父母睡了，跳窗跑出来，在纪周彤家里躲了几天，才如愿以偿考上了高中。此后的求学历程就是靠老师资助，助学贷款，自己打工，一路艰辛。

好不容易大学毕业，工作挣钱了，父母开始变着法儿地找她要钱，不给他们就去公司里闹。

这些年，沈倩倩就跟躲债主似的躲着父母。

纪周彤对叶怀章说过，她在学校很招人嫉妒，确实不假。

那时，周家刚刚发达，纪红梅对她骄纵得过了头，导致她优越感太强，整天挂着一副瞧不起人的嘴脸，自我感觉是公主，别的女生都是丫鬟。女生都不大喜欢她，沈倩倩一直和她保持着友情，是因为她一直感谢纪周彤在中考前收留了她几天。

两人一边逛街一边闲聊，纪周彤问她："你住的地方在哪儿？都安顿好了吗？"

"安顿好了。"

"这么神速？你不是周四才回来的？"

沈倩倩神色略有点儿不自在："是有个朋友帮忙找的房子，我一回来就直接过去了。"

纪周彤打趣道："什么朋友这么贴心？肯定是男的吧，是不是对你有想法？"

"不是，就是以前打工时认识的朋友。"

"你回来不怕被你爸妈找到啊？"

"他们想不到我会回到A市上班吧。最危险的地方就是最安全的地方。"

纪周彤笑："我看你换手机号还不如换脸。"

正说着，叶怀章打了电话过来，约她过去玩。

纪周彤语气很平淡地拒绝："我在和沈倩倩逛街。"

"那晚上一起吃饭？"

"晚上再说吧。"

挂了电话，她发现沈倩倩一脸惊讶，不禁好笑："怎么了？"

"你对叶公子怎么这么冷淡？这不是你的风格啊，我记得你以前和他说话，哎哟哟，娇滴滴的能掐出水。"

"因为我打算和他分手了。"

"分手？"

"对，他另有新欢，而且也不打算和我结婚，我没必要再和他耗下去。"

沈倩倩松了口气："有句话我憋了好几年了，现在终于有机会说出来。"

纪周彤"咯咯"笑起来："肯定是叶怀章的坏话吧？"

"不是坏话，就是想说，他不适合你。"沈倩倩欲言又止，"我觉得吧，你在他面前，一直在掩饰本性，讨他欢喜。这样不是长久之计。"

纪周彤心里不大舒服，但也知道沈倩倩说得一点儿没错，她在叶怀章面前的的确确是有很多装的成分：装清纯，装贤惠，装大度，装风雅。

沈倩倩道："我认识你十几年了，我知道你的个性，和叶怀章在一起的你，不是真实的你。你早晚会有一天装得很累，他也早晚有一天会发现你真实的样子。"

"你说得有道理。可我不装出叶怀章喜欢的样子，他就绝对不会和我交往。真实的我，叶怀章肯定看不上，他喜欢温柔贤惠又大度的女人，最好还干净如白纸，又懂琴棋书画，喜欢艺术。可我就喜欢享受，就算躺着不工作都有钱花，还有人侍候我。但是我能找到这样的男人吗？又有钱又爱我，又肯惯着我？"

沈倩倩迟疑了一下："光哥不就是吗？"

"我和他不可能，我爸妈绝对不会同意的。"纪周彤露出一抹讥笑，"很搞笑的，他们自己就是暴发户，可是他们还看不上暴发户，光哥在他们眼里就是一个家里有点儿钱的地痞流氓。"

沈倩倩说："光哥人不错的，当年要不是他救了我，我现在都不知道什么样了。"

中考前一天她被家人锁了不让出门，半夜她跳窗跑出去，结果碰到几个地痞流氓，要不是光哥刚好出现，后果不堪设想。那时她无处可去，只好请他送她去同桌纪周彤家里。

纪周彤就是在那天认识了光哥。

说起来沈倩倩还是两人的媒人。

少女时期的纪周彤，固然物质生活很富足，精神却很压抑，升学压力是一部分，还有更大一部分是因为父母对她寄予了超越她能力范围的厚望，逼着她学各种她不想学，而且看不到任何用处的才艺。

当光哥带着英雄救美的光环出现在她面前，当她听沈倩倩描述他一个人打跑了三个流氓的时候，她对那个痞痞的男生一见钟情，说不清这是骨子里想要逆反，还是荷尔蒙作怪产生慕强心理。

可是她打一开始就知道初恋不会有结果，因为纪红梅的毕生理想就是让她嫁入比他们高级得多的家庭，捎带着周家鸡犬升天。纪红梅沉迷港剧，整天耳提面命的就是："你长得这么漂亮，再好好培养培养，就是大家闺秀一样的富家小姐，将来怎么也得嫁给企业家的儿子，当豪门阔太。"

人都有虚荣心，她一方面偷偷早恋，一方面也觉得纪红梅的想法没错。

光哥对她再好，他毕竟只是上不了台面的小混混，学渣一个，将来顶多也就是继承家业。可那份家业，也就是简城的一点儿小生意罢了。

现在看来，还不如叶家的一根毫毛。

"听我哥说他现在开了家宾馆，混得还不错。"

沈倩倩对他也许带着"恩人"的滤镜，纪周彤不屑地撇嘴："得了吧，疫情一来，A市的酒店行业都受了重创，更别提简城的宾馆了。"

"他前几年还通过我哥找我，想问你的联系方式，我没给。"

"没给就对了。"纪周彤冷笑，"你知道吗，清明节前我在QQ上找他，让他帮我打听一下老头资助过的学生名单，他对我冷淡得要死。真是，如果不是为了给他打掩护……"话说到一半，纪周彤突然停住，拿起一条羊绒裙，“倩倩，这件裙子你看怎么样？”

沈倩倩看了她一眼：“挺好的。你皮肤白，穿绿色好看。”

“嗯嗯，我去里面试试。你帮我拿一下包。”

沈倩倩接过她的包，坐在沙发上，琢磨着她刚刚说了半截的话——“如果不是为了给他打掩护……”

给他打什么掩护？

还有，既然他有纪周彤的QQ号，为什么绕了一大圈，来找她问纪周彤的联系方式？说明纪周彤根本没删他，只是不想和他继续联系。

两人分手的原因很简单，就是纪家突然举家搬迁。

纪周彤换名字换手机号码，和所有人都断了联系，除了她。当时她还劝过纪周彤，问她为什么非要和光哥分手。光哥对她那么好，百依百顺，纪周彤要他往东走，他绝不敢往西。

纪周彤只说了一句“道不同不相为谋”。

她说可以让光哥考A市的学校，虽然他是个学渣，可他家里有钱，上个一般的学校没问题。

可是纪周彤一口拒绝，而且反复交代她，不可以把她的联系方式告诉任何人，尤其是光哥。她为什么做得这么绝呢？沈倩倩一直想不明白。

叶见春给周小鸥上完课，去了一趟超市。当她提着一袋水果出来的时候，居然碰见了叶怀章。

“叶老师，我送你一程吧。”

叶见春用一贯礼貌疏远的语气拒绝，说她要去乘地铁。

叶怀章也不生气，笑吟吟说：“叶老师，我有件事想和你谈谈。”

叶见春表情冷淡：“你有什么事，我们就在这里说吧。”

叶怀章真是天生的生意人，脾气好到让人佩服：“叶老师你怕什么，光天化日的，我不会做违法的事。再说了，你上次不是也坐过我的车吗？”

叶见春有点儿不耐烦，冷着脸问：“到底什么事？”

“站在这里说不大方便。”叶怀章不疾不缓地说，“有个人给我打电话，问我知不知道纪周彤过去叫周海燕。”

“叶先生，你想说什么直接说好了。”

叶怀章笑吟吟道：“你怎么不叫我叶公子了？”

“好像谈事的时候，叫叶先生比较好。”

“我刚刚看到你，突然想起来，你上次坐车问我穿多大码的鞋子。”

叶见春脸色微变，略一迟疑，上了车。

叶怀章启动了车子，继续往下说：“那个给我打电话的人，说纪周彤以前诬陷她的钢琴老师猥亵她。我作为男友，自然要质问那个人，为什么她肯定纪周彤是诬陷。她便告诉我，说当年纪周彤家的窗外草坪上留有男子的鞋印，还有一个打火机。”

“你怀疑是我给你打的电话？”叶见春静静地看着他，“我没有。”

叶怀章笑了：“我当然知道不是你。我认得出你的声音。就算有变声器，说话的语调也不对。那个人应该是你的同伴吧？”

叶见春默然不语，心跳得有些快。

“你来到周家当家教，应该是为了接近纪周彤，也就是周海燕，对不对？”

“你凭什么这么说呢？”

“因为你那次很突兀地问起我的鞋码，而且我给了你我的私人电话号码。”

“叶先生你想多了，我那天问鞋码没什么特别含义。”

“如果我告诉你，我有你想知道的东西，你是不是愿意说出你接近纪周彤的真实原因？”

叶见春沉默片刻：“什么东西？”

叶怀章笑了笑：“我其实对当年的真相不感兴趣，我只是听说纪周彤可能有个初恋男友，心里有些不舒服。因为她一直说我是她的初恋，我想知道她究竟有没有对我说谎。我也不希望我三十多岁却被一个小女孩儿骗，这就很伤自尊了。”

“然后呢？”

"纪周彤有个闺蜜叫沈倩倩，从外地回来，我去找了她。沈倩倩一开始并不肯说。后来我给了她一些好处。她告诉我，纪周彤的确是有个初恋男友，一直瞒着家人。钢琴老师有没有猥亵她，沈倩倩不清楚，因为她不在场。但是纪周彤对她说是猥亵，她选择相信纪周彤，因为纪周彤是她好友，应该不会骗她。"

叶见春气道："纪周彤在说谎！"

"现在你可以说说你接近纪周彤的目的吗？我很好奇。"

叶见春平复了一下情绪，说："当年给纪周彤当家教的那位老师，也是我的钢琴老师，我从三岁起就跟着他学琴。他是个品德高尚的老人，退休金都拿去资助失学女生。我无法容忍我的老师被人泼脏水，不明不白地死掉，我就想让纪周彤说出真相，替老师恢复名誉。"

"你为什么那么相信那位老师是无辜的？"

"因为江老师在我们面前从来没有过任何过分的言语和举动，不仅仅是我们，他对所有资助过的女学生，都没有过任何不恰当的举止。"

"你有没有想过一个问题？他没有猥亵过你和那些人，不代表没有猥亵过纪周彤。"

"我知道很多人都是这样的想法，认为人非圣贤，孰能无过，说不定哪天鬼迷心窍就做了下作的事。可是我相信老师绝对不会做出那样的事，因为我很小的时候就跟着老师学琴，他的人品怎么样，我很清楚。"

叶怀章叹了口气："叶老师，我劝你一句，知人知面不知心。他在你面前是个令人尊敬的长者，并不代表他私下就是这样的人。他没有猥亵过你，不代表他对纪周彤没有动过歪心思。人一时鬼迷心窍，做出糊涂事，都是有可能的。"

"不可能！"叶见春无比笃定地打断他，"给你打电话的那个人，也是江老师资助过的学生，她寒暑假都住在江老师家里，江老师从未对她有过任何越界的举动。如果江老师真是人品不堪，为什么放着那么便利的条件不动手，非要冒着风险，在纪周彤的家里做那种事？还有一个更重要的原因，江老师是因为外孙出了事急需钱才去当家教增加收入，他就算再鬼迷心窍也不会做那样的事！”

“你分析得也很有道理，但这件事的真相只有他和纪周彤知道。纪周彤一口咬定他猥亵了，谁又能证明他没有呢？”

“她的男友可以证明。从江老师提前结束授课，到周海燕的母亲回家，中间有半小时的空当，如果在这半小时里，她男友和她在一起，就说明一切都不成立。”

叶怀章问：“所以她当时是不想被父母发现她早恋有男朋友，慌乱中就诬陷是钢琴老师对她动手动脚，导致她衣衫不整。”

“对，所以她男友肯说出那天的情况，也一样可以证明江老师的清白。你能不能问问沈倩倩，纪周彤的男友是谁？”

叶怀章迟疑道：“不知道沈倩倩肯不肯说。”

“请你一定帮帮我好吗？”

望着叶见春殷切的眼睛，叶怀章竟然一时难以拒绝，鬼使神差地答了声好。

Chapter 13

第十三章

雪崩时，没有一片雪花是无辜的

纪周彤站在二楼的玻璃窗前，看见封粟的车子缓缓过来，心里除了兴奋期待，还有莫名的紧张。

停好车子，他没有立刻上来，而是站在车边打了个电话。挺括有型的风衣尤其衬他，让他潇洒中带着拒人千里的高冷味道。不知和谁通话，他貌似心情很好，唇角微微翘起。

纪周彤暗暗期盼他转头朝着展厅看过来，这样就能看见二楼落地窗前的她。她今天出门前很用心地打扮了一番，连纪红梅都夸了她几句，只是她并不知道她今天出来不是和叶怀章约会。

可惜的是，通话结束，封粟把手机放进口袋，转头看向大门入口。自始至终，他都没冲她这边看一眼。

不多时，晏随之的车子到了，和他一起下车的还有一位中年人。封粟原来等的是他们。三人一起上了楼。

纪周彤从落地窗前转过身，笑盈盈地迎了上去。

晏随之眼里闪过惊艳的光，还夸张地“哇”了一声：“没想到纪小姐比我们还早到，我都习惯了美女迟到。”

纪周彤嫣然一笑：“不能让你们等我啊。”

封粟对晏随之道：“你看小纪多守时，哪像你，年纪轻轻的，行动迟缓。”

“我今天实在冤枉，我是去接苏老师才迟到了五分钟。”

“这是我公司同事小纪，这位是A大的苏老师。”封粟简单介绍了一下，四人一起进了展厅。

这次画展就是为了凸显真人画作和人工智能画作的对比，两部分画作各占半壁江山。

纪周彤也很好奇人工智能画作究竟和真人画作有何区别，但是凭着她的观感，还真是分辨不出来。

封粟一开始就摆明了自己是外行，而且对油画一窍不通，看了一会儿就请苏老师领他去见A大人工智能研究院的许博教授。

于是，晏随之便带着纪周彤继续逛。

纪周彤见封粟不在，略微有点儿失望，好在晏随之言语风趣，又是业内人士，一路上妙语连珠，逗得纪周彤笑容不断。

她记得前几天晏随之说过，这次画展会有倪梦蝶的画。她留意去看，果然发现了他的几幅作品，右下角的签名她非常眼熟，既像是躺倒的数字8，又像是一只蝴蝶，和她家里的那几幅画上的一样。

晏随之看到她盯着这画看，便问："你喜欢倪梦蝶的画？"

"我们家有他几幅画，老早以前买的。那会儿他还在花鸟市场卖画。"

晏随之"哟"了一声："你家运气不错，现在卖能大赚一笔。不过我建议你继续拿着，他的画升值得很快。"

"是吗？"

"我和他一起吃过饭，人很有趣，说话很搞笑。他谈起以前在花鸟市场开工作室的时候，说有人买了他的画又跑去退货，还指着他骂，老子买你的画，你还骂老子。因为他签名签了个NMD，就是他姓名首字拼音的缩写。"

纪周彤"扑哧"笑了。

晏随之笑道："缩写成MD吧也不合适，写汉字他嫌麻烦，就索性弄成现在这样的签名，那会儿他哪想到后来会红啊。"

纪周彤附和："是啊，画家、作家一夜成名这种事常见。穷困潦倒，死后才成名的也多得是。他还好，有生之年，还是熬出来了。"

"对，运气来了挡不住，他红起来也是因为被一位油画大师赏识，带着他参加了几次比赛，又上了几次拍卖会，他的身价一下就上去了。他现在的工作室在一千平方米的湖景房里，就在兰湖边上，有机会我带你过去看看。”

说着，晏随之翻出手机相册：“你看，这是我上次和老板一起去他工作室拍的照片。”

相册里还有晏随之和倪梦蝶的合影。

纪周彤灵机一闪：“对了，如果我有几幅他的画，能不能在你们拍卖行拍卖？”

晏随之一口答应：“没问题。他现在经济条件好了，反而创作得少了，以前的画也很抢手，我尽量给你拍出高价。”

纪周彤知道父母这两天正在为黄伟那几幅画头疼，眼睁睁看着一百万就在手边却拿不到，别说纪红梅难受，纪周彤也心痒难耐。现在有了晏随之给他们托底，还怕什么呢？她立刻给纪红梅发了个微信。

“黄伟的画你放心去买，就算陈一凡临时变卦不要也没关系，拿去拍卖，价格会比卖给陈一凡更高。我这边有个很可靠的朋友，就是拍卖行的。”

纪红梅这两天一直在和黄伟磨嘴皮子，想要只付一部分预付款先把画买了。黄伟一口咬死了绝对不行，因为周勇明骗他在先，他担心第二次上当受骗。

纪红梅收到纪周彤的微信，终于下定决心，让周勇明从一家贷款公司高息借了一百万去找黄伟。黄伟倒也爽快，一手交钱一手交货，拿到钱了还不忘嘲笑周勇明：“我说老周，你那会儿要是听我的话，多买一些，现在不美死了。”

周勇明干笑不语，小心翼翼地带着那几幅画去找陈一凡。

陈一凡打开那几幅画粗略看了看，喜滋滋道：“我看这九成九是真品，你稍等，我去叫莫先生来鉴定一下。”

周勇明和纪红梅就在房间里等。

一晃过去两个小时，陈一凡还没回来，周勇明忍不住打电话催他。

这电话一打过去却是关机。

纪红梅是个急性子，每隔十分钟打一次，一直关机。

周勇明心里有点儿焦虑，总觉得不踏实，可是再看陈一凡的房间，东西也没收拾，衣服洗漱用品都在，又稍微安了心。

这一晚上，纪红梅都没睡着觉，第二天一大早，继续打电话，还是关机。

周勇明急了，怀疑陈一凡是不是出了什么意外。

纪红梅比他想得更糟糕："陈一凡不会是个骗子吧。"

周勇明反问她："骗子都是从别人手里骗钱，可没见从口袋里掏钱送人的。他买了我们三幅画，实打实地付了几十万。会不会是出了车祸，或者是被人绑架了？我们要不要报警？"

纪红梅道："他要真的有事，也是家人报警，我们报什么警？再说也是你猜测，又没有证据，别瞎找事了。"

陈一凡就像是从人间消失了一般，电话永远是关机。纪红梅坐不住了，赶紧让纪周彤去找晏随之，把八幅画拍卖掉，不再等陈一凡。

纪周彤也没想到事情会走到这一步，总觉得哪里不对，可是又想不出来陈一凡有什么理由要坑他们，除非是他自己突然出了什么问题。

晏随之的拍卖行很快给了结论，那八幅画不是倪梦蝶的作品，签名是后来补上去的。

纪周彤听到这个消息，两眼一黑差点儿没昏过去，急忙给纪红梅打电话告知这个消息。

纪红梅当即就在电话里炸开了："不可能吧，怎么不是倪梦蝶的作品，你爸和黄伟一起买的。"

"鉴定过的的确确不是，你们赶紧去找黄伟。"

纪红梅放下手机，拽着周勇明就直奔黄伟的咖啡馆，咖啡馆大门紧闭，挂在门口的转让牌子也不见了。

纪红梅出了一身冷汗，催着周勇明赶紧给黄伟打电话。果不其然，电话关机。

纪红梅站在街边，气得瑟瑟发抖："这个王八蛋居然卖假画给我们，骗了我们一百多万。”

周勇明也是又急又气，咬牙道：“我找到他非杀了他不可。”

“他家在哪儿你知道吗？”

“知道，可是他离婚后，把房子给前妻了，现在住哪儿我也不知道。”

“有没有别的朋友认识他？快打电话问问。”

周勇明急巴巴地拨打了几个电话，通过认识的朋友去找黄伟，都是一个结果，黄伟联系不上，微信不回，电话关机。

纪红梅突然尖叫一声：“我明白了，是黄伟做局坑我们！陈一凡就是黄伟的托儿！”

周勇明脑子一蒙，瞬间也反应过来，除了这个解释，他实在想不到别的两人同时失联的原因。

“我们得报警。”

“告他们诈骗？可是黄伟没有强买强卖，是我们主动上门求着他把东西卖给我们的，恐怕报警也没用吧。”

纪红梅恨得咬牙切齿：“那怎么办，我们不能吃了这哑巴亏！得让他把钱吐出来！”

周勇明道：“你别急，我们去找他前妻。他因为小三和前妻离婚，前妻恨他恨得要死。说不定前妻知道他在哪儿。”

纪红梅立刻提了一万块现金，和周勇明去找黄伟的前妻。

还真是如他们所愿，黄伟的前妻看到一万块钱，痛痛快快地把黄伟现在的住址给了周勇明。

周勇明叫上酒店里的两个保安，马不停蹄地赶过去，因担心黄伟家门口有摄像头，他很明智地没有上门，而是在楼下蹲守。

天黑之后，黄伟下楼倒垃圾，周勇明带着两个保安扑过去，直接把他按在地上。

周勇明蹲了一天，又累又气，恶意上涌，先是狠狠抽了黄伟几个耳光，咬牙切齿地问：“你是不是和陈一凡下套坑我？”

“陈一凡是谁？”

“你还嘴硬，那些画都是假的！你敢骗老子的钱。”

“没有，我没有骗你钱，那些都是真画！”

“放屁，老子拿去拍卖行鉴定过，都是假画。”

“胡扯，你放屁，那些画都是真的，老子当年和你一起买的，你不知道吗？”

“你心里没鬼，为什么关机躲起来？你还不承认诈骗，把老子的钱吐出来！”

周勇明越想越气，冲着黄伟一顿拳打脚踢。

黄伟也是个硬骨头，被打得嗷嗷直叫破口大骂，死活不承认画是假的，一口咬定就是倪梦蝶的画。

周勇明原本想着，找到黄伟暴打一顿让他把钱吐出来。可没想到他在楼下挨打，他老婆在楼上报了警。警察很快过来，把几个人都带进了派出所。

在派出所录完口供，警察告诉周勇明，黄伟已经去住院，现在要等验伤报告出来。如果验伤报告达到轻伤的标准，那就要追究他的刑事责任了。

周勇明没想到事情这么严重，明明自己被坑，现在黄伟却成了受害者。他怎么想都咽不下这口气，回家之后，就让纪红梅去找律师，要反告黄伟诈骗。

家里这一番乌烟瘴气弄得纪周彤心情也很糟糕，午餐时纪周彤碰见李文静，忽然想到她说过自己是学法律的，便去咨询她的意见。李文静听完前因后果，表情很凝重。

“黄伟已经住院，说明你爸下手不轻，我看这事有点儿棘手。如果黄伟是轻微伤倒还好说，如果验伤报告出来，达到轻伤以上，就构成故意伤害罪。虽然你爸是因为被黄伟骗而动手打人，但司法机关不会因为黄伟诈骗在先就不追究你爸的法律责任，毕竟你爸打伤了人。”

纪周彤心里一沉，她爸以前做过厨师，力气很大，这次去找黄伟还带了两个人，三人一起动手，黄伟的伤势肯定不会轻。

“趁着验伤报告还没出来，你们最好去找他谈和解，赔礼道歉，再赔点儿钱，拿到他的谅解书。”

"我们还要给他赔礼道歉，赔钱？"

"很委屈是不是？"李文静无奈地笑了笑，"这个时候硬气可不明智，因为黄伟究竟是不是涉嫌诈骗还不好说，但是你爸故意伤害已经是既成事实。你这个时候告黄伟诈骗，不一定能告赢，反而会激怒他，他肯定不会给你爸出谅解书。达不成和解，那你爸肯定要被判刑坐牢。"

纪周彤慌了神："那你觉得赔多少钱他才会答应？"

"这个赔偿没有标准，就看你们怎么谈了。"李文静轻轻拍了拍她的肩膀，"钱财是身外之物，人是最重要的。如果你爸有了刑事案底，对你也有影响。你未来的婆家，会不会介意？"

纪周彤心里一沉，她暂时还没想到这一层。

即便她和叶怀章没结果，和封粟还没开始，可是有一点她很肯定，她将来要嫁的一定不会是平头百姓、小市民。如果结婚不能提升阶层，她宁可单身。非富即贵的家庭一定会看重她的家庭背景，所以无论如何，她不能让周勇明成为她的污点。本来就是一对俗气没素质的父母，再有了案底，她将来在婆家真是没法儿抬头了。

她回去之后便径直告诉纪红梅和周勇明，告黄伟诈骗不明智，尽快去赔礼道歉，谈赔偿和解。

周勇明听完理由，气得咬牙："难怪那天我打他，他一点儿都不反抗，他是存心要被我打伤，好让我没法儿去告他诈骗。"

纪周彤叹气："现在说这些有什么用啊，想着怎么凑钱吧。黄伟肯定不会轻易答应和解，没有个几十万，别想让他出谅解书。"

纪红梅急道："现在我们哪还有钱？买画的钱还是找财务公司借的！"

"那现在怎么办？我们总不能卖房子吧？"

纪红梅为难地叹了口气："疫情期间，你爸提了好几次，要找叶公子借钱周转一下，我每次都一口拒绝，不想让你以后在婆家被人看不起。可是现在到了这个时候，不找叶公子帮忙也不行了。咱们总不能眼睁睁看着你爸去坐牢吧？"

纪周彤苦笑："他不可能帮。我和他也就只差有个人先说'分手'两个字了。”

纪红梅吃了一惊：“分手？怎么回事？他不是要和你结婚吗？”

纪周彤冷笑：“结婚是没影儿的事。以前我还抱着希望，现在彻底没戏了，他另有新欢，不可能和我结婚。”

纪红梅本来还想着叶公子是最后一根稻草，没想到会是这个结果，气得两眼发黑，破口大骂：“这个狗男人，老娘去找他算账！老娘不能让他这么欺负你！他不让你好过我也不让他好过！”

纪周彤看着自己老妈撒泼骂街，心情很复杂。她一方面嫌弃纪红梅没文化，粗鄙虚荣，但另一方面，每次她遇到麻烦，这个上不了台面的妈，却总能替她出头，不分青红皂白地护着她。

“你不能白白耗费三年青春！分手费至少也得找他要一百万。刚好咱们家现在正缺钱，必须得找他要！”

放在以前，别说一百万，就是一万，纪周彤也绝对不肯向叶怀章开口。因为她打算嫁给叶怀章，所以绝对不能让叶怀章以为她贪财，看中他的钱。可是现在不一样了，叶怀章和她的关系已经名存实亡，大家都心知肚明。既然如此，不如要一笔分手费，总不能白白浪费三年青春。

是啊，不能就这么白白耗费三年的时光和感情。得拿着把柄，让他理亏，她才能开口提钱。

纪周彤看着手机里保存的那几张照片，心里浮起了一个念头。

叶见春一到公司就被李萌叫去了办公室，说纪红梅要退费，周小鸥的钢琴课不上了。

叶见春忙问：“她是不是对我不满意？”其实她心里的第一反应是纪红梅是不是发现了她去给周小鸥上课的真正目的。

李萌撇撇嘴：“她说你教得不怎么样，周小鸥没进步。我心想这不对啊，你教课一向口碑很好，从来没有学生家长说你教得不好。而且你去周家好几个月了，嫌你不好的话，也不应该等到今天才说出来啊。所以我心里压根儿没信她的话，但毕竟她是客户，咱也不好得罪她。我就委婉地说：‘叶老师教得不好那咱们换一个老师，艺涵音乐老师蛮多的，重新让老师去您家试课，您再选一个满意的。’你猜她怎么说？”

“怎么说？”

“她说：‘不用了，一个老师不行说明整体水平都不怎么样。’你说可笑不可笑？那么多老师，连试都不试就全盘否定。”

叶见春暗暗松了口气，看来不是自己的原因。

“她就是借口你教得不好，想要退费。你别放心里，我知道你的水平。”李萌笑吟吟地拍着她的肩膀宽慰了几句，让她把周小鸥剩余的课时算一下，好给周家退费。

周家是不是出了什么事？否则一向对周小鸥的教育很上心的纪红梅不至于中途要退费。该不会是全家又要搬迁离开A市吧？

叶见春和李苔好不容易才找到改名换姓的纪周彤，没有洗清江老师的污名，绝对不能让纪周彤再次消失。

叶见春一下班就急匆匆直奔周家。

保姆不住家，每天做完晚饭就会离开。

她守在大门口，等到七点多一点儿，果然碰见保姆一脸不悦地从周家出来，说自己被辞退了。

叶见春忙问：“他们是要搬家离开这里吗？”

“不是，是家里出了事。”保姆把周勇明打人的事说了一遍，说纪红梅去找人谈和解，人家开口就是一百万，否则就走司法程序，让周勇明去坐牢。

“所以他们家现在焦头烂额的，能省则省，不光是钢琴课，课外辅导班全都不上了，全都要退费。”保姆吐槽，“抠得要死啦，这个月只差几天，她都不肯给我结一个月的工资，非按天结算。”

叶见春暗暗松口气，原来不是要搬走，那就好。

和保姆聊完，叶见春正准备回去，一转身就愣住了。

纪周彤提着包，从一辆小轿车上下来，开车送她回来的竟然是李文静。

“麻烦李姐了。”

“这点儿小事客气什么，我也是顺路。”李文静抱歉地笑了笑，“别想太多，车到山前必有路。我这刚刚买了房子，要不然我也能帮你一点儿。”

“谢谢李姐，你赶紧回家休息吧。”

纪周彤走到台阶上，突然见到从树后面走出来的叶见春，愣了下：“你怎么在这儿？”

“小鸥要退费，我来确认下课时。纪小姐，刚刚送你回来的那个姐姐，是你同事吗？”

纪周彤说：“对，我同事，你认识？”

叶见春甚至没有回答她的问题，转身疾步下了台阶。如果她不是偶然碰见李文静，她可能永远不知道，纪周彤在封粟的公司里上班。她对封粟的无限信任，换来的居然是隐瞒和欺骗。

她气得发抖，几乎等不及走出街口就立刻拨电话给封粟，问：“你在哪儿？”

“我在公司，怎么了？”

她努力压着火气让自己不至于当场在电话里爆发，说：“我有事要和你谈谈。”

“那我去你家吧，我大约一个小时后到。”

叶见春收了手机，坐上公交车，心里火气烧得脑子都快要炸开。下了车，她没有上楼，就坐在小区外的花坛边等着，顺便让自己吹吹凉风，尽量冷静。

不多时，封粟的车子停在路边，她看着他下了车，看着他走到自己面前。

隔了一个小时，她依旧无法平息火气，腾地站起来，开门见山问：“你认识纪周彤吗？”

封粟仿佛早就知道会有这么一刻，神色平静而镇定，只是沉默片刻，说：“认识。”

“你是不是早就知道她是周海燕？”

“对。”

原来一切他都知道。

叶见春气到极致，反而笑了。

“很好，谢谢你说了实话，我还以为你会继续骗我。”

“对不起。”封粟顿了顿，“确切地说，我没有骗你，只是没告诉你而已。”

“这有区别吗？！”叶见春憋了一路的怒火突然爆发，她把手里的纸袋朝着他狠狠砸过去，“你还说你没有骗我？你让我算了！你说这件事不要再提！如果我不是今天偶然看见你同事送她，我还一直被蒙在鼓里。你把我当傻子一样耍很好玩吗？”

封粟没有闪躲，一动不动，任由纸袋狠狠抽到胳膊上，直到纸袋破了，一本乐谱从里面掉下来。

叶见春打累了，喘着气，狠狠瞪着他。

封粟弯腰捡起掉在地上的乐谱，轻轻掸了掸上面的灰，放进破的纸袋里。

“我不是耍你。当我知道时隔十年，你还想着替外公洗清冤屈，我很感动，也很高兴。我让你算了，是不想让你掺和进来，我觉得你放弃好好的工作，来做这件事很可惜。”

“掺和？可惜？”叶见春气红了眼睛，“当我被父母认为是蠢货废物而自暴自弃的时候，是江老师给我指了一条路，告诉我未来可期，不要放弃。他帮的不仅仅是我，还有李苔，还有很多人，我们为他做的这一点点事，不是掺和，不是胡闹，是我们必须要做，不做一辈子都不能心安的事情，你懂吗？！”

封粟柔声道：“我明白。但是替外公报仇的事，我一个人就够了。”

“为什么？”叶见春用很受伤的眼神看着他，“你为什么要这样？”

“因为你不会认可我要做的事，而我也不想让你阻拦我。我不想我们之间为此产生分歧。”

“你怎么知道我不会认可你要做的事？”

封粟定定地看着她：“因为我很了解你是一个什么样的人。你心善又心软，只想寻求真相，恢复外公的名誉。而我是要让他们付出代价，得到应有的惩罚。我们道不同不相为谋。”

“他们？”叶见春愣了下，“你指的都是谁？”

“所有牵扯到这件事的人。借用一句话，‘雪崩时，没有一片雪花是无辜的。’如果我爸没有卷钱跑路，章晓阳也就不会和我结仇；如果章家没索要巨额赔偿，我外公也不会去当家教，自然也不会被周海燕诬陷；如果周海燕的父母没有动手打人上门欺辱，我外公也不会心梗去世。”

是的，这一连串的因果，导致了江一峰的去世。

可是，这因果之中，他还漏了一个人，就是她。

如果她忍气吞声不和章晓阳起争执，封粟没有打那一拳，也就没有后来的事。这么算的话，她才是间接导致江老师去世的那个人。

这个结论像一把刀一样，在她心口剜出一个空洞，风灌进去，隐隐作痛。

“这么说的话，你还漏掉了一个人。”

封粟摇头：“和你没有关系，即便是一个我不认识的女孩，碰见她被人欺负，我也无法视而不见。外公从小对我的教育，也包括路见不平出手相助。我从没后悔过打章晓阳那一拳，我只是感到不公。”他皱起眉头，“明明是他先动手推你，可我要去给他赔礼道歉，我受到法律制裁，章晓阳反而拿了一大笔赔偿逍遥快活。所以，我想讨回一个公道，不仅仅是为外公，也为我自己。”

“你想怎么讨回公道？”叶见春莫名感到不安，下意识道，“你不要冲动，你答应过外公不能做违法的事。”

“你放心，现在是法治社会，我一定会做个遵纪守法的人，而且我有生之年都不会再去触犯法律。”封粟冷声道，“但是他们会因为触犯法律而受到法律的制裁。”

“法律的制裁？这件事过去这么多年……”

“你误会了，我说的并不是因为外公的事而接受法律制裁。江山易改，本性难移，他们犯过的错，一定会重新再犯，但是这一次，他们一定不会安然无事。”

重新再犯？

叶见春突然反应过来：“所以，周勇明打人，是和你有关？”

“是和我有关。但是，是他亲自动手打人，不是我握着他的拳头动的手。一切都是他咎由自取。当年他动手打人，外公报警只是想要自证清白，没有追究他的法律责任。十年前他逃脱了法律制裁，但是这一次就难了。”

“那周海燕呢？你让她进公司也是你设计好的吗？”

封粟嘲讽地勾勾下唇角：“不然你以为我为什么要招聘她进海音科技呢？她的资历和能力，哪一点配得上‘海音科技’这四个字？”

“你打算也让她坐牢吗？”

“如果她肯澄清事实，我会放过她，只让她去告发我爸职务侵占。”

“职务侵占？所以，你给你爸开公司是在给他下圈套？”

“对。我知道他的德行。他这辈子只爱两样东西，就是他自己和钱。”封粟的声音冷厉而充满讥讽，“他现在甚至比年轻的时候更贪婪，更无耻。当一个公司放在他手里的时候，他一定会忍不住从公司拿钱，所以他的最终结局，就是以职务侵占罪坐牢。那是他余生最好的结局。”

叶见春怔怔地看着他，这才是她认识的那个江练。

嫉恶如仇，恩怨分明。

他对他父亲的恨意没有消散。

她只是没想到，他爸才是封粟最恨的人，这恨意远超过周海燕和她的家人。

“他毕竟是你爸。”叶见春欲言又止，如鲠在喉。

封粟知道她心里想什么。

“如果你知道他对我和我妈做过什么，你就不会觉得我做得过分。”

叶见春看着封粟充满恨意的脸，无法开口去问他爸到底做过什么，也无从反驳他的话，心里像是飘荡着一根绳索，左右摇摆。

“封粟，你知道吗，在我大学入学的那一个月里，我交完学费，身无分文，晚上我坐在操场上，为第二天的饭钱犯愁，那一刻我想到这么多年来父母给我的痛苦，还有那些压抑得想要跳楼的日子，我真的很恨他们。可是后来当我自食其力，当我还清了欠他们的那些所谓养育之债，我突然间就释怀了。”她吐了口气，“亲人之间的恨，和外人之间的恨不一样。那种恨可能痛彻心扉，可能恨之入骨，却也可能在一瞬间就消失。那天，在饭店里突然见到他们，我心里并没有恨，只是很难过。我们明明是血脉相连的一家人，为什么会这样？”

“是啊，明明是血脉相连的一家人，为什么会那么狠毒绝情？我也想不通。”

“我希望你三思而后行，不要在多年之后，为今天做的这一切而后悔。”

“你说得很对，报仇这件事最可怕的就是后悔。”封粟很动容地看着她，“可能会在未来的某一天，突然心软，突然后悔，然后余生都陷在自责和悔恨里。”

叶见春轻声道：“对，所以我不想你余生后悔。”

“我外公这辈子最后悔的事，就是和我妈断绝父女关系，对她在简城发生的一切都不闻不问。我妈死后，他一直都无法原谅自己。他在我面前强颜欢笑，可是背后有多痛苦，我都知道。我用了十年的时间去想这个问题，得到的唯一答案，就是我不会后悔。

“所以这也是我不想让你知道这一切的原因。你不是我，你没有进过看守所，你没有心怀愤懑，经历绝望，你没有经历这世上最重要的亲人因为自己而死掉的痛苦。所以你不会理解我的所作所为，你只会觉得我狭隘偏激，内心阴暗，做得太过分。但是，你忽略了一件事。”封粟看着远处亮起的灯，冷冷道，“这份迟到的惩罚，与其说是我给的，不如说是他们自己给的。手长在他们自己身上，我没有强迫任何人去做违法的事情。如果周勇明不贪婪，不动手打人，他就不会有事。如果我爸不贪婪，不侵占财物，他就不会有牢狱之灾。他们怎么做，都由他们去选择。”

“善有善报，恶有恶报。我相信，坏人会得到应有的惩罚，只是时间的早晚。”叶见春忍不住握住了他的手腕，语气微弱地问，“你可不可以……

不要去做。”

“让上天去惩罚吗？”封粟抽出手，插进风衣的口袋中，“我早就知道你会这样。所以我打算在一切结束之后再去找你。那时，你只知道我外公恢复了名誉，知道那些人都犯了罪。你会想，真是老天开眼，恶有恶报。但是你并不知道是我，给他们送来了一份迟到十年的惩罚。我错过你二十三岁的生日，没关系，你还有二十六岁、二十七岁，如果你愿意，我可以送你一百零七岁的蛋糕。我们……来日方长，重逢可期。”

封粟低头无奈地笑了笑：“可命运偏偏让我们就在此时重逢。”

让她知道这些，让她审判他的对错。

这是上天对他的审判，也很公平。

封粟转身打开车门。

车子消失在夜色中。

Chapter 14

第十四章 故地重游解心结

手机就在这个时候响起来，是叶怀章打来的电话。他说他抽空找沈倩倩吃了一顿饭，终于问出纪周彤初恋男友的名字。

叶见春听着他说出那个名字，像是被什么东西打中了头，大脑嗡地一下，几乎停止思考。

叶怀章见她没有任何动静，问了句："怎么了？你认识？"

叶见春回过神，轻轻苦笑："对，认识。"

"他现在还在简城，开了一家名叫晨曦的商务宾馆。"叶怀章的语气带着不屑和嘲讽，"还真不愧是初恋，两家做的生意都差不多，倒是挺般配的一对。"

叶见春心神不定地道了谢，挂完电话，呆了半晌才接受这个让人觉得匪夷所思的事实。

那个人是章晓阳。

她不知该如何形容此刻的心情。这世界真是小，为什么偏偏是他？新仇旧怨叠加在一起，他怎么可能会替江老师辩白？

她给李苔发了一个微信。

李苔的惊讶程度不亚于她，紧接着和她产生同样的担忧。不管是她，还是封粟去找章晓阳，恐怕他都不会站在公正的立场上说出真相。

叶见春很沮丧："换成任何一个人，我都不会觉得那么困难。可偏偏是他。"

李苔也很气："对啊，怎么偏偏是他。"

叶见春很快就打起精神："不管怎么样，我还是要去试试。他和周海燕早就分手了，也许江老师去世后，他心里也一直觉得很过意不去呢？"

"那他早就该把真相说出来了，简城也不至于现在还有很多关于江老师的不堪谣言。"

叶见春苦笑。是啊，如果真的良心发现，如果真觉得过意不去，那他早就应该出面澄清一下。

考虑到封粟此刻应该在开车，等到晚上九点钟她才给他打电话。

"你知道周海燕的男朋友是谁吗？"

封粟波澜不惊地回了两个字："知道。"

叶见春吃惊道："你居然知道？"

"对。"封粟语气平静，"所以你告诉我草坪上的脚印和打火机，我一点儿都不激动，因为我知道，找章晓阳根本没用，他不可能替我外公说话。"

叶见春不死心地道："你和他之间的矛盾已经过了十年，他和周海燕也早已经分手，也许他现在有所改变呢？"

"我记得我曾经对你说过，人都是会变的，可是你反驳我，说一块铁不管被锤打成钉子还是刀，本质不会变，还是一块铁。有些人永远都不会悔改，也不会心怀愧疚。"

"那总是要试试吧，我要回一趟简城去找他。"

封粟沉默片刻，说："周六我陪你一起回去。"

叶见春惊讶，"你也回去？"

封粟说："对。"

纪周彤心神恍惚地填着报表，脑子里一直闪着她昨天晚上见到的画面。

她抱着捉奸的念头去跟踪叶怀章，想当面逮住他和那个女人幽会，这样分手可以占据绝对主动权，而且也有理由让他赔偿自己的精神损失费。但她万万没想到，她竟然看见沈倩倩和叶怀章一起吃饭！

当时她震惊到不敢相信自己的眼睛。

好在她很熟悉沈倩倩的身材，可以肯定她绝对不是那张照片上的女人，而且，两人吃饭时完全没有暧昧的气氛。沈倩倩很拘谨，叶怀章也难得是一本正经的样子。饭后，两人分道扬镳，叶怀章甚至没有送沈倩倩。所以她才没有打草惊蛇，打算今天晚上继续跟踪叶怀章。

终于熬到下班时间，她正准备离开公司，突然李文静在电梯口叫住了她。

“小纪，封总让你去他办公室一趟。”

纪周彤马上答了声“好”，上楼的时候忍不住猜测，封粟突然找她是什么事？难道她马上要去他爸那边的公司上班了？

敲开房门，室内光线强烈，她下意识地眯起眼睛。

霞光透过玻璃墙，毫无遮挡地照进房间。

封粟坐在办公桌后，像是一尊清冷俊朗的雕塑，被光影勾勒出的形象让她有一种虚幻的错觉。

“坐吧。”他指了指沙发，面孔一如既往地冷清，浓黑的眉下是深不可测的永远都看不透情绪的一双眼睛，“我听李经理说，你家里出了事？”

纪周彤神色楚楚地点了下头，心中暗喜，因为他居然关心她的家事。

“我在十年前也经历了和你爸差不多的一件事。”

纪周彤做出洗耳恭听的表情。

封粟看着电脑屏幕，神色淡漠地叉着手指：“那天突然下了雪，住在我家隔壁的女孩儿独自一人去看电影。我担心她生病，去给她送伞。走到街口，正好看见一个人对她动粗，把她推倒在地。我当时年轻气盛，法律意识淡薄，上前一拳打到那人的鼻子上，把他打成轻伤二级。因为我是未成年人，警方一直积极调解，可是对方开口就要一百万才肯和解，否则就要告我故意伤害。

“外公不想我被判刑，更担心留下刑事案底影响我以后的前途，苦苦哀求对方，但他们就是不肯和解，直到我被关进看守所，他们才松口只要六十万。最终，外公给了他们六十万，才拿到谅解书。”

封粟轻描淡写地说着，纪周彤的脸色却渐渐变白，心里疯狂叫嚣着不可能，这不可能。

“你有没有觉得我的这个故事很耳熟？”

封粟把视线从电脑屏幕上转过来，冷冷地扫过她的脸。

一股刺骨的寒气从她的肌肤上拂过，进而渗透到骨头里。纪周彤感觉自己失去了发声的功能。

“章晓阳有没有给你讲过这件事？”

最后的一丝幻想被彻底打破。似乎有一座山骤然压下来，她原本保持着优雅的坐姿，此刻像是被抽走了筋骨，心口开始不停地抽搐。

她脸色苍白地看着封粟，半晌才问出一句足以让她崩溃的话。

“你是不是早就知道我是谁？”

“我当然知道，不然你以为我为什么要招你进公司？”封粟冷冷道，“你们欠的账该还了。”

纪周彤忽然间明白了什么，不确定地问：“我爸买画那件事是你设计的？你是想要报复我爸？”

“对。”封粟平静漠然地看着窗外，“其实这个局一点儿都不高明，只是对付你父母这样的人足够了。如果你父母不贪，陈一凡买走三幅画，他们就白捡几十万。可他们还惦记着骗朋友的钱，于是黄伟就布了一张网等他们。”

纪周彤不死心：“如果黄伟不肯和解，那我就告他诈骗。”

封粟冷冷一笑：“那你可能要失望了。黄伟不存在诈骗。那些画的的确确就是真画，只不过倪梦蝶这个人，根本不是知名画家，他这个知名画家的头衔是晏随之人为制造出来的，他依旧是一个普普通通的没有名气的画手，他的画依旧很便宜，没有收藏价值。”

纪周彤绝望地反应过来，原来晏随之也是局中一环。她以为他既是叶怀章的朋友，又是封粟的朋友，一定很可靠，丝毫没有怀疑他会骗她。

“你、你打算让我爸坐牢？”

“他是否坐牢，不是我说了算，是要看黄伟的验伤报告。”

封粟很厌恶看她那张脸，目光再次投向窗外的落日：“当年周勇明打伤我外公，我外公宽宏大量，虽然被你诬陷，念他爱女心切，情有可原，只是报警自证清白，没有追究他的法律责任。这次可没那么简单，黄伟一定不会善罢甘休。”

纪周彤脸色苍白地看着他：“封总，你听我解释，当年是章晓阳让我诬陷你外公的，不是我……”

封粟打断她：“你现在终于肯承认你是诬陷的吗？”

纪周彤连忙辩解：“当时我一时情急，我不敢让我妈知道我在早恋，而且我特别讨厌弹琴。我就想随口说江老师猥亵我，我妈肯定就不会让我继续练琴了，可我没想到事情会发展到那一步。我并没有想让他死，我爸妈也不知道他有心脏病。”

“章晓阳让你那么说的？”封粟冷笑，“当时你妈突然提前回家，章晓阳慌不择路地跳窗跑了，居然还有机会教唆你怎么对你妈撒谎，是隔空传音教唆你的？”

纪周彤失去了强辩的勇气，低头咬着唇。那天事发突然，章晓阳跳窗之后，她慌慌张张地扣着上衣扣子，对纪红梅解释自己打算换衣服。纪红梅一个巴掌扇过去，说：“你嘴巴都被亲红了，头发乱成这个鬼样子，你当老娘是瞎子？你以为我说你要是早恋就打断你的腿是说着玩的？”眼看纪红梅拿了擀面杖过来，她情急之下，只能诬陷江一峰。

“对不起封总，我心里一直很过意不去……”

“那有人让你清明节回简城说明真相，你为何没有回去？”

“我、我……”纪周彤吭吭哧哧的，答不上来。

“你心里根本就没觉得愧疚，你家人也没觉得愧疚。我外公虽然是心梗去世，但诱因是什么，你们比谁都清楚。你父母以为搬个家、改个名就可以当一切都没发生过了吗？”封粟站起身来，“迟到十年的惩罚，一样都不会少。”

他慢慢道：“这只是开始。周海燕。”

周六这天，天气出奇地好。回简城的路上，树上的花次第盛开，一路繁花相送。

叶见春暗暗心想，这莫非是个好兆头？说不定一会儿找到章晓阳，会有一个很好的结果。

可惜，事实相反，当封粟开车到达简城，终于打听到晨曦宾馆的地址，周边的商户告诉两人，宾馆涉及色情服务被封，老板章晓阳被抓走好几天了。

叶见春被这当头一棒给打蒙了，目光转向封粟。

封粟并没有她那么惊讶意外，只是轻蔑地勾了勾唇角，仿佛早就知道似的。

叶见春见他这样，免不了多想，等上了车，她忍不住问："是你做的吗？"

封粟啼笑皆非地看着她："大姐你清醒一点儿！他经营违法生意，和我有什么关系？又不是我教唆的。如果他是个遵纪守法的生意人，我能栽赃他违法？我没有你想得那么手眼通天好不好！"

叶见春好奇："那你听见他被抓怎么一点儿都不意外？"

"我倒是很意外他现在才被抓。"

"什么意思？"

"他初中的时候就跟一些小混混走得近，高中没考上，职高也懒得去读，直接辍学了。"封粟顿了顿，"不走正道，早晚要出事。"

叶见春默不作声地看着他。

封粟挑了挑眉，面露不满："你这什么眼神？你还是不信我是吧？"

叶见春叹了口气："不是不信你，就觉得很泄气啊，大老远的白跑一趟。"

"不会白跑一趟。"

"什么意思？"

"中国人讲究说来都来了，既然来到简城，就当是故地重游吧。"

"故地重游啊？"叶见春左右看了看街道，"这个小城也没什么好玩的。对了，你上次说附近有个仙姑庙，好玩吗？"

“还行，就是略微有点儿远，开车过去一个多小时。”

“那算了，别耽误我们回去。”

“不急，晚上我们在这里住一晚。”

“住一晚？不行，我明天上午十点还有一节课。”

“不能请假？”

叶见春“喂”了一声：“你以为我是你吗？我可是打工人！周末是我们最忙的时候，周六厚着脸皮请一天假都是仗着老板爱我，怎么好意思请两天？”

封粟不容置疑地说：“明天一早就走，来得及。”

从简城到A市要三个小时车程，叶见春想疲劳驾驶也不好，于是也没反对。

封粟先在城里找了个酒店订了两间房，然后开车去了他们以前经常路过的小吃一条街。

当年他练拳的拳馆已经倒闭，叶见春常去的私人影院也关了门。唯有小吃一条街风风火火，十年后的今天还在。

两人就在小吃街上吃了一顿简单的午饭，然后开车前往城郊的仙姑庙。

春暖花开的季节，鸟语花香，四野如画。

车子沿着溪水河，一路向北，到了一个名叫仙姑乡的地方，河水越发清澈如镜，河面上架着一座古老的廊桥。

叶见春从车窗里看着周围画一样的风景，惊艳道：“这景色不错啊，很有古韵。”

“这景色在江南水乡很常见，有什么大惊小怪的。”

叶见春哼道：“你就当我孤陋寡闻，没见过世面好了。”

“那我以后带你去旅游。”

一句话让车里的气氛莫名变得暧昧。

叶见春唇角忍不住弯起来，还没想好怎么回答，他刚好来了个电话。

“封粟，车子选好了，我现在就在4S店里……”

封粟没等他说完，打断了他：“你明天下午两点钟以后再和我联系，我今天很忙。”

因为车内太过安静，叶见春很清楚地听见了对话内容。打电话来的人是封粟他爸。

真是贪得无厌，足够无耻，房子、公司还不够，他还要买豪车。不过让她想不通的一点是，封粟为什么要说明天下午两点钟以后再联系，他现在明明一点儿都不忙，和她在乡下闲逛。

恰逢周末，仙姑庙外面像个小集市，小街两侧卖各种纪念品，还有小吃摊、算卦摊，颇具乡土气息。

两人逛了一圈，叶见春发现卖同心锁的摊位最多。她好奇地拿起一把同心锁看了看，发现和封粟家楼上的那把锁几乎一模一样。

摊主一看来了一对情侣，马上热情地招呼，问要不要买一把锁，包刻名字。

叶见春笑了，摇摇头放下锁。封粟却拿起她放下的那把锁，问多少钱。

老板笑嘻嘻地报了价钱，封粟连价都没还，直接付了款。

老板问刻什么名字。

封粟问：“有纸吗？我写给你。”

“有，你稍等。”

叶见春从封粟付钱的那一刻起，心跳就开始加快。到了此时，她越发紧张忐忑，犹如临上考场，要见到试卷的那一刻。

老板递过来纸和笔，封粟提笔先写了自己的名字，“粟”字最后一笔落下的时候，叶见春紧张到脑子有点儿眩晕，指着旁边不远处的算卦摊说：“我去旁边算一卦。”

封粟停笔，看着她：“你要去求姻缘？”

“不是。”叶见春心慌到不敢看他的眼睛，“我算算江老师的事。”

她此刻矛盾至极，既想要知道他写的是谁的名字，又怕看见的不是自己想要的结果，自作多情空欢喜一场，于是选择临阵脱逃。不看，不知道，自然就不会失望。

算卦的是个四十多岁的大姐，舌灿莲花，说她想要的很快就能得到，而且接下来的日子是苦尽甘来，时来运转。

叶见春听着大姐解卦，余光中，看见封粟坐在卖同心锁的铺子旁，低头看手机，大约是等着老板在那把锁上面刻字。

到底刻的是谁的名字？会不会是她？

封粟仿佛感应到什么，抬头朝着她看过来，她忙不迭地把视线收回来。

算卦的大姐不愧是老手，笑吟吟问："那是你男人？"

"啊，不是。"叶见春被"男人"这个词一下子给惊红了脸，天哪，这个词也太"辣"了。

大姐乐了："咋不是，你有啥不好意思承认的？来仙姑庙的不是情侣就是两口子，你看他瞅你那眼神，甜腻腻的。"

叶见春脸红了，悄悄地瞟了一眼封粟："没呀，我觉得他眼神很酷很冷的。"

大姐嘴巴一撇："我是过来人，一看就知道他喜欢你，你个傻妞。"

叶见春脸更红了："他原先说锁上刻名字，一点儿用没有，今天也不知道发什么神经啊，居然自己去刻字。"

"这事吧，就和过生日许愿是一个意思，试试又不亏，万一实现了呢？顺便还能向对象表个忠心和决心——你瞧瞧，我可是打算和你过一辈子的。"

叶见春"扑哧"笑了："那万一要是分手了呢？"

大姐指着河上的廊桥："你看那边桥上密密麻麻锁了那么多同心锁，就是已经结了婚的。"

"结了婚才去锁上？"

大姐眼睛一转："对啊！谈恋爱的时候，谁知道会不会分手！以现在年轻人的恋爱速度，盖一百座桥都不够用。"

叶见春忍不住又被逗笑了。

大姐侃侃而谈："比如张三和李四谈恋爱，刻上名字锁到三生桥上，没多久两人分手了，张三又和王五谈恋爱，再来锁一把同心锁。王五一看，嘿，这桥上还有你和李四的同心锁，你说气不气？立马就得在桥上干一架！”

听大姐绘声绘色这么一说，叶见春脑子里出现了画面，她立马笑得弯下了腰。

“所以，大家约定俗成，都是谈恋爱的时候，来买一把锁，刻上名字等于是许个愿不分开，等结了婚才来锁到三生桥上，等于是还愿。”

叶见春认真点头：“有道理。”

“我们这儿民风淳朴，离婚的人少，丧偶的多。男的多短命，也不知道是不是因为这里的水土不养男人。”大姐下颌抬向封粟，“你男人长得俊，一看就是个长寿的面相。”

叶见春再次被“你男人”三个字给窘到，好奇道：“面相还能看出来长寿不长寿？”

“对啊，他看着清心寡欲、道骨仙风的。这种人长寿。”

叶见春被大姐这俩形容词逗得快要笑出眼泪。

好巧不巧，封粟朝着这边走过来，她忙说：“哎哟，他来了，大姐别说了。”

大姐笑嘻嘻地在嘴巴上做了个拉拉链的动作。

封粟走到跟前，低头问她：“算好了吗？”

“算好了。”她忍不住去瞟他手里拿着的同心锁。可惜的是，老板一片好心，还给了个精美的包装盒，锁上到底刻了什么，成了谜。

大姐挤眉弄眼地笑：“领了证记得来上锁啊。”

叶见春赶紧闪到一旁，想要撇清自己。

可封粟答了句“好啊”。

她的脸开始不受控制地红起来，没话找话：“我记得上次问过你，同心锁灵不灵验，你还一脸不屑，今天怎么回事？”

封粟语气淡淡：“来都来了。”

叶见春又好笑又好气，这是什么鬼理由？

“你要不要去看看那个三生桥？”

“好啊。”

两人走到桥边，封粟拦住一对小夫妻，请他们拍一张合影。

夫妻俩一口答应，笑吟吟地接过封粟的手机。

“你们笑一笑，挨近一点儿。”

封粟的手很自然地搭在她肩膀上。叶见春有点儿尴尬，身体都不自在起来。拍完照，封粟接过手机道谢，顺便把照片发给她。

叶见春看着照片，突然想到封余和他大伯的合影，情不自禁道：“你和你堂弟真像，就连拍照的时候都喜欢把手搭在别人肩上。”

“那是因为别人都比我们矮。”

“嗬……”

两人在桥上慢慢踱步，从桥的一端走到另一端，再原路返回。

河风细细地吹过来，阳光洒在河面上，形成金纱一样的水波。

封粟停在桥头的位置，突然说：“你知道吗？这座桥还有个传说，说走一遍是这辈子，再走一遍，就是约下辈子。”

所以，他带她来桥上走了一遍，是……要告白吗？他刚才还买了一把同心锁，还刻了字。

叶见春心里“扑通”直跳，想要等他说出更直接的话。

可他只是说了这句疑似告白的开场白，并没有下文。

好几次，他都在暗示他喜欢的人是她，想要告白的人是她，可没有一次明说。每次都是这样，戛然而止。

她有些失望，也有点儿生气，瞟他一眼，说：“你挺适合出家的。”

“什么意思？”

“刚刚算卦大姐说你清心寡欲、道骨仙风。”

封粟正色：“哦，那她骗你钱了。”

叶见春翻了一个白眼。

突然封粟牵起她的手，说：“小心台阶。”

可是下了台阶，他也没有放开，一直牵着她的手，走到车旁。叶见春整个人都乱了，像是一只被火烤着的小虾米。

他打开车门，手挡着车顶，低头看着她，目光幽幽如夜海。

“你怎么不问我刻的是谁的名字？”

叶见春心口乱跳，佯作镇定地说：“那是你的隐私，你不说我就不问。”

封粟眯起眼睛，望着她轻笑。

叶见春被他笑得脸上开始发热，脑子已经全乱掉了。

“那我过几天给你看。”

回到简城，差不多也到了晚饭时间，两人在城里找了一家饭店，要了几个家常菜。

吃饭时，封粟一直看表。

叶见春忍不住问：“你有事？”

“回去看电视。”

叶见春一愣，看电视？好像大家自从有了手机，慢慢就忘了看电视这回事。封粟在风铃街的家里甚至都没有电视机。

回到酒店，封粟非要拉着叶见春一起看电视。叶见春莫名想笑，这画面有点儿像两个幼儿园小朋友一起看动画片。

封粟按着遥控器找台，最终停在当地的一个电视节目，叫《简城日常》，主持人是个短发姑娘，特别爽利，语速很快。节目内容就是播放当地的一些日常生活，突然镜头一转，出现了一个让叶见春震惊的画面。

纪周彤竟然出现在电视屏幕中。

“今天我们受到这位当事人委托，她想要在电视上澄清一件陈年往事……”

“我叫周海燕，今天借助这个栏目，公开给我当年的钢琴老师江一峰道歉。当年我因为早恋怕被父母发现，就诬陷了我的老师江一峰，说他猥亵我，江老师去世后，我一直很后悔……”

叶见春怔怔地看着电视屏幕上的纪周彤，像做梦一样，看着她流着眼泪隔着屏幕鞠躬。

而封粟坐在旁边的沙发上，表情平静到不可思议。

叶见春激动得有点儿语无伦次了："她怎么会道歉啊？你是不是早就知道？所以你叫我回来看电视？你快说啊！"

封粟点头承认："对，所以我说你不会白跑一趟。"

她忍不住捶了他一拳："你真是讨厌啊，你为什么不提前告诉我？"

"给你一个惊喜嘛，你看你现在多高兴。"封粟递给她一张纸巾。

叶见春把纸巾盖在了脸上，激动得又哭又笑："太好了太好了，我要给李苔姐打电话。"

封粟道："打吧，替我谢谢她。"

他和李苔、叶见春都不同。

他看着电视屏幕上的纪周彤痛哭流涕地道歉，说出当年的真相，给外公洗清冤屈，他也没有办法高兴，因为人死不能复生。

这个世界上，最爱他的两个人——母亲和外公，都不在了。真正的罪魁祸首，都是同一个人。

叶见春一骨碌从沙发上跳起来，摸出电话开始给李苔报喜。

"李苔姐，周海燕道歉了，在简城电视台的节目里。"

"真的吗？我这边看不到简城电视台的节目啊。"李苔比她还急，嗓子都激动得变了调。

"没事，我一会儿录视频发给你。"

就在叶见春调电视节目回放的时候，封粟接了一个电话，显然来电话的是个陌生人，因为他十分客气地说："你好，哪位？"紧接着他就没有再开口，过了几分钟，他才出声问对方，"你有什么证据？好，我二十分钟后到。"

叶见春录完了视频，扭脸看见他脸色很不好看。

"怎么了？"

"我有事要出去一趟。"

封粟沉着脸，疾步走出了房间。

叶见春原本想等他回来再回自己房间，但一直到晚上十点也没等到他，再联想到那个奇怪的电话和他的神情，她心里不安起来。

她心神不宁地又等了十分钟，实在担心得厉害，她就给他打电话问他在哪儿。

“我在河边。”电话里传来封粟低沉的声音，周遭十分安静。

“溪水河？”

“对。”

叶见春挂了电话，立刻出门打车直奔溪水河边。

夜色漆黑，河边稀稀疏疏只有几盏路灯。

果然如她所料，封粟就坐在那几棵黄花风铃木的树下。那是江一峰经常钓鱼的地方。

河边还有一位夜钓的人，夜光浮漂像是倒映在夜幕之上的唯一一颗星子，寂寥孤零。

叶见春轻轻走到他身边，坐下来。

“你怎么了？”

“没事，就是想在这里坐坐。”

叶见春看着他的侧脸，小声道：“江老师终于洗清冤屈了，你不高兴吗？”

“可能是事情了结了，反而觉得空虚吧。”

叶见春默然片刻，问道：“周海燕怎么会突然想到要道歉？是不是你给她下了最后通牒？”

“对。她爸的事情发生后，她以为我接下来就会报复她。她害怕了，所以不得不低头认错。”封粟扭过头，默默看着她，“你是不是觉得我的做法很阴暗？”

叶见春轻轻摇头：“李苔姐和我一样，一开始也以为周海燕可能会自责痛悔，良心不安。没想到她认为江老师的死是他自己突发心梗，和她没有一毛钱关系。她甚至嘲讽李苔姐因为长得丑才没有被江老师猥亵。”她轻轻握住封粟的手，“面对没有道德和良知的人，你妄想用道德去约束她，用良知去感化她，都是不现实的。也许只有用非常手段，才能让她承认自己的恶行。所以，你用你的方式去寻求正义，只要不违法，无可厚非。你为江老师讨回公道，恢复名誉，我只会高兴。”

不管用什么方式，殊途同归。

封粟点头：“你说得对，有些人永远都不会反省自己的恶行，永远也不会觉得自己有错。他们根本没有良知，只是披着一张人类的皮囊，其实根本就不配活在这个世上。”

叶见春突然有种直觉，他说的并不是纪周彤。虽然他很恨纪周彤，但是并没有恨到要让她消失的地步。

今晚的封粟很奇怪，明明应该高兴，可是他整个人都不对劲。

他情绪阴沉低落得让人费解。

她正想问他是不是有什么心事，突然听见身后传来“扑通”一声巨响。封粟和她齐齐扭过脸去，黑暗之中依稀看见水中有人在扑腾，然后是惊慌失措的救命声。

是那个夜钓的人。

封粟速度极快，腾地站起来，朝着落水的人跑过去，叶见春紧跟其后。

到了落水处，封粟来不及脱衣服径直跳入河中。

那位夜钓的胖大叔竟然不会游泳，掉进水里就吓得魂飞魄散，见到有人来救，他下意识地死命抱住了封粟，胳膊直接绕上了封粟的脖子。

封粟也是第一次下水救人，完全没有想到会被困住，差点儿被他勒到窒息。情急之中，他朝着男人脑袋上捶了几拳，才从他的胳膊下挣脱出来，然后奋力把人托到岸边。

叶见春站在岸边，弯腰去扯胖大叔的胳膊，用了吃奶的力气，连拉带拽地把人救上来。

胖大叔竟然抱着她“哇”的一声哭出来：“吓死我了，我以为我要死了。”

叶见春本就纤瘦，被他扑得一个踉跄连着倒退几步，一屁股坐到地上。

再看封粟，他却没有上来。她用力推开胖大叔，爬起来跳入河中，去扯封粟。水流很急，她差点儿站不住，幸好封粟及时站起来拽住了她，两人精疲力尽地上了岸。

叶见春下半身都湿透了，她又湿又冷又害怕，浑身哆嗦，坐在地上疯狂喘气。

封粟的情况貌似比她更糟糕，忽然他往后仰躺到地上，一动不动，似乎失去了知觉。

“封粟，你没事吧？你不要吓我。”

叶见春手忙脚乱地去按压他的心脏，吓得声音都变了调。

突然封粟抓住了她的手腕。

被水打湿的头发垂在额头上，挡住他的眉眼，她没来得及看清楚封粟的表情，他猛地按着她的后背，把她往自己身上一贴。

她整个人被他按在怀里，冰凉潮湿的衣服，带着一股河水的腥味。

她伏在他的胸口，后怕到手脚都是软的，没有一丝力气，心里只有一个念头，太好了，他没事，还好好地活着。

胖大叔爬过来，惊魂未定地问：“你没事吧？谢谢你，太谢谢你了。”

封粟放开叶见春，清了下嘶哑的嗓子，慢慢站起来：“我没事，以后别夜钓了。”

胖大叔苦涩地说：“我白天上班，只有晚上才有时间。我刚才钓了好大一条鱼，结果扯鱼竿的时候不小心一头栽进水里。”

“那你以后小心点儿，赶紧回去换衣服吧。”

胖大叔连连点头，拿着他的鱼竿，千恩万谢地走了。

看着胖大叔瑟瑟发抖的身影，叶见春此刻才发觉自己也在冷得发抖：“我们快回酒店吧。”

“你怎么了？”封粟突然摸了一下她的脸。他捻了下指尖，轻声说，“哭什么，我又没死。”

她甚至都不知道自己哭了，眼泪是不受控制、不由自主掉下来的。

封粟声音嘶哑地开口：“下次看见有人落水，别傻乎乎地下水，人没救起来，你自己也淹死了。”

“你才是。傻乎乎的不知道怎么救人，被人勒住脖子。”她的声音也是哑的，而且还带着哭腔。

他低笑了声，从裤袋里掏出湿漉漉的手机："还好，手机没丢。你的呢？"

叶见春的手机放在上衣口袋里，居然好端端的没有见水，真是奇迹。

"你要打电话？用我的吧。"她把手机递给他。

"没什么电话要打。"封粟声音低沉，"其实没什么人关心我的死活。"

在叶见春的印象中，他从来没这样颓丧过。

"你别这么说。你公司一堆人还等着你开工资呢。"

"也是哦，还不能轻易挂了。"

"对啊，你还欠我蛋糕呢。"

"嗯，二十六层，很贵。也不知道蛋糕店能不能做出来。"

"一层就够了，多了也吃不完。"

"好，省点儿钱。"

"……小气，就这么对你的救命恩人。"

"那你想怎么样，要我以身相许吗？"他突然牵起了她的手。

叶见春看向他，黑暗中，看不清他的眉眼，可是他的手紧紧包裹着她的手。

这是一只凉凉的手，可是她诡异地感觉到烫人的温度，可以熨到心里的温度。

这是曾经替她挥出一拳的手，曾经在河里舍命救人的手。

有她最喜欢的特质，干净、正义、温暖，恍若十年前。

她没有抽出来，任由他牵着往前走。

她从来没有过这一刻，心里那么踏实，从童年时就被挖掉的一个空落落的寂寞的空洞，此刻像是被填满了。

远处万家灯火，星星点点，似乎全世界的人都有人陪。

而此刻，他陪着她，她也陪着他。

Chapter 15

第十五章 父亲

回到宾馆，封粟让服务员送来了一套新衣服，还有感冒药。

叶见春洗过热水澡，坐在被窝里，看着封粟刚刚发来的微信。

“喝了药早点儿睡，我明早上叫你。

“如果不舒服，就给我打电话。

“空调温度调高一点儿，晚安。”

她回复了晚安，一时并没有睡意。

白天经历的一幕一幕在脑海中回放，她可以肯定他要表白的人就是她。可是他为什么不直接说呢？很多次都在几乎要挑明的时候，他突然又停住。

他在等什么？或者说，他在担心什么？

她一晚上睡得都不踏实，做了很多梦。

翌日一早，没等封粟叫她，她自己先醒了。

让她没想到的是，身体一向很好的封粟这次落水居然感冒了，早饭的时候只喝了几口白粥。

叶见春忍不住说：“要不我们休息休息再走，我今天请假。”

封粟无精打采地笑了笑：“没事的，就算你请假我也要赶回去。我下午要出差去上海。”

“那我来开车吧。你吃过药在车里睡一觉。”

“算了，你的车技我不放心，我担心这一觉就醒不过来了。”

“呸呸呸，你少乌鸦嘴。我车技没那么烂。”

封粟调侃道：“上次在风铃街胡同里，你倒车都能倒到墙上。”

“那是你手烫伤了我着急，清明节我就是自己开车回来的。”

“你有车？”

“我借纪策的车。”

封粟鼻子里“哼”了一声，醋意很明显。

叶见春心里甜甜的却不表现出来，凶巴巴地把他推到后排座上，命令他吃药睡觉，然后自己开车。

一开始封粟还在后面哼哼唧唧的不乐意，担心她车技不行，担心自己生命安危。后来药效上来他睡了过去，才算是彻底安静。

车子开进A市，叶见春先去今天要上课的学生家附近。

很巧的是，这位学生的家离风铃街很近。她看了看时间，距十点钟还有一刻钟的时间。

封粟还在后面睡着。

她不舍得叫醒他，在路边停了车，想让他多睡一会儿。没想到车子刚刚熄火，他就在后面醒了。

“我要去上课了，你觉得好点儿了吗？”

封粟声音嘶哑地开了口：“没事了，这药挺有效的。”

叶见春下了车，正准备离开，突然手腕被他拉住。

“让我抱抱你。”

叶见春被他突如其来的要求弄得有点儿不知所措，没等反应，就被他紧紧拥到怀里。

感冒后呼出的鼻息尤其热，喷在她脖颈后，又痒又烫。

她心跳得快要蹦出来。

他是不是要说什么？

可是等了一会儿，他却什么都不说，只是就这么抱着她。从后背到腰部，都被他的胳膊圈住。

她突然间就释然了，因为那一刻，他们感受到了彼此的心跳，还有所有不必说出口的，彼此都懂的寂寞、温暖、信任。

她轻声问：“你是不是有什么心事？”

他低声说：“对，这次去上海，有一件很重要的事。”

“一切都会顺利的。”她想应该是公司的事。

“真的吗？”

“真的。”

“那好，借你吉言。”

他笑了笑，轻轻松开她，理了一下她的头发：“你快去上课吧。”

“那你赶紧回去休息，如果发烧了，可是上不了飞机的。”

“那你看我发烧了吗？”

他突然弯下腰，用自己的额头碰上了她的额头。

她脑子一片昏然，看着近在迟尺的男人面孔，那双明亮锋锐的眼睛里都是她。

彼此之间的气息交缠，肌肤相贴，他眼睛里似乎有火在烧。

她甚至有种直觉，他很想吻她。

可是不知为什么，他克制住了。

她的心乱得一塌糊涂，大脑也是一团糨糊，整张脸都在发烫。

他直起腰，目光在她唇上流连了几秒钟，然后舔了一下唇角，喉结动了动。

也许是没经历过吧，只是一个眼神和动作，就让她脸红得不像话，直到她上了台阶，心口还在怦怦乱跳。

上完课刚好是十二点钟，叶见春给封粟打电话，发现手机打不通，是没买到手机吗？

反正学生家离风铃街很近，她索性走去了风铃街，心想如果他在家的话，刚好可以给他做点儿午饭。

风铃街安静得仿佛一条街都没有人。

自从从纪策嘴里知道了这里发生过凶杀案，她每次踏进这条小巷，心里总是有点儿异样。

以前她是觉得安静得过分，现在体会到了阴森。

花满蹊的门被锁上了，封粟居然不在家。

叶见春失望地往回走，走到街口，她无意识地往后看了一眼，突然一怔。

她清清楚楚记得刚刚站在院门外，看二楼他的房间时，二楼没有拉上窗帘。可是此刻再看，二楼的窗帘被拉上了一半，而窗帘旁边一闪而过的人影，她实在是太熟悉了。

绝对就是封粟。

他既然在家，那大门怎么从外面锁着？而就在这时，她的手机响了，是封粟打来的电话。

“你找我？”电话里的声音很嘈杂，应该是在室外，奇怪，难道她刚刚出现了幻觉？

“对，我问问你感冒好点儿没有。”

“没事，我刚刚去了医院，开了点药，又买了个手机。”

她看着二楼的窗户，问：“你在哪儿？”

“我在机场。”

“先生，这里不能抽烟。”电话里传来一句陌生的女声，接着是封粟的低声抱歉。

“我要上飞机了。”

“好，回见。”

“嗯，拜拜。”

叶见春挂了电话，突然后知后觉地想到一件事，他不是已经戒烟了吗？

怎么还有人提醒他不能抽烟？他真的是在机场？

可刚刚那个身影，她不会看错的。

胡同里突然变得诡异而阴森。

叶见春打了个寒战，急忙走出胡同，站在明媚的骄阳下，一颗怦怦乱跳的心，才算是安定下来。

封成杨在4S店里选好了车，给封粟拨了电话，报出车子的型号和价钱，让他打款过来。

封粟很爽快地说："我马上要关机上飞机，现在不方便给你转账。你去风铃街一趟，保险柜里有钱，密码是我的阴历生日。"

封成杨忙说好，接着又吭哧了一句："对了，你生日是哪天？我年纪大了，记性不好。"

封粟沉默了一下："小年那天是我生日。哪一年生的，你总该记得吧？"

封成杨忙说记得记得。

封粟挂了电话，冷冷一笑，这个爹比他想象的还要不堪，连儿子的生日都不记得。

封成杨打车到了风铃街的巷子口，拿出封粟给他的钥匙。

估计是他上次去风铃街见过的那女孩儿用过的，钥匙链上系着一个卡通的小兔子，还有一个萌萌的小铃铛。

他上次来风铃街是黄昏时分，也没仔细看周围环境，只是觉得屋子破。今天大白天过来一看，胡同里一片死寂，静悄悄的没有一点儿人气，一股子被城市抛弃的荒芜气息。风一吹，挡在头顶上、遮住了半边天的枝叶细碎作响，显得有些阴森。

他四处瞄了瞄，暗恨手里没钱，不然把这一条胡同买下来，以后拆迁眨眼间他就有亿万身家，下辈子都不用愁了。

走到花满蹊门口，他拿出钥匙打开了院门，四处打量。

院子里种了花花草草，姹紫嫣红一片。

他心说，封粟年纪轻轻的居然喜欢摆弄花草，可能是随了江一峰那个倔老头子。那棵夹竹桃树长得不错，枝叶青翠，只是没什么用，倒不如种一棵葡萄树，还能吃点儿水果。

他抬头看了看二楼，窗户挺破，窗台上还钉了两块木板，丑得很。

等他搬进来，先找封粟要钱装修一下，就算要拆迁，也要先享受一天是一天，儿子有钱了，老子还不得好好享福？

封成杨心里琢磨着乱七八糟的念头，上了二楼，走到封粟的房门口。

推开房门，他吓了一跳。

一小时前和他通电话说马上要上飞机的封粟，此刻正站在房间里，小腿上缠着绷带，手上戴着手套。

封成杨惊讶道：“你不是出差了吗？”

封粟没有回答，打量了他一会儿，才慢吞吞说：“在楼梯上摔了一跤，小腿骨折，临时回来了。”

“拍片子了吗？严重吗？应该没事吧？”封成杨赶紧关切地蹲下去，想要看他的腿。

封粟往旁边闪开腿，冷声道：“别演戏了吧。”

封成杨讪讪地站起来：“我是真关心啊，不是演戏，你是我儿子。”

封粟用一种陌生而冷漠的目光盯着他：“你真的关心你的儿子？”

封成杨一副当然的表情：“对啊，我做父亲的怎么会不关心儿子呢？”

封粟讥讽道：“关心到不记得你儿子的生日？”

封成杨尴尬地摸摸头发：“年纪大了，记性不好。”

“那你还记得有个叫章大鹏的人吗？”

封成杨脸色微变，迟疑了一会儿说：“他怎么了？”

封粟冷冷看着他：“我昨天回了一趟简城，见到了你的老朋友章大鹏。你猜他对我说了什么？”

封成杨紧张起来：“说了什么？”

“他说，在江一峰和章家谈和解的时候，你给章家出主意，让他们要一百万。”

封成杨忙说：“我没有！”

“你告诉他，江一峰就算是砸锅卖铁四处借钱，也一定不会让他外孙背个刑事案底，毁掉一生前途。”

“我、我真没有。”

“你还和他商议，江一峰如果肯给一百万，不仅等于变相地还了你欠章家的钱，多的钱还可以两人平分。”

封成杨出了冷汗，连声辩解：“他胡说八道，这都是没影儿的事。他肯定是嫉妒我们现在过得好，想要存心破坏我们父子感情，我没说过那样的话，我要是说了，我不得好死。”

封粟目光冷厉：“那你敢发个誓吗？”

封成杨立刻举起手：“我发誓我没做过这样的事，我要是做了……”

封粟接道：“你要是做了，就让李文丽来索你的命。”

封成杨脸色一变，怔怔地看着封粟。

封粟冷笑：“你不会告诉我，你不认识李文丽吧？”

封成杨嘴角抽了抽：“我好像，真的不认识。”

“她给你生了个儿子，还为你上吊自杀，你真的不认识她？”封粟的眼神里透出压抑不住的怒意和杀气。

封成杨不知不觉地倒退了一步：“你，怎么知道的？”

“我在很小的时候，听你和我妈吵架，就知道你有外遇，但是我没想到你还有私生子。我见到封余第一面就觉得很奇怪。大伯和你一点儿不像，怎么生出来的儿子和我长得一样？”

封成杨难堪又尴尬，不敢直视封粟的眼睛。

“你连封余长什么样都不知道吧？你就当这世上没有这个人一样，从来没关心过他的死活！”

封成杨低声辩解：“我哥没有孩子，肯定会对他很好。我不去打搅他的生活，其实也是为了他好，他不知道自己不是亲生的，不是更好吗？”

封粟气笑了：“你对两个儿子的爱，就是不联系、不过问、不关心，而且声称是出于爱和保护的目的，你真的是我见过最无耻的人。”

“我是真的……”

“你对封余没有愧疚也就算了，毕竟他是你贪图一时之欢，制造出来的一个麻烦。那李文丽呢？一个从十五岁就跟着你的女人，因为你始乱终弃，吊死在你老家院子的女人，你居然说不认识？”

“我不想让你知道过去那些丑事，我怕你生气。”

“丑事？”封粟气得眼中喷火，“你逼死一个女人，你说是丑事?”

“封余他妈是自杀的，不是我逼死的。”

封粟冷冷地看着他：“这房子是一套凶宅，发生过灭门案。听说这样的房子，因为有太多怨气会招来冤魂。搞不好，李文丽的冤魂可能会在这里看着你，你说话最好收敛一些。”

封成杨脸色发白。

“祖父临终前交代我，不要怨恨你，让我看在你是我亲生父亲的分上，原谅你。我本来也打算这么做，送你一套房子，给你开个公司，让你体体面面地过完后半辈子，就当我是报答大伯在国外对我的关照。可是我回了一趟简城，见过章大鹏之后，我改了主意。因为，你这种人不仅不配当父亲，而且你连个人都不配做。”

封粟走到门边：“房子和公司，你都不用想了。以后你自生自灭，和我没有一毛钱关系。我会登报和你断绝关系。”

封成杨一听急了：“封粟，你听我解释，你不能听章大鹏单方面胡说，他是在挑拨我们父子感情。”

封粟打断他：“他给我看了一张汇款单。”

封成杨傻眼了，吭吭哧哧说：“不管怎么说，我是你亲生父亲，你现在发财了，总不能这么绝情，一毛钱不给我吧？你说话要算话，是你叫我过来拿钱的。”

“隔壁保险柜里有一张卡，里面有五十万。”封粟抬手指了指桌上的一把长条钥匙，“拿了之后你就可以滚了，以后别让我再见到你。”

封成杨讪讪地拿起那把钥匙，走到隔壁房间门口。

房门上挂着一把老式锁，仿佛有点儿眼熟，可他又想不起来在哪里见过，结果翻过来一眼就看见了两个名字。

“李文丽”三个字差点儿把他手里的钥匙吓掉。

他终于想起来，多年前，两人刚开始在一起的时候，李文丽强拉着他去仙姑庙，说在那里许姻缘特别灵。他曾经在仙姑庙的三生桥下，见到很多这种锁，据说都是夫妻锁上去的。他心里从来都没打算和一个人一生一世，当然对这种没有任何可信度的老迷信传说不屑一顾。

他忍着心里强烈的不适感，把钥匙插进锁孔，拧了几下，锁却纹丝不动。他回头去找封粟：“是不是钥匙拿错了？”

封粟此时已经收拾好了行李——他原本也是要出门的，只是在这里顺便等了一下他的父亲罢了。封粟冷漠地瞟了封成杨一眼："可能是时间久了，有点生锈。一楼窗下的木工箱里有润滑油，你拿上来，滴点油进去。"

封成杨连忙下楼，果然在一楼窗户下看见一个细长的木箱。

他打开木箱，是一张木板，翻开才发现上面都是钉子。

他在箱子里扒拉了几下，找到了封粟所说的润滑油。他把润滑油拿到二楼，把壶嘴对着锁眼，滴了几滴油。可惜，那钥匙还是拧不开那把锁。

"是不是李文丽不想让你拿到那笔钱？"封粟在他身后突然说了句话。

"胡说什么呢？！"封成杨吓得差点把钥匙掉在地上。

看他这副色厉内荏的样子，封粟只觉得好笑，封粟默默地看着他，仿佛看一个跳梁小丑。

封成杨见他如此，索性不问了。他四处寻找了一番，进了屋子，扒着窗户，突然看见两个房间的窗户之间搭着块木板，正是之前封粟踩着去隔壁房间捉包包的那块木板。封成杨转过身来，封粟没有理他，只嗤笑一声，便拖着行李离开了这间屋子。

车子驶离街道的声音逐渐听不见后，整个房子便安静得只能听到自己的呼吸声，封成杨心里有点儿发毛。他到底是有些怕这木板不稳，便回到刚才的房间门口，拿起地上的油壶，又往锁孔里面滴油。翻来覆去地折腾半天，那锁依旧打不开。

已近黄昏，日头斜照，风声呜呜，仿佛有人在呜咽，封成杨心一横，扔了那钥匙，走到窗户边。他小心翼翼地踩上窗台，手上沾了油，有些打滑，扒着窗框的时候，差点儿失手，吓得他心口怦怦直跳。幸好两扇窗户的确很近，他一脚就跨了过去。

他把手往衣服上蹭了蹭，从窗台跳进了隔壁房间。这笔钱对他来说很重要，万一封粟变卦不肯给他，他又会变成穷光蛋。

房间里空荡荡的，破旧不堪，完全没有收拾，散发着一股奇怪的臭味，像是腐败的烂肉味。

房间里没有家具，只有一张破旧的老木桌，上面放着几个青瓷梅瓶，还有几张油画。旁边就是一个保险箱，让人惊悚的是，保险箱上居然放着一个骨灰盒！

他硬着头皮走到骨灰盒前。一抬眼，看见了桌上的油画，那几张画，有风景，有人物。

其中一张油画，让他瞬间吓出一身冷汗。

二十多年过去了。

他几乎忘了李文丽的长相，可是看到这张油画，瞬间就回忆起了关于她的一切，甚至包括她吊死在他家院子里的那棵樱桃树下时，她扭曲的面孔和僵直的身体。

保险箱上的会不会是李文丽的骨灰盒？封粟为什么要把她的骨灰盒和她的画像放在这里？

封成杨心惊胆战地打开保险箱，里面除了一些珠宝，果然还放着一张银行卡。

诡异的是，他手上沾了油，很滑，怎么都抠不出来那张卡。

“是不是李文丽不想让你拿到那笔钱？”耳边再次响起封粟刚才说过的话。

他心里发毛，想到门上那把刻着李文丽名字的锁，他怎么都打不开。而且刚刚封粟还让他发誓，如果他给章家出主意要一百万，就让李文丽带走他。

他“呸”了一声：“世上没有鬼，都是自己吓自己，老子不信邪。”

屋子里弥漫着让人毛骨悚然的气氛，还有腐败的气味。他吓得手指发抖，狠狠地抓住银行卡的一角，猛地拽了起来，然后把卡放进口袋，急匆匆地踩上了窗台。

“封成杨。”

一楼的院子里突然有人叫了声他的名字，是个女人的声音。

他低头一看，吓得魂飞魄散，在那棵夹竹桃树上挂着一个女人的身体，树下落花如血。

那张脸分明就是李文丽的。

“封成杨。”

挂在树上的李文丽再次喊了他一声，对他阴森森地一笑。

封成杨吓得腿都软了，手指打滑，差点抓不住窗框，而脚下的木板却在这时发出“咔嚓”一声。

放在一楼窗下的细长的木工箱敞开着，其中的铁钉和尖刀正对着他坠落的方向。

血慢慢从他的头肩部位流出来，淌到凋落的花上。

庭院里一片死寂。

连一丝风都没有。

一只大山雀从空寂的树枝上腾空远去。

Chapter 16

第十六章

有你，就够了

叶见春上课的时候，将手机调成了静音。等她下了课，才看见封粟半个小时前发来的微信："我回来了。"

他的微信头像，居然是那天和她在三生桥上拍的合影照。

这个人到底在搞什么？无数次地或暗示或表白他的心思，可就是不肯明明白白说出来，真是一点儿都不痛快。她有些生气，不太想回。

大约是等急了，过了一会儿，他直接打了电话过来："你怎么不回我微信？"

"我在上课。"

"现在六点半，你肯定下课了。"

叶见春窘了，咬着唇不吭声。

"我明天去找你。"

"你明天不上班？"

"我请假。"

挂了电话，他又发了一条微信。

"我想见你。"

大约是旁边有人，这句话不方便在电话里说。

叶见春的唇角忍不住弯了起来，隔了一会儿才回复："你干吗要请假？晚上再来吧。"

"等不及。"

叶见春把手机盖在脸上，耳根慢慢地发热。

封粟等了会儿没见她回复，把手机关了。

李文静在旁边“哎哟”了一声：“谈恋爱了吧，一脸笑。”

封粟抿了抿唇：“我笑了吗？”

“哎哟，一下飞机就迫不及待地看手机，这一路上嘴角就没平过。”李文静打趣完了，一本正经地说，“说真的，你和她很合适，打眼一看就是一对，骨子里的气质都如出一辙。”

封粟不承认也不否认，只是放平的嘴角不知不觉又微微翘起一个弧度。

李文静忍不住感慨：“你们也真是天生有缘。她在A市，你在简城，能认识本来就很不容易，更不容易的是，分离十年还能重逢。这种属于怎么都扯不断的缘分，命中注定是要在一起的。”

封粟默然片刻：“如果我再晚几个月和她重逢就好了。”

李文静明白了他的意思，轻轻拍了拍他的手背。

司机卫哲开车等在机场的出口，看见两人出来，上前把封粟的行李箱放到后备厢里。

封粟说：“先送李经理回去。”

“不不，先送你回去吧。”李文静直接交代卫哲，“先去风铃街。”

卫哲知道李文静和封粟关系一向很好，见封粟没有反对，便朝着风铃街开去。

到了花满蹊门口，封粟下车掏出钥匙，去开院门。

卫哲去帮他把行李箱提了过来。

黄昏和夜晚交汇的时光，光线不那么明亮。

封粟开锁的时间略有点儿长，直到卫哲提着箱子站在他的右后侧，他才拧开了那把锁。

推开院门的那一刹，卫哲“啊”了一嗓子，声音吓得变了调。

封粟没有尖叫，只是手里的钥匙“啪”一声掉到了地上。

院子的水泥地上躺着一个人，昏暗的光线中，隐隐可见地上有早已干涸的血迹。

“怎么了？”李文静听见动静连忙下车走过来，随即是一声尖叫，然后紧紧捂住了嘴。

“是小偷吧，快，报、报警！”卫哲结结巴巴地说着，掏出了手机报警。

李文静低声问：“他死了吗？”

“不知道，等警察过来吧，我们保持现场原样。”封粟定了定神，搂着李文静的肩膀，转过身挡住了她的视线，“你去车里坐着。”

李文静点点头，身体微微颤抖。

封粟扶着她，走到车子旁，打开车门，让她坐进去。

李文静面色苍白地靠在后座上，她和封粟对视了一眼，而后双手合十，闭上了眼睛。

卫哲报了警，半晌缓不过神，然后开始絮絮叨叨地说：“封总你就不该住这儿，这里治安太差了。这胡同里也没有摄像头，小偷肯定是看着你这个院子住了人，想着有机可乘，来偷东西。”

封粟递给他一根烟，自己也点了一根。

卫哲点了烟狠狠抽了几口，突然想起来，自从来到海音科技给封粟当司机，他从来没见封粟抽过烟。

封粟低头看着手指间的一点火星，任由其在手指尖慢慢地燃烧。

在学会了抽烟之后，他曾经也有烟瘾，他以为这辈子都戒不掉，但没想到会在看守所里戒了。

那半个月的经历，经常在他的噩梦中出现。他梦见自己手上戴着手铐，接受警察的讯问，每天在绝望中等待案子的进展。

他那时刚满十六岁，在看守所里度日如年，内心充满无法形容的恐惧无助，还有愤懑绝望。

他永远也忘不了，外公去看守所看他时，老泪纵横的脸，还有满头雪一样的白发。

老头为了和解，把A市的房子便宜卖了赔给章家，后来又送他出国，甚至为了省钱，戒了烟，出去给人当家教，最终死于心梗。

他的确恨周海燕和她父母，可他最恨的人，依旧是封成杨。

他在仇恨中等待了十年。

恨意越垒越高，终究成了一堵墙。只有推倒那堵墙，将罪魁祸首永远掩埋在废墟中腐烂，他的内心才能真正平静。

卫哲认不出来地上的人是谁，以为是小偷。可是封粟一眼就看出那个人是封成杨。

也许是因为这个人在他心里早就死了，所以亲眼见到他真真切切地死掉，他心里竟然平静得毫无一丝波澜，好像只是摆脱了一个纠缠了二十年的噩梦而已。

卫哲抽完一根，封粟把一整盒烟都递给他。

卫哲有点儿不好意思，问："封总你不抽？"

封粟摇头："我不抽。车里放一包烟，是因为有的朋友喜欢抽烟，有时候应应急。"

卫哲情绪紧张，马上又点上一根："不抽好。我其实也很想戒烟，但是抽了二十年了，戒不掉。"

"戒烟跟时间没关系。我外公抽了一辈子烟，最后因为我，戒了烟。"

"真佩服老先生，这隔代亲的力量可太大了。"

封粟自言自语般地说："对，这世上再没有比他更爱我的人了。"

胡同的尽头亮起灯，警车来了。

卫哲看见警灯，捂着胸口舒了口气："哎哟妈呀，警察终于来了，我快要被吓死了。"

封粟打开车门，对坐在车里的李文静伸出手掌。

李文静把冰凉的手按在他的手心上，借着他的力道下了车。

天色彻底暗下来，胡同里起了风。

封粟以为她会害怕，想要扶着她。

可是她站得笔直，双手插在风衣的口袋里，面色平静，长发被风卷起飒爽的波浪。

做完笔录已经是第二天的早上。三个人从公安局出来，卫哲先送李文静回家，然后送封粟回到原先的小区。

封粟洗了澡，定了闹钟，然后拿出一片安定片。

手机把他闹醒，已经是下午时分。

他换上一身干净的衣服，拿着一个礼盒，来到叶见春的居处。

今天下午刚好是她的休息时间。

包包慵懒地睡在猫爬架上，叶见春正在打扫卫生。房间里阳光很好，小小的屋子里散发着樱花味儿的香氛气息。

他站在门口，用一种很奇怪的目光看着她，好像是要长长久久地把她看进心里去。

这让叶见春都不敢接他的眼神，心里小鹿乱撞。

“你干吗要请假啊？”

封粟似笑非笑地看着她：“老板也有请假的权利吧。”

“好，老板有理，老板说了算。”

叶见春把他让到屋里的沙发上，趁着他闭眼的工夫，这才好意思胆大放肆地看他的脸。

“你是不是还没休息好？怎么看上去那么累？”

封粟笑了笑：“我昨天一晚上没睡。白天补了一觉。”

“你不是六点多就回来了？在开会吗？”

“不是，风铃街出了事。”封粟顿了顿，“我爸死了。”

叶见春整个人都呆住了，半晌才出声：“他怎么会在你那儿？”

“我和李文静出差回来，司机先送我回风铃街，打开门就看见院子里躺着一个人，天色昏暗我们以为是小偷，就打了电话报警，没想到会是他。”

“他是怎么死的？”

“从二楼摔下去的。”

“怎么回事？”

封粟揉了揉眉心：“等警方调查吧。”

叶见春只觉得突然，并不觉得惋惜。人品那么低劣的一个人，甚至“节哀”两个字她都不用说了。

封粟把手里的纸袋放在脚边，沉声道：“在简城宾馆的时候，我突然接了一个电话出去。你知道是谁的电话吗？”

“谁？”

“章晓阳的父亲。他看到周海燕的道歉，联想到他儿子被抓，以为是我在报复。他担心我会继续报复他家，于是找到我，向我解释当年要那一百万赔偿，是我爸的主意。”

叶见春惊呆了。

“我爸对他说，我外公一定会砸锅卖铁，竭尽所能地救我，绝对不会眼睁睁看着我被判刑，所以就只管开口要一百万。他欠章家的钱，就从这一百万里面抵了，剩下的两人平分。”

叶见春气到无语：“他怎么能这样？虎毒不食子。”

封粟缓缓道：“他犯下的恶行，还远远不止这些。”

叶见春终于明白那天晚上他为何一个人坐在溪水河畔。

任何一个人听到自己被父亲算计坑害，恐怕都无法平静，那种感觉比被刀子扎进心脏更痛。

她太理解那种痛，因为她也亲身经历过。

那个夜晚，她的父母在卧室里商议着要带她去做亲子鉴定；还有那个没有挂掉的电话，她听见父母背后对她的评价。

被家人放弃、厌恶、鄙视……

她什么都没说，只是伸手，紧紧握住了他的手。

封粟回握着她的手，沉声道：“我在溪水河畔救人的时候，突然有那么一刻，觉得人生很没有意思。这世上爱我的人一个一个都死了，其实并没有人在意我的死活。”

叶见春看着他，仿佛看到另外一个自己。她能体会到那种绝望的孤独——举目无亲，这世上好像就只有自己一个人。

“我知道你不会游泳，可是你跳下去拉我。”封粟定定地看着她，“我又觉得活着很不错，这世上，至少还有一个人，希望我好好活着。”

“不止我……”

封粟看着她："有你，就够了。"

他从纸袋里拿出一个盒子递给她。

叶见春见过这个盒子，是用来装他在仙姑庙买的同心锁的盒子。

她打开了盒子，拿出那把锁。

那把同心锁上，刻着两个名字——封粟，叶见春。

悬了很久的心，像是飘忽了很久的一颗种子，终于落到了土壤里，有潺潺的甘泉流过。

"我一直不敢说出口，是因为怕你拒绝。"他目光灼灼地望着她，"你肯要这把锁吗？"

叶见春看着那两个名字，眼睛好热，好想掉眼泪。

"那你答应我一件事。"

"什么事？"

"永远不要骗我。"她抬头笑了，"你骗别人就算了，至少不能骗我。"

封粟也笑了，柔声道："你还记不记得，我问你，叶见春是不是你父母取的名字，你毫不犹豫地说是。"

叶见春脸红了："那是因为我不知道是你啊。"

封粟的眼神变得温柔："我其实很高兴你说了谎，因为那也是保护自己的一种方式。你如果实话实说，那么就要解释你为何要改名，然后把你不愿意回忆的过往翻出来。"

"对，我曾经以为不说谎才是好人，可是后来发现你说得也对。就像周毅哥哥说，违法犯罪的不一定是坏人，遵纪守法的也不一定是好人。"她顽皮地加了一句，"所以啊，你只要不对我撒谎就行，这要求够低了吧。"

"你还记得一句台词吗？"封粟望着她，"别人刻意隐瞒的事，有时候并不是想害你，往往他们瞒住你反而是为了保护你，所以最好不要深究。"

叶见春点头，《海上钢琴师》她看过很多次，那算是她非常喜欢的电影之一，也是少年时江练请她看的第一部电影。

封粟放慢语速，像是发誓一样："我无法保证对任何人都不说谎，因为自我保护是一种本能。而且有时候，需要保护的不仅仅是自己，还有别人。我只能答应你，永远不会伤害你、背叛你、欺骗你。但我不能保证，对你毫无保留，没有任何秘密。”

这回答可真是一点儿都不浪漫，一点儿都不像是在告白。

叶见春娇嗔道：“你这个时候，不应该是一口答应吗？”

封粟略一沉吟：“抱歉，我是一个会说谎的诚实的人。”

叶见春“噗”地笑了。

封粟伸手握住她的手腕，慢慢把她的手指钩住，目光炯炯地望着她：“你答应了对不对？”

就在她要说“对”的时候，手机煞风景地响了起来。

接通电话，她紧张起来。一位姓陈的警官让她去风铃街派出所一趟。

封粟柔声道：“没事的，警察肯定是要找你了解情况。因为你在风铃街住过。”

叶见春“嗯嗯”点头。

“不用紧张，你只见过他一面，而且你从风铃街也搬走五六天了。警察问你什么，你如实回答就行了，警察的态度都特别好。”他站起身，“我送你去。”

做完笔录，已经是傍晚。

封粟一直站在外面等她。

暮色中，他手里拿着一支烟，看着那支烟一点点地亮着，渐渐烧到最后。他弯腰把烟头摁在地上碾灭，扔进了街边的垃圾箱。

叶见春目不转睛地看着他。

封粟回头，两人视线相碰，他微微眯起眼睛。

那一刻间，她有种错觉，眼前的人，不是封粟，或者说不是江练，而是一个陌生人。

十年的时光弹指之间流逝。

他外表长成了她喜欢的模样，可是内在却像是一捧水，触手可及，实际上每一滴都无法掌控。

他走到跟前，柔声问："结束了？"

"对，结束了。"

封粟牵起她的手，朝着车子走过去。

叶见春轻声说："我今天才知道，原来你爸爸叫封成杨。"

"对。"

"你妈妈叫什么？"

"江灵涓。"

叶见春轻轻"哦"了一声，脸色渐渐黯然。

"你怎么了？"

"我曾经见过封成杨这个名字，在那把同心锁上。我还记得，锁上还有一个名字，叫李文丽。我当时还想过，这两人是谁？"

"我也不知道是谁，那把锁是封成杨的。"

"为什么你要用一把刻着你爸和别的女人的名字的同心锁，锁住那个房间？"

"因为房间里放着保险箱和贵重东西。那种老房子的门把手上只能用明锁。"

"我不信。"

封粟认真道："我可以用外公的名义发誓，那把锁不是我的。锁上那个房间的人，也不是我。"

"那是谁？"

封粟停住脚步："你为什么要问这个？"

叶见春定定地看着他："所以，从你买下风铃街的老房子，就开始计划这一切了是吗？一个发生过灭门案的胡同，没有摄像头，没有住户，也根本没有拆迁这回事。"

突然之间，气氛变得沉重而压抑。

封粟十分冷静地看着她："你想说什么？"

"你曾经问过我，我对你有没有'滤镜'。"叶见春看着他的目光有些痴，"当然有。因为你曾经是我的朋友江练，因为你是江老师的外孙，所以，哪怕隔了十年的时光，再见你，我对你依旧是无条件的信任，这就是‘滤镜’。”

封粟静静地听她往下说。

“我在律所打工的时候，曾经问过周毅哥哥，当你明知道你的当事人在撒谎的时候，你怎么办？还会坚定不移地替他辩护吗？你替坏人辩护的时候心里会不会很不舒服？他说，你需要不带任何感情色彩地去面对当事人，不能被感情所左右。可是我……”

她望着他，轻轻摇了摇头：“可是我很难不带感情色彩地面对你，因为你是江老师的外孙，因为你是我喜欢的人，还因为……我对你有亏欠。所以，我曾经发觉过一些不对劲的地方，也都因为我的‘滤镜’而忽略。”

封粟平静自若地看着她：“什么不对劲？”

“有件事我没有对任何人讲。”叶见春咬了咬唇，“周日中午我去过一趟风铃街。因为你电话打不通，我想去看看你。去的时候，花满蹊的大门锁着，我正准备走，突然看见二楼你的房间里有个人影。”

封粟依旧很平静：“你为什么不对警察说？”

叶见春看着他：“因为，那个人影是你。”

“是我？”封粟一怔，微笑了下，“那会儿我记得你和我打过电话，我在机场，身边有很多人。”

“可是我听见有人提醒你，不要抽烟。你早就戒烟了对不对？接电话的那个人，真的是你吗？”

那天他感冒了，嗓子有些哑，可是电话里的声音，似乎并没有那么哑。也许是在那种嘈杂的环境中，她对他的声音分辨得并不清晰。

封粟确定地说：“是我，我只是点了一根，没有抽。”

“还有，二楼的窗帘之前是拉开的，可是当我回头去看的时候，窗帘拉上了一半。”

“你怀疑我在房间里？”封粟微微一笑，“你现在就可以打电话给李文静，她在机场几乎一直和我在一起，寸步不离。”

“可我确确实实看见了房间里有身影，窗帘也动过。”

封粟露出一副听见无稽之谈的表情："你觉得我会分身术？一边和李文静一起在机场，一边在风铃街的房子里？"

叶见春轻轻摇头："因为我觉得可能是幻觉，所以我没对任何人说，但是我有些地方想不通。你既然给封成杨开公司，还送了他风铃街的房子，他为什么要冒着风险去翻窗拿钱？"

"因为我给他的好处，都不是现金。他急等着拿钱买车，锁打不开，只有去翻窗。"

"那把同心锁，是我最不能理解的地方。我知道你很爱你妈，十年前你研究传感器内衣，就是因为心里对你妈的早逝而感到遗憾。所以你不会把刻了封成杨和别的女人的名字的同心锁，若无其事地放在你的眼皮下。那天为了堵住隔壁房间的门缝，你去木箱里翻找木板，我亲眼看见那张钉满钉子的木板，钉子朝下，木板朝上。还有，我记得清清楚楚，你盖上了木箱的盖子，为什么他掉下去的时候，木箱是打开的，钉子朝上？"

"木箱不是我打开的，钉板也不是我放的，你以为警方不会调查这些吗？"

"还有，那天在简城他打电话给你，你当时明明没事，为什么要让他第二天下午两点后再和你联系？"

"因为我和你在一起，对我来说，"他停顿了一下，语气很重，"那就是很重要的事。"

"真的吗？那你能不能以你母亲和外公的名义发誓，你真的和他的死无关？"

封粟的面色渐冷："你逼我发誓的目的是什么？"

"我只是想要知道一个真相，我只是不能忍受欺骗，我希望你对我是坦诚的。可是从我们重逢的那天起，你就在骗我。"叶见春很难过地看着他，"你把同心锁送给我的时候，我只有一个要求，就是以后对我坦诚，不要骗我。"

"我没有骗你。我买完手机去了医院，然后直接去了机场，我连风铃街都没有回过，这一切警方都可以查到。"

叶见春望着他，眼眶酸涩，蒙着一团水汽，可是她依旧清清楚楚看得见他的眼睛、他的面孔。熟悉和陌生，两种感觉互相撕扯，交错，重叠又分开。

“那天纪策说我是个傻子。说你不缺保姆，不缺钟点工，为什么非要让我住到你家里去照顾你，给你做饭。你让我住在风铃街，是不是就是为了这一天，让我做一个证人？”

“什么证人？”

“证明房门上的同心锁是早就有的，证明你钉木板是为了翻窗找包包，证明你自己曾经亲自踩过那块木板，证明那个木箱是一直放在一楼窗下的，甚至那块钉板也是早就有的，对吗？你第一次见到我，应该也是已经调查过我是谁，而不是因为叶见春这个名字才选我来做你的钢琴老师，对吗？

“甚至包包也是你的工具，养一只小猫是为了让窗台上钉木板合情合理，对吗？”

面对这些质问，封粟一言不发，也不做解释，只是眼神里弥漫着忧郁黯然之色。

“封粟，其实我想要知道真相，并不是要指责你什么，也不会告诉任何人。我只是想要知道，你对我的感情是不是真的？你对我的感情，是不是也是你报仇的一个环节？你是在利用我还是真的喜欢我？”

封粟的喉间像是被热油滚过，原来这就是字字诛心的滋味。

封粟的喉结慢慢动了一下：“所以，你认为我对你的感情是假的，是为了利用你而在演戏？”

她含泪看着他：“即便你利用我，我也心甘情愿，因为，这是我欠你的。只要你告诉我真相，我就会原谅你。”

封粟一字一顿地回答她：“真相就是我在上海出差，他死于一场意外。”

直觉告诉她，他这样的回答，只是不想骗她，绝对不是真相。

无边的失望像是一场大雾笼罩过来。

这个世界上，他们俩都孤零零的，所以那么投缘地想要在一起。

她要求不多，只想这个相守一生的人，给予她绝对的信任。

可他做不到。

“江老师的事情了结了，我也要离开这里。”她顿了顿，“那把同心锁，我暂时不能要。对不起。”

封粟望着暮色中她越来越模糊的面容，心一点一点沉下去。

“再见。封粟。”

在她弯起嘴角微笑的时候，憋了很久的眼泪终于顺势掉出眼眶。

“我们笑着说再见，却深知再见遥遥无期。”

这是《海上钢琴师》的台词。

Chapter 17

第十七章 生日快乐

“生日快乐啊优优！”

李苔爽朗的声音从电话里传过来。

叶见春笑了：“谢谢李姐，你记得好清楚。”

“最近过得怎么样？”

“挺好的，这里的空气特别好，孩子们也很听话，我还在学校里组织了一个小乐队。”

“哇塞，优优厉害了！”

叶见春不好意思地笑：“没什么厉害的，只是希望这些小孩长大以后遇见不开心的事能多一个排解的方式，因为我的切身体会是音乐可以疗伤。你猜乐队叫什么名字？”

“什么？”

“叫苔花乐队，苔花如米小，也学牡丹开。”

“哈哈哈哈，好棒！”

“等孩子们排练好了，我拍视频给你看。”

“好啊好啊，我迫不及待想看了。”

“你有空来这里玩啊，山里风景真美。”

“好，我有空一定去。对了优优，你和封粟是不是有什么误会？”

骤然听见这个名字，叶见春心里咯噔一下，心脏像是被什么东西牵着往下坠。

她不知怎么回答李苔的话。

她不能对任何人说出她的怀疑，包括她最为信任的李苔。

关于对封成杨的死因的猜测，她会永远埋在心里。

“我知道他很喜欢你，很早以前，我看见他在作业本上写你的名字。你应该对他也很有好感，为什么没有和他在一起？”

是啊，为什么？

因为怀疑他的感情，还是怀疑他撒了谎？

不管他怎么解释自己不在现场，可她亲眼见到了他的身影。

他为什么不能对她坦诚？

他是不是隐瞒了什么？

她说服不了自己。

她过不了心里那一关。

和李苔通话结束，她半晌没有回过神，坐在台阶上发愣。

耳边响起钢琴声，十几秒后她才意识到是自己的手机响了。

屏幕上跳动着一个陌生的手机号码，她有种预感是封粟，但是接通后却是一个想不到的人——李文静。

“生日快乐啊优优。”

“谢谢，你怎么知道我的电话？”她离开A市就换了新的手机号。

“我找李苔问到的。”

叶见春很惊讶：“你认识李苔姐？”

李文静笑了一声：“因为我们是同乡，甚至是远方亲戚。”

叶见春愣住了，她也是简城人？

“你还记得风铃街的那把同心锁吗？上面刻着两个人的名字。你知道李文丽是谁吗？”

李文静，李文丽。

叶见春心里已经有点儿明白了：“你是李文丽的妹妹？”

“对，父母去世后，我俩相依为命。她早早就辍学，打工挣钱养我。我姐和封成杨算是青梅竹马，十五六岁就跟了他，为他打了好几次胎。她以为他一定会娶她，可没想到，封成杨在A市遇见了江灵涓，一个大城市的高学历知识女性，家境优越，又是独生女，而且单纯好骗，他没有任何犹豫就抛弃了我姐，和江灵涓结了婚。

“他本想娶了江灵涓，就可以得到江家的钱财和资源。没想到江灵涓的父母看透他的本质，宁愿和女儿断绝关系，也不承认他这个女婿，他的如意算盘落了空。

“江灵涓怀孕后，封成杨耐不住寂寞，又去找我姐，花言巧语地哄她回心转意。不幸的是，她再次怀孕，医生说这次再堕胎她以后就不会有生育能力。我姐绝望之下，去封家大闹，以死相逼要生下这个孩子。

“无奈之下，封成杨的哥哥出面，许诺收养孩子，保证给他最好的生活，而且还承诺把我也弄到美国读书。我姐把孩子生下来后，到底还是想不开，吊死在封家老宅里。

“那把同心锁是我姐的，她刻上了她和封成杨的名字，打算结婚的时候锁在三生桥上，保佑她的婚姻。可最终……她带着那把锁吊死了。”

叶见春终于明白为何封粟和封余长得那么像，原来他们是同父异母的兄弟。

“那天在封粟房间里的人并不是封粟，而是封余。封粟的的确确和我一起去了上海。

“封成杨对两个儿子，从来没有尽到一个做父亲的责任，他甚至压根儿没看出来那人是封余而不是封粟。封余以封粟的名义通知他，要和他断绝父子关系，房子不会送他，公司也会注销，他依旧是一无所有的穷光蛋，继续过穷困潦倒的生活。封成杨眼看一切都落空，就想去拿保险箱里的钱。他甚至都不知道同心锁一旦锁上就打不开，跑到楼下的木工箱里翻润滑油，要去开那把锁。木箱是他自己打开的，钉了钉子的木板，也是他自己翻东西的时候掀开的。

“他从楼上掉下去，是因为他手上沾了油，手滑失足。你可能怀疑窗框外的木板被封粟动了手脚，可你也亲眼见过，封粟为了找包包，自己来来回回踩过好几次。如果木板被动过手脚，警方不可能发现不了。”

是的，叶见春亲眼见到封粟踩过那木板。警方也一定会查看那块木板有没有人为破坏的痕迹。

“没有人逼着封成杨跳楼，也没有人推他下去，他的死，的的确确就是一场意外，这就是天意。”李文静一字一顿道，“他这样的人渣，早就该死了。”

叶见春不知不觉咬住了下唇，是的，这样的人渣早就该死。但她不想让封粟替天行道去惩罚封成杨，因为她心里永远都有一个干干净净的少年江练。

他早熟敏感，面冷心热，他要发明传感器内衣，拯救那些像他妈一样死于乳腺癌的病人。

十年后的他致力于研究医疗芯片，从事的事业依旧和治病救人相关。他的手是在河中救人的一双手，她想要那双手永远干净、温暖、热血，而不是沾上血腥。

“以后你有机会见到封余，也可以找他验证我所说的话。”

叶见春说：“不用，那个房间里没有任何人，我也没有见到任何人。我只是出现了幻觉。”

李文静明白了她话里的意思，轻声笑了：“谢谢你，优优。”

“是我要谢谢你。你的电话是我这辈子收到的最好的生日礼物。”

她轻轻舒了口气，那些压在心里的芥蒂终于随着这通电话烟消云散。

“叶老师，叶老师。”扎着两只羊角辫的小宁急急地跑过来，手里托着一个东西，“叶老师你快来帮我。我刚刚掉了一颗牙，你帮我扔到房顶上。”

“为什么要扔到房顶上？”

“我妈妈说的，不然就不会长新牙。”

“真的吗？”

“当然是真的啊，我姐姐就没有长，后来隔壁大哥哥结婚，请新娘子去摸了她的豁牙，她才长了新的。”

“那好，你看叶老师帮你扔得高高的。”

叶见春把那颗小乳牙扔到了房顶上。

“太好了，谢谢叶老师。”

“不用谢。”

“对了，叶老师，今天是你生日对不对？”

“你怎么知道？”

“刚刚有个叔叔来找你啊，给你送了一个特别特别特别大的蛋糕。”小宁比了比，“快和我一样高了，就放在你办公室里。”

叶见春愣了一下，忽然反应过来，送蛋糕的只有一个人。

“我去看看。”她急忙走进办公室，几个同事正在看热闹。

一群小孩子正在围着蛋糕叽叽喳喳，兴奋不已，但是都很规矩地没有动。

“叶老师，你的蛋糕。”

叶见春没有去看那个蛋糕，她拿起了蛋糕旁的一本册子，是一本发黄的庞中华字帖。

眼眶控制不住地发热发涩，她轻轻掀开扉页。

“长风破浪会有时，直挂云帆济沧海。”

那是十年前她写给江练的一句话。

下面还有一句不属于她的笔迹的话，字不怎么好看，却苍劲有力。

“当我对世事厌倦的时候，我就会想到你。想到你在世界上的某个地方生活着，存在着，我就愿意忍受一切，你的存在对我来说很重要。”

这是《美国往事》里的一句台词。

眼泪毫无征兆地掉下来，她急切地抓住小宁的胳膊：“送蛋糕的叔叔呢？”

“他说他在音乐教室等你。你要是十分钟之内不去，他就走了。”

“十分钟？你刚刚怎么不告诉我？”

小宁指着自己的豁牙：“我刚才去找你的时候，跑得太快，摔了一跤，牙刚好被磕掉了，我妈妈说，如果掉的牙不马上扔到房顶上，就不会再长新牙。”

叶见春顾不得听她说完，提着裙子，朝着音乐教室飞奔过去。

十分钟！十分钟肯定已经过去了。

从办公室到音乐教室，十分钟之内走过去没问题，可是小宁磨蹭了半天，现在十分钟肯定早就过去了。

音乐教室的门关着，四周寂静，只有风声。

眼泪不争气地疯狂往下掉。

突然，从教室里传来钢琴声。

狂喜如同一股巨浪打过来，她脑子晕乎乎的，手脚软了半天，才轻轻推开门。

背对着她，坐在钢琴前的男人是他啊。

从他指尖下缓缓流淌的曲子就是那首*Playing Love*。

她一动不动地望着他。

阳光从窗户投进来，照着他浓黑的发。

随着他手臂的移动，光影在琴键上跳跃。

最后一个音在指尖下结束，余音袅袅中，男人从琴凳上起身，回首面对着她："生日快乐。"

叶见春仰起头吸气，控制不住的眼泪挡住了视线。

"我来送欠你的蛋糕。"

眼泪终于止住了，可是嗓子里像是被堵了东西，无法出声。

半天等不到她说话，封粟苦笑了下："我该走了。"

"等等。"叶见春终于说出话，"我记得你说过，这首曲子是要告白用的，你改变主意了吗？"

"没有。"

"那你不等她的回答？"

封粟看着她，轻声问："她叫住我的时候，就算是答应了，对吗？"

薄薄的红晕从脸颊升起，叶见春忽然觉得羞涩，含笑低头，算是默认。

恰好这时，手机响了，他低头看看屏幕："我接个电话，公司的人找我。”

她嫣然一笑：“好，我去切蛋糕。你打完电话过来。”

提着裙子的女孩儿跑出教室，身影轻盈快活，活泼生动。那些晦暗压抑的过去都离她远去，终于，她打开了她的蚌壳。

封粟收回视线，接通电话。

“我是不是该说声恭喜？”

李文静的声音带着笑意。

“你怎么知道她肯见我？”

“因为我给她打了个电话，说了我姐的事，还说了房间里的人是封余。”

“你为什么要说？”

李文静叹了口气：“你不肯对她说出真相，是为了保护我们。可你不说出来，她就无法接受你。我希望有情人终成眷属。”

封粟收起手机，走出教室，看着秋天的原野。远处的山脉起伏连绵，望不见尽头。

风毫无遮地挡地径直吹过来，仿佛可以穿越宽阔的胸膛。

这是一场上天做出的公平审判，虽迟，但到。

（全文完）